林妹妹、宝姐姐、史大姑娘，你更喜欢谁？

刘心武说红楼才女

刘心武 著

武汉大学出版社
Wuhan University Press

图书在版编目(CIP)数据

林妹妹、宝姐姐、史大姑娘，你更喜欢谁？/ 刘心武著 . — 武汉：武汉大学出版社，2020.11

ISBN 978-7-307-15352-3

Ⅰ.林… Ⅱ.刘… Ⅲ.《红楼梦》人物－人物研究 Ⅳ.I207.411

中国版本图书馆 CIP 数据核字 (2019) 第 295046 号

责任编辑：黄朝昉　孟令玲　责任校对：牟　丹　版式设计：清　水

出版发行：武汉大学出版社　（430072　武昌　珞珈山）
（电子邮箱：cbs22@whu.edu.cn　网址：www.wdp.com.cn）
印刷：三河市祥达印刷包装有限公司
开本：710×1000　1/16　　印张：19.25　　字数：220 千字
版次：2020 年 11 月第 1 版　　2020 年 11 月第 1 次印刷
ISBN 978-7-307-15352-3　　定价：48.00 元

版权所有，不得翻印；凡购我社的图书，如有质量问题，请与当地图书销售部门联系调换。

序　　言

　　1996 年，我参加一档电视节目，讨论如果林黛玉和薛宝钗进入职场，她们哪一位能够胜出？那时候王扶林导演的电视连续剧《红楼梦》首播已近十年，但之后不断重播，热度不减，人们对其中的演员都特别感兴趣，尤其是出演林黛玉的陈晓旭，她出现在哪里，都会有人指认、围观，希望跟她合影，请求她签名。那次在录制现场，陈晓旭一出现，就引起了轰动。现场除了被邀参与讨论的嘉宾，还有好几排观众，那些观众的目光都主要集中在陈晓旭身上。编导安排我坐在陈晓旭旁边，后来剪辑播出的节目里，给陈晓旭和我的同框镜头颇多。那时候我虽然已经发表了若干涉及《红楼梦》的文章，也出版了第一本关于《红楼梦》的书，但响动不是太大，直到 2007 年我应邀到中央电视台科教频道《百家讲坛》栏目，连续录制播出了"刘心武揭秘《红楼梦》"系列节目，产生了轰动效应，人们，特别是年轻一代，才把我跟《红楼梦》勾连起来。1996 年那期跟陈晓旭同框的谈话节目播出后，有的观众惊诧："刘心武不是写小说的吗？怎么跟陈晓旭坐在一起？"录制那期节目的时候，陈晓旭已经不再参与电视剧的演出，她有了自己的广告公司，据说业务风风火火，效益芝麻开花节节高。我是抱着深入生活积累素材、多方汲取营养的目的，兴致勃勃地参与了那次节目的录制。

如今还可在网络上找到二十几年前的那期电视谈话节目。讨论中大体分成两派，一派认为林妹妹不会为人处世，过于率性，出语尖酸刻薄，在职场上就很难混好，而宝姐姐特会待人接物，含蓄蕴藉，说话行事都先量好尺寸，八面玲珑，人见人爱，如入职场，必定如鱼得水，稳操胜算。陈晓旭表达她的观点，说林妹妹的最大优势在于有创造性，比如她那葬花的作为，就非同小可，是企业精神中万不可少的。当时我听了心中大畅，表示赞同她的见解，跟大家说葬花其实是一套完整的独创的行为艺术。陈晓旭认为宝姐姐虽然能够笼络人心，但工于心计，到头来是留不住人的。那次的现场讨论很有意思，主持人也未作最后结论，让观众把各方论点都作为有益的参考。

时光过得真快。看那时的录像，我的头发还很丰茂，如今已是发稀颜衰。更可喟叹的是，当我2007年去《百家讲坛》录制关于《红楼梦》的节目时，陈晓旭竟已仙去。但陈晓旭对林妹妹如入职场未必失败倒是胜算颇多的见解，至今仍响于耳畔。

如今民间红学蓬勃发展。关于林妹妹和宝姐姐的评议，更加丰富多彩。最近我注意到，有不少民间红学家表达了这样的观点：从《红楼梦》前八十回看，贾母对王夫人把薛姨妈一家长期留在贾府，早有意见，拿出二十两银子来给薛宝钗过生日，其实是暗下逐客令（那一年宝钗十五岁，应该出去嫁人了）；而在书中，王熙凤跟林黛玉很随便地开玩笑，却始终没有专门跟薛宝钗说过一句话。仅就这两点而言，程伟元、高鹗攒出的后四十回，那贾母无情冷淡林黛玉、王熙凤积极设计"掉包计"的情节，就跟前八十回满拧。更有民间论家从书里抠出许多细节，来揭示薛宝钗的人性阴暗面。褒薛贬林曾一度流行甚广，如今拥林批薛又成气候。清代、民国时期都有人说，娶妻要娶薛宝钗，交友要交林黛玉。搁到如今市场经济中的职场，则林、薛究竟谁有优势？像1996年那样的谈话节目，其实真的还可以再录制一番。

这本书里关于林妹妹、宝姐姐的讲述，体现了我个人对这两个艺术形象的见解。我特别强调，薛宝钗有值得我们去努力理解、同情的一面。

我的恩师周汝昌先生，更喜欢史湘云这个艺术形象。特别是到了晚年，他甚至提出这样的观点：史湘云才是《红楼梦》中的"女一号"。吾爱吾师，吾更爱独立思考。我也非常欣赏史湘云，但我依然认为《红楼梦》中的"女一号"是林黛玉。我在这本书里，特别探讨了这样一个问题：为什么史湘云在第二十回突然出现，而在这之前之后，到第八十回结束，却始终没有像其他各钗一样，交代一番她的身世来历？经过层层剥笋的分析，我最后得出结论，古本《石头记》署名脂砚斋的批书人，就是史湘云这个角色的原型，而这也正是周汝昌先生一生坚持的观点。1987年王扶林导演的电视连续剧《红楼梦》，在选角上下了很大气力，像欧阳奋强饰演贾宝玉、陈晓旭饰演林黛玉，人们交口称赞不消说了，其实所选的郭宵珍饰演史湘云，我以为也非常贴切。那一年北京电视剧制作中心把我的长篇小说《钟鼓楼》拍成八集电视连续剧，就约请郭宵珍饰演了其中来自农村的杏儿一角，令我非常满意。

一位年轻人来跟我讨论，他说，林妹妹、薛姐姐、史小姐，究竟哪一位更可爱呢？我跟他说，先别进入讨论，首先，你使用的符码就不准确。把林黛玉叫做林妹妹，这不错，《红楼梦》书里以贾宝玉为主体，林黛玉比他小，所以是林妹妹，但统览前八十回《红楼梦》，里面无论是作者叙述还是人物对话里面,都绝对没有"薛姐姐"的说法,只有宝姐姐的写法,这是因为薛宝钗比贾宝玉大,是他表姐,为什么不叫"薛姐姐"而叫宝姐姐?值得揣摩。书里写史湘云,在人物对话里,总写成史大姑娘,统览前八十回《红楼梦》,绝无"史小姐"的字样,这也是我们一定要注意的。因此,要讨论《红楼梦》,首先要细读《红楼梦》,精读《红楼梦》。

总体而言,林妹妹、宝姐姐、史大姑娘,都是水为骨肉,玉为精神,兰为气息,都是那个时代、那种社会里的悲剧性人物。她们都值得我们探索、同情、喟叹、欣赏。至于每一位读者究竟更喜爱哪一位,都可以畅所欲言、直率争辩。《红楼梦》的魅力,也正在于此。

2019 年 9 月 29 日　温榆斋

目　　录

林黛玉之谜

林黛玉家产之谜 002

林黛玉血缘之谜 020

林黛玉眉眼之谜 032

黛、钗关系之谜 046

林黛玉险境之谜 062

林黛玉沉湖之谜 075

薛宝钗之谜

薛宝钗选秀之谜 ……………………………… 092

薛宝钗红麝串之谜 …………………………… 108

薛宝钗情爱之谜 ……………………………… 123

薛宝钗雪洞之谜 ……………………………… 140

薛宝钗审黛之谜 ……………………………… 158

薛宝钗结局大揭秘 …………………………… 174

史湘云之谜

史湘云出场之谜 ……………………………… 194

史湘云寄养之谜 ……………………………… 212

史湘云定亲之谜 ……………………………… 230

史湘云金麒麟之谜 …………………………… 246

史湘云结局大揭秘 …………………………… 262

史湘云脂砚斋之谜 …………………………… 280

林黛玉之谜

林黛玉家产之谜

林黛玉，《红楼梦》里的"女一号"，是曹雪芹用精湛独到的笔触为我们展现的一个美丽柔弱、多愁善感、才华横溢、心高气傲的艺术形象。她和《红楼梦》"男一号"贾宝玉由青梅竹马，发展到相知相爱，最终却以悲剧收场的爱情故事，更具有丰富的思想内涵，也赚取了无数读者的伤心之泪。

而在关于林黛玉的文字背后，却隐藏着大量鲜为人知，且又难以解释的一系列谜团。《红楼梦》第十二回写到，林黛玉因为父亲林如海身染重病，便在贾琏的护送下去扬州探望。不承想，大半年之后，林如海竟然不治身亡，林黛玉就彻底成为孤儿，从此只能寄居在外祖母（也就是贾母）的家里。那么，林黛玉的父亲林如海死了以后，会不会留有巨额遗产？而如果有遗产的话，作为女儿的林黛玉，在那样一个封建专制时代，又能否继承这笔遗产呢？现在，我们就一块儿来探讨这个问题。

这个问题猛一听，觉得好像不太重要，实际上很重要。因为人都有社会属性，人的社会属性中最重要的那部分就是他的经济状况，就是他的经济地位 —— 用《红楼梦》里面的话来说，就是他的家业根基。所以，这个问题是很重要的。

我们可以一层一层地来探究这个问题。

首先，大家想一想，林如海这样一个官吏，他死了以后，会不会有大笔的遗产？书里面对林如海的情况交代得很清楚。这个人祖上三代都是皇帝给封了贵族头衔的，到他这一代，虽然不再享有贵族头衔，只能通过科举谋出身，但是他很争气，故事开始的时候，他已经当官了。他因为什么当的官？因为他是前科的探花，他科举考试获得了很高的名次。他当了什么官呢？巡盐御史，衙门在扬州。巡盐御史，这是个肥缺啊！盐多重要啊！人们的生活离不开盐，盐不光是日常生活中的一种必需品，还有很多其他的用途。一个管理盐的开采、配置、运送，及相关税收的官员，得有多少人奉承他呀！他在多少个环节上可以获得财富啊！他死了以后，一定会留下大笔的遗产。

《红楼梦》里的官职，并不是清朝官职的照搬，而是按照现实中存在的官职，参考更古的时候的一些官名，再加以变化来设定的，但大体上我们可以根据官职的名称、性质等判断这个官职的大小。

过去有"三年清知府，十万雪花银"的说法，就是说官场的贪污腐败与昏庸无道已经成为一种常态。知府尚且如此，官位比知府大，同时又绝对是美差、肥差的巡盐御史就更不用说了。根据这样的分析，林黛玉的父亲林如海确实应该留有大笔的遗产。

可是，我们不禁要问，就算林如海留下了一大笔遗产，在那样一个封建专制时代，作为女儿的林黛玉，是否就有资格来继承这笔遗产呢？

在那个时代，家中的女儿怎么继承家庭财产呢？一般是以嫁妆的形式来分割这个财产。父母在世，把女儿嫁出去了，就从自己的财产里面切割出一部分作为她的嫁妆，给她带到她的婆家去。嫁出去的姑娘泼出去的水，有了嫁妆，她就和她的丈夫，和她婆家的人，构成了另外一个经济单位，成为另外一个社会细胞了，所以，如果林黛玉是一个已经出嫁的女儿，林如海死了，她就没有继承权了，只能分得一点纪念品。但是书里写得很清楚，林黛玉的母亲死了以后，她父亲就把她送到她的外祖母家了，那时候她还很小，没有出嫁。我们所看到的曹雪芹留下来的前八十回文字中林黛玉都没有出嫁，所以，林黛玉当然有继承父亲遗产的资格。在那个社会，就算你没有出嫁，如果你定了亲，许了人家，嫁妆给你了，也算是把家族的财产分给你了，从书里的描写来看，林黛玉没有这种情况。她不但没有结婚，也没有订婚，前八十回里面没有这些迹象，也没有说林如海留下一个遗嘱，很明确地把一部分财产作为她的嫁妆给她留下来。

由此可见，林黛玉虽然是一个女儿身，但她仍然具有不可侵犯和剥夺的继承权。问题的关键是，林黛玉所拥有的继承权，在所有可以继承林如海遗产的亲属之中，究竟能够排在第几位？

林如海死了以后，继承他财产的，首先应该是他的正妻。书里面交代得很清楚，林如海的正妻是贾母的女儿贾敏，也就是林黛玉的母亲。这个贾敏在故事一开始的时候就已经死掉了，贾敏死后，林如海才把林黛玉托付给贾雨村，送到京城，到了荣国府，寄居在她外祖母的家里。所以说，很明显，林黛玉的母亲早已去世，她父亲去世以后，不存在由她母亲来继承遗产的可能。

当然，林如海可以续弦，可以填房，这在那个时代是很普遍的事情，可书里面交代得很清楚，林如海没有续弦，没有填房。他跟贾雨村表明了自己的明确态度，就是他不想再娶一个正妻。所以，没有一个继母可以排在林黛玉前面继承林如海的遗产。

那林黛玉有没有兄弟姐妹呢？特别是有没有哥哥或弟弟呢？在那样一个男权社会，他们是最具有继承权的人。书里面也写得很清楚，贾敏生过一个儿子，可是这个男孩没养大，三岁就夭折了。

此后，林如海虽然也有几房姬妾，但是这些姬妾都没有生育，林黛玉是一个独生女儿。因此，在继承权的排序上，林黛玉应该是很靠前的。几房姬妾当然要分到一些遗产，但在那样的社会中，姬妾的地位是很低的。你看，《红楼梦》里写得很清楚，都是贾政的老婆，但是正妻王夫人那是什么地位啊？作为妾的周姨娘、赵姨娘是什么地位啊？没法比。

所以，我们可以得出这样一个结论：林如海死了以后有大笔遗产，这个遗产的继承权，林黛玉是有的，而且没有人能和她竞争。

那些姬妾就算是当时在扬州把着遗产，不想分给林黛玉，也不能做得太过分，因为林家会有族长来管理这个事情，就像贾家有族长一样。贾家的族长是谁呀？是贾珍。各个宗族都有自己的族长来管理类似的事情。所以林黛玉是应该能分到遗产的。

可是，我们在阅读《红楼梦》时会发现，林黛玉在荣国府里无依无靠，没有任何的经济外援，其表现根本不像是一个继承了大笔财产的人。她在《葬花吟》中，一句"一年三百六十日，风刀霜剑严相逼"，十分贴切地道出了她寄人篱下的真实感受。我们仔细读《红楼梦》的文本就会发现，林黛玉一点遗产都没得到，愣是没得到。她的母亲去世以后，父亲就让贾雨村把她送到了京城的外祖母家，故事发展到秦可卿之死那一段的时候，突然又插进一笔，说林如海得了重病，于是，贾府就派贾琏护送林黛玉回到扬州，去探视她父亲，结果，她父亲不久就死掉了，"捐馆扬州城"了。就这样，探视变成了参与丧事。林如海的丧事结束之后，贾琏就把林黛玉又带回了荣国府——这次林黛玉就长住荣国府，没有别的依靠了。书里面交代得很清楚，有一句话说林如海这家人"没甚亲枝嫡派"，就是说林如海连亲哥哥、亲弟弟也没有，跟他同宗的人血缘上都离得比较远。

林黛玉在贾府里面是一个什么经济状况呢？从经济地位来说，她是整个荣国府的小姐里面最悲苦的一个。

第四十五回写到林黛玉和薛宝钗经过了许多心理上的相互猜忌、排拒、冲突之后，终于和好。和好的时候，两个人说了很多知心话，这些知心话就牵扯两个人的经济状况。林黛玉就说："我是一无所有，吃穿用度，一草一纸，皆是和他们家姑娘一样。"什么意思啊？"一草一纸"，这个话把她生活当中的所需全概括了。这个"草"，说明她很谦虚，说自己是吃草的，也就是说她平时的吃喝全靠荣国府供应。说"纸"，因为林黛玉是一个才女，她要读书，她要写诗，她有文化需求，她这方面的需用也都要靠荣国府供应，而标准无非就是跟荣国府那几个姑娘一样。

可是，那几个姑娘，你比如说迎春，人家有父有母，贾赦还有爵位，家里人有财产，她住在荣国府，所领的月例银子无非是一份额外收入。探春更不消说，她的父母根本就是荣国府的主人。惜春本是宁国府的，被接到荣国府来住。她的父亲虽然是到道观里面去了，但是第六十三回以前毕竟还在。她还有一个当族长的哥哥，还有嫂子什么的。宁国府，你看书里面写的乌进孝来给他们送年货等情节，经济状况是非常不错的，也就是说，惜春的经济背景很强大。可是林黛玉呢？她什么都没有了。她靠着什么呢？靠着跟其他姑娘一样每个月能领到二两银子的月份钱（又叫月例钱）。这个钱由凤姐从荣国府的总账房领出来之后，再分发给荣国府里面的这些女眷，包括丫头什么的。除此之外，林黛玉没有获得林家的任何经济支撑，所以，林黛玉真是非常悲苦。

这一回如果我们对比着看的话，情况就更清楚了。林黛玉是怎么到荣国府，怎么在荣国府生存的呢？原是"无依无靠投奔了来的""一无所有，吃穿用度，一草一纸，皆是和他们家姑娘一样"。

而薛宝钗是怎么住到荣国府来的呀？是因为自己经济上无依无

靠投奔来的吗？不是。她不过是靠着亲戚的情分，白住在这里。薛家虽然跟他们家过去相比也不行了，也衰微了，薛姨妈的丈夫（就是薛宝钗的父亲）已经不在了，可是，薛蟠子承父业，还是一个皇家买办，还可以从皇家领到银子去给皇家买东西，在这一过程中，自己当然可以获得很多的收益，合法的、不合法的都会有。而且，小说里面交代得很清楚，薛家来了京城以后，一开始不一定非得住在荣国府，人家自己在京城有房子，只是由于薛姨妈和王夫人是亲姐妹，姐俩好，不愿意分开住，再加上薛蟠后来一看，贾珍、贾琏这些贾府的人跟他臭味相投，合得来，就近一块儿玩着方便，就这么着住在荣国府了。

有一笔写得很清楚，就是薛姨妈说她住在这儿可以，但是所有费用还都由他们自己承担，意思就是说荣国府里面的月份钱（一个人每月几两）他们都不要。王夫人一想，他们家在这种事情上也不难，还计较这个干吗呢，双方就达成了默契，薛家白住在这儿。

而且，林黛玉也指出来了："你们这里又有买卖地土，家里又仍旧有房有地。""家"指的是江南。薛家从江南来到京城，不是因为穷，投靠亲戚，主要是为了让薛宝钗参加选秀。所以到了京城以后，虽然住在荣国府这儿，但他们经济上很强大，在城里有自己的房子，随时可以搬过去住。他们在京郊还有土地，在江南，他们也依然有房有地，而且，薛家还有很多买卖，还开了当铺。书里有这样一个情节，就是邢夫人的侄女邢岫烟，后来也投奔到荣国府来了，跟迎春住在一块儿。凤姐也像对别的小姐一样，每月拨她二两银子做零用钱，但是邢夫人是一个很啬刻的妇人，她就逼着邢岫烟拿出一两银子，说是孝敬父母。对邢岫烟来说，本来二两银子就不是很充裕，分出一两以后就不够用了，不够怎么办呢？就只好去当衣服。薛宝钗发现了，就问她当在哪儿了，她说是鼓楼西大街的恒舒典。薛宝钗当时就开了一个很柔和的玩笑，说敢情人没到，衣裳先到了呀！为什么这么说？因为由家长做主，把邢岫烟许配给了薛宝钗的堂弟薛蝌，邢家和薛家又结成了一门亲戚，那个时候，邢岫烟没有过门，可是她把衣服拿到一个当铺去当，不知道那个当铺正是人家薛家的买卖。所以，你要懂得，那时候，薛宝钗的经济地位跟林黛玉比，一个是天上，一个是地下，很不对等的。

在这种情况下，薛宝钗就决定在经济上帮助林黛玉，而林黛玉也接受了她的帮助。林黛玉的身体很弱，需要吃燕窝。燕窝是很贵的东西，虽然贾母对她很好，林黛玉开口问王夫人要也没有问题，但是林黛玉因为自己没有了富贵根基，经济上处于弱势，自尊心又很强，怎么能够老开口要燕窝呢？即便贾母、王夫人不嫌她，荣国府那些底下的人不也得说她的闲话吗？她很为难。这个时候，薛宝钗就跟她说，这个燕窝她们家供得起，说完以后，当晚就让人送来了一大包燕窝。此外，还送了一大包什么东西呢？这个很体现薛家的状况，是一大包糖，因为熬燕窝是要放糖的。什么糖呢？洁粉梅片雪花洋糖。你看曹雪芹取的这个名字，首先，它很洁净，粉状的，像梅花一样，一片一片的，并且是雪白的，很容易溶化的，而且，特别给你点明，是洋糖。那个时代很不开放，不像现在进出口贸易这么发达，但是薛家就能够有洋糖，上好的洋糖就可以一大包包来，薛宝钗就可以做主送给林黛玉，这两个人的经济状况真是太不一样了。

从《红楼梦》的文本来看，林黛玉在贾府确实是一种寄人篱下、无依无靠的经济状况。那么，经济状况如此之糟的她，在贾府又如何立足呢？身为老祖宗的贾母对待自己的这个外孙女又会是一种怎样的态度？她在贾宝玉的婚事上，究竟是更中意林黛玉，还是更中意薛宝钗呢？

看到这儿，可能有人就叹气了，说林黛玉也真是太悲苦了，父亲一定有大笔遗产，可她居然一两银子没得着，落了个经济上没有根基，寄人篱下，无依无靠。好在有贾母维护她，这也是她在荣国府能够站住脚的一个重要原因，有贾母，林黛玉就有一定的依靠；没有贾母，她的结局将不堪设想，后文我还会再揭示这其中的奥秘。

先从经济上说。贾母对林黛玉，在经济上是保驾护航的。这就要讨论第二十九回中的那个情节。我之前曾讲到，贾府的婚配、四大家族的婚配，是特别讲究经济根基的。我收到了很多封读者来信，也从别的途径听到了很多质疑，说你这么说不对呀，因为第二十九回贾母有一段话，可不是这么说的呀！他指的就是贾母在清虚观打醮的时候，张道士给贾宝玉提亲时贾母讲的那番话。

我们现在再回忆一下这一段情节。贾母到清虚观打醮之前，发生了一件什么事呢？是一件很重要的事：端午节快到了，贾元春就从宫里给荣国府的亲属颁赐节礼。曹雪芹写下很重要的一笔，就是贾元春赐给这些人的节下的礼物，贾宝玉和薛宝钗得的最多，均等；林黛玉、贾迎春、贾探春、贾惜春等人比他们少，这些人低一级，一样。这意味着什么呀？在那个时代，这是一个很明显的意向，就是指婚的意向，就等于说贾元春有一个态度，她认为她的弟弟贾宝玉应该娶薛宝钗为妻。她没有明说，却通过颁赐节礼把她的这一意向表达得很清楚了，这是很利于实现"金玉姻缘"的一个举措呀！因此，王夫人和薛姨妈肯定非常高兴，关键看贾母的态度。你仔细读它这个文本，非常有意思。

这个贾母并不是一个傻老太太，她聪明过人哪！贾母在这件事上装傻，你看懂没有？你贾元春不是这么颁赐节礼吗？你不是要指婚又没明说吗？你没明说，我就不懂，我不知道，我没感觉，这是贾母的一个重要态度。而且，在这个情节的流动当中有一些非常重要的细节，本来清虚观打醮是元春的主意，这个"球"贾母接下了，让去就去，而且打醮的银子元春都从宫里面发出来了。这个你可以仔细看第二十八回，里面有交代的。贾元春让夏太监拿来一百二十两银子，明确指定要在五月初一到五月初三到清虚观打平安醮——一种为亡灵举行的宗教仪式，而且点名要贾珍带着府里的爷们去烧香跪佛。贾母很愿意到清虚观去打醮，她什么目的呀？她的目的跟元春不相干，她是"享福人福深还祷福"——她已经很享福了，但觉得福还不够，还要再去打醮，为自己祈求更多的幸福。贾母就是这么一个老太太。

贾母这一次有一个独特的做法，她让荣国府的女眷全去，而且有很具体的交代。首先她点名要薛姨妈必须去，然后让人顺路告诉王夫人让她也必须去。薛姨妈后来去了。但是请你注意，书里面有一个大场面描写，是《红楼梦》中少见的大场面，荣国府的那些女眷倾巢而出，整条街上都排满了车马、轿子，几乎所有能争取到机会的人全去了，包括好多大丫头、小丫头和婆子，但是有一位没有去。谁啊？王夫人。你注意到了吗？王夫人偏不去。

王夫人不去，这在当时那个社会里是一个很骇人听闻的现象！你要知道，在那种封建贵族大家庭里面，婆婆到哪儿，媳妇就要跟到哪儿伺候。在书里的其他场合，王夫人全是这么做的。你注意到没有，她每天要到贾母面前去伺候，自己不亲自动手也要在旁边侍立，指挥其他人来伺候，很多时候还要自己亲自斟茶献上去。王夫人在这方面一直表现得很好，是一个模范媳妇，可是这一次，贾母说一起都到清虚观去，她却不去，她说她有事。有什么事？她说宫里面元妃那儿会派人出来，她要接待。这是为什么？就是因为王夫人和薛姨妈看到贾元春颁赐节礼，把贾宝玉那份和薛宝钗那份完全划一，而且东西特别多，还有好东西，心里特别高兴。元妃虽然在家族辈分上低，是贾母的一个孙女，但是她在整个社会上的地位高啊！她已经"才选凤藻宫，加封贤德妃"了呀！她在皇帝身边了呀！她的态度得重视啊！贾母一点反应都没有，不表态，王夫人觉得受到了很沉重的打击，心理上难以承受，实在不愿意在这个场合再跟着贾母去，所以居然就没有去。

以后的情况，曹雪芹写得很巧妙。王夫人没去，但是那个张道士却在贾母面前给贾宝玉提亲了。提亲以后，贾母就当着大家表态了。在场的最重要的一个人物是谁呢？薛姨妈。前面写了，贾母点名说薛姨妈得去，薛姨妈去了，在那儿乖乖听着。虽然她是个亲戚，但人家是贾府宝塔尖上的人物——老祖宗，她讲话得注意听。贾母的话都是"黑话"，话里有话。读《红楼梦》，读不懂贾母这些话，那真是白读了。

贾母怎么说的呀？

前面她说："上回有个和尚说了，这孩子命里不该早娶，等再大一大再定吧。"这个话很厉害，等于当众宣布元妃的指婚无效。你不是借着端午节颁赐节礼，在那儿拿主意了吗？你觉得你这个弟弟跟那个表妹是天作之合，一个戴金锁，一个戴玉，所以颁给他们的节礼也完全一样，就像他们是未婚夫、未婚妻那样，可我偏要说，现在宝玉还小，等再大一大再定吧，就是要让你的指婚不算数。贾母还故意搬出一个和尚——因为王夫人、薛姨妈总在造舆论，说有个和尚如何预言了"金玉姻缘"，贾母的意思就是，你们有和尚预言，我这儿也有和尚预言，在这一点上，咱们起码是打个平手。

贾母接着说："你可如今打听着，不管他根基富贵，只要模样儿配得上，就好来告诉我。"有的读者就糊涂了，说闹了半天，贾母不主张在子女的婚配问题上讲究家业根基，不富贵也行？但贾母的这句话，是在特定的场合，当着特定的人，表达一个特定的意思。她就知道薛姨妈、王夫人一天到晚在"金玉姻缘"上打着主意：你们不就是嫌林黛玉穷吗？嫌林黛玉没有根基吗？你们不就是怕成就"木石姻缘"吗？现在我就把话说清楚了。她表面上是跟张道士说，实际上是敲山震虎，说给薛姨妈这些人听。"不管她根基富贵""模样配得上就好"。那林黛玉的模样，根据书里面的描绘（我专门有一讲要讲她的模样），那是没得挑的。而且这句话也很厉害，叫作"来告诉我"——跟张道士说，来告诉她，意思就是说，关于宝玉的婚事，谁都别插嘴，你们有了消息，就来告诉我，由我来决定。在宝玉的婚事问题上，贾母绝不放权，她要独裁，这是她的一个坚定的态度。

然后，贾母又说："便是那家子穷，不过给他几两银子也罢了。"这是什么意思？林黛玉虽然没有得到她父亲的遗产，但是贾母有体己钱（就是私房钱），她要拿出来，她是林黛玉的经济上的后盾，是靠山。她有钱，给林黛玉几两银子，对她来说很容易，她不能允许王夫人、薛姨妈在那儿叽叽喳喳，表面上跟她微笑，其实是微笑战斗。封建家族经常是这样，在温情脉脉的面纱下面，其实都是几颗狰狞的心在那儿互相恶斗，就是为了争夺家族中的权势。贾母是个聪明人，所以这句话说得挺厉害。曹雪芹笔下的四大家族，互通有无，互结姻缘，身为贾家"金字塔尖"的贾母不是不知道这个道理，只是由于自己最疼爱、喜欢林黛玉这个外孙女，因此衷心希望贾宝玉与林黛玉能够最终走到一起。尽管林黛玉没有继承父亲的遗产，也就是没有了所谓的富贵根基，但是贾母却心甘情愿地成为她最大的后盾。如果要讲富贵根基，林黛玉的靠山贾母就是最大的富贵根基。

那么，在《红楼梦》的文本之中，会有贾母要把她的体己钱给林黛玉的具体描写吗？林黛玉没能继承的那笔遗产，又究竟到哪里去了呢？

贾母要把她的体己钱给林黛玉，这个书里面有很明确的交代。在第五十五回，写王熙凤和平儿私下里议论府里面的事，这个时候，王熙凤和平儿就"沙场秋点兵"，扳着手指头数府里面这些公子、小姐还有哪些事没完，需要怎么花钱。凤姐就说："宝玉和林姑娘他两个，一娶一嫁，可以使不着官中的钱，老太太自有体己拿出来。"王熙凤她是很明白这一点的。我们通过书里的描写应该能感觉到，虽然荣国府的主人是贾政和王夫人，住在以荣禧堂为主的这样一个中轴线上的主建筑群里面，贾母住在中轴线主建筑群西边的一个大院子里面，但是贾母在经济上有相对的独立性，贾母非常富有，有很多的体己钱。以至于书中后来描写到官中缺钱——所谓"官中"，在《红楼梦》里多次出现，指的是荣国府的总账房。一个府里的事务管理机构，特别是它的财务中心，叫官中，很多花销要从官中支领，或者是事先垫付，再到官中去报销——王熙凤就很清楚，她对平儿说，宝玉和黛玉结婚的时候（按说这是非常重要的两个人物，尤其是宝玉，居然用不着官中，居然用不着荣国府的那个财务中心出钱），贾母自己就会包揽下来，自有体己钱给他们办事，贾母很有钱。所以，林黛玉虽然在贾府里确实没有自己的经济根基，但是贾母对她在经济上是要包揽到底的，这一点也是我们读《红楼梦》时必须读懂的。

贾母在清虚观对大家所说的那一番话，表面上是回答张道士的提亲，实际上是说给薛姨妈等人听，让该懂的人懂得她对贾宝玉和林黛玉的爱情和婚姻是一个什么样的态度，是一个什么样的基本立场。所以，贾母说"不管他根基富贵"，这句话是虚晃一枪，她是针对"金玉姻缘"来说的，针对薛家特别富有，而林黛玉没能得到她父亲的遗产来说的，并不意味着四大家族（特别是贾府）在婚配问题上居然可以不管对方的根基，不是这样的。

在第七十回，有一句话曹雪芹写得很明白，绝不是赘文闲笔："偏近日王子腾之女许与保龄侯之子为妻，凤姐又忙着张罗。"这就是四大家族婚配的普遍状态，王家和史家又结了一门亲。

那么，有的人一定会问了："贾母既然那么关爱林黛玉，她怎么不去为林黛玉争得林如海的大笔遗产呢？"

以《红楼梦》那个时代的道德与行为规范而言，贾母尽管是整个贾家的老祖宗，辈分最高，但林氏是他姓别族，况且贾敏已经死去，对于林如海家族的内部事务，她不便过问，也无权过问。另外，有着相当殷实的经济基础的贾母，也可能并不在乎林黛玉是否继承了多少遗产，她是甘愿为自己的外孙女的婚事埋单的。

但我们不能不"打破砂锅璺到底"，探究一个悬而未决的问题，那就是，林如海应该分给林黛玉的遗产究竟跑到哪里去了？在《红楼梦》的文本之中能找到什么线索吗？

我要提醒大家，注意书中的一些有关贾琏的文字。为什么？因为林如海病重以后，是贾琏带着林黛玉去扬州探视的，后来林如海去世了，又是贾琏带着林黛玉把林如海的灵柩护送回原籍苏州。第十六回写到："林如海已葬入祖坟了，诸事停妥，贾琏方进京的。"所谓"诸事停妥"，当然包括贾琏以监护人身份争到了林黛玉的遗产这件事。

贾琏是荣国府的总管，财务方面的事他当然把得很紧。林如海的遗产中林黛玉应得的那一份，应该全部折合成了银子，按当时的规矩，带回以后他应该交给荣国府的总账房保存，等到林黛玉出嫁的时候，作为她的嫁妆提取出来。而且，林黛玉大一些以后，如果自己知道有这笔遗产，即使自己没出嫁，有需要时应该也可以提取，但是，从书中后来的描写来看，林黛玉应得的这笔遗产竟化为了乌有。不仅林黛玉觉得自己一无所有，贾母也知道她的这个外孙女没有了富贵根基。这又是为什么呢？

我们从第十六回往下看，就会发现贾琏带着林黛玉从苏州回来以后，很快遇到了一桩大事，就是贾府为了迎接贾元春省亲，斥巨资兴建了大观园。元春省亲的时候一再地叹息"奢华过费""以后不可太奢，此皆过分之极"。第五十三回，还通过贾蓉之口交代："头一年省亲，连盖花园子，你算算那一注花了多少，就知道了。再两年再省一回亲，只怕就净穷了。"历来都有一些读者感觉到，林黛玉应得的那份遗产肯定是在兴建大观园的时候被贾府挪用了。林黛玉自己对此混沌无知，贾母应该是知道的，但因为元妃省亲一事关乎整个家族的根本利益，贾母对此也就予以了容忍。好在贾母自己有很多体己钱，黛玉出嫁的嫁妆，她是能包下来，并且能保证高标准的。

那么，林黛玉应得的遗产全部都挪用于兴建大观园了吗？当然不是。贾琏既然经手此事，必然从中贪污。

第十六回写贾琏从苏州回来，平儿私下里有一句话说他："我们二爷那脾气，油锅里钱还要找回来呢！"又写到贾琏听说贾珍派贾蔷去姑苏采买戏子，公然笑道："这个事虽不算甚大，里头大有藏掖的。""藏掖"就是暗中贪污的意思。这些笔墨其实都在向读者暗示，从苏州携林如海的大笔遗产到贾府的贾琏，是一定要从中侵吞的。

那么，在《红楼梦》前八十回的文本里，有没有一处地方，由贾琏自己把他侵吞林黛玉应得的遗产的事情逗漏出来呢？我认为是有的。

在第七十二回里面，贾琏和王熙凤就说了好多有关银钱的话，两个人有很多金钱上的讨论，而且剑拔弩张，都说了一些难听的话，特别是王熙凤。王熙凤在气势上一贯压过贾琏，甚至于说了一些丑话，什么"把太太跟我的嫁妆细看看，比一比你们的，那一样是配不上的""把我王家的地缝子扫一扫，就够你们过一辈子了"之类的话。这一回重点写了很多经济上的事情，也写到官中的流动资金不够了，因为贾琏是财务中心的一个主管，他管整个荣国府的事务，财务中心是他重点要管的一个部门，就向鸳鸯去借当，说把贾母的金银大家伙偷运出一箱子来先拿去当掉，又写到了宫里面的太监跑到他们家来敲诈勒索。这个时候，贾琏说不过王熙凤，于是就用一句话收场，一句什么话呢？这句话很重要，他说："这会子再发个三二百万的财就好了。"这句话可不是随便写上的！从第七十回往前一看，贾琏在什么情况下有可能获得三二百万两银子？有的古本，可能抄手觉得三二百万这个数字太大了，所以就把这句话写成是三二万，觉得三二万也不少呀。请注意贾琏的口气，"这会子"是相对于"那会子"

而言的,"那会子"是哪会子?就应该是他陪林黛玉到扬州,先是探视林如海的病,后来林如海就死掉了那会儿。那个时候,林黛玉还是个小姑娘,有可能去为自己争遗产吗?不可能。贾琏可是个成年人,一定会据理力争,对方也没有道理不给。贾琏把这些银子拿回来之后,有可能形式上往官中交了一点,其他的就和王熙凤私吞了。

所以,林黛玉是一个很悲苦的人,她的遗产,她应得的遗产,是被人侵吞的。讨论到这儿,可能有"红迷"朋友要问我一个问题了,这个贾母,她特别主张贾宝玉娶林黛玉,可是他们俩是姑表兄妹呀!即使在封建社会,在那个时代,也不允许,或者说不提倡姑表兄妹结婚哪!这血缘太近了呀!血缘这么近,要生傻孩子的呀!人们通过世代的婚配,早已得出了优生的原则和理念,怎么会写成这个样子呢?曹雪芹那么一个伟大的作家,那么聪明的一个人,他怎么在血缘上把林黛玉写得跟贾宝玉这么近呢?这就是我下一讲需要跟大家共同研究的,就是林黛玉的血缘之谜。

林黛玉血缘之谜

上一讲中提到,林如海因病离开了人世,留下巨额家产,林黛玉虽身为独女,却未得半点遗产,她来到贾家,成为荣国府里一个没有经济根基的寄食者。在荣国府里,她唯一的知己就是贾宝玉。她对贾宝玉爱得真诚,爱得执着,贾宝玉也对她爱入肺腑。可是,面对宝玉、黛玉之间的爱情,我们不能理解的是,曹雪芹这样一位天才作家,为什么要写一对血缘如此接近的人物彼此相爱?曹雪芹的"真事隐"究竟隐藏了什么?这一讲我们就来探究这个问题。

根据书里对人物关系的设计,贾宝玉和林黛玉是姑表兄妹,也就是说一家人中,哥哥的儿子和妹妹的女儿相恋,而且我在上一讲还分析出,贾母是主张他们两个结婚的。这有点奇怪。不要说现代社会姑表兄妹不能结婚，就是在过去姑表兄妹结婚也是一种禁忌，因为从优生学的角度来讲，这种婚姻会产生很糟糕的结果，会生傻孩子。但是曹雪芹居然就这么写，这是为什么？要解答这一问题，就必须把握《红楼梦》这部小说在写作上的一个基本原则。

我曾反复强调我个人的一个基本看法，就是《红楼梦》这部小说带有自传性、自叙性、家族史的特色，它的许多人物都是有生活原型的；它在艺术上的基本宗旨，是"真事隐""假语存"，就是把真事隐藏起来，隐藏到假设的小说的叙述当中，但是它的目的还是要保存它不得不倾诉的真事儿。这是曹雪芹写作《红楼梦》的一个基本的出发点，把这一点搞通，我提出的这个问题就比较容易得到一个清楚的答案。

宝玉和黛玉这两个艺术形象虽然被设定为姑表兄妹，但是在真实的生活里，这两个角色的生活原型真的是血缘那么亲近的姑表兄妹吗？要弄清楚这个问题，我们首先必须了解贾母这个人物的原型。在《红楼梦》一书的人物当中，曹雪芹把贾母设定为贾府的老祖宗，那么，在真实生活中贾母的原型会是谁呢？

贾母的生活原型是康熙朝苏州织造李煦的一个妹妹。她嫁给了康熙朝江宁（南京）织造曹寅，是曹寅的正妻，因此贾母这个角色就是根据生活当中的这样一个真实人物来加以发挥的。当然，写到小说里面，因为它是"假语存"，所以曹雪芹对这个人物进行了艺术加工，进行了艺术升华，构成了一个独特的艺术形象。

这个真实生活当中嫁给曹寅的李氏，遭遇是非常奇怪的。一开始呢，她应该很幸福，因为她的哥哥是苏州织造，她的丈夫是江宁织造。这两个织造，还有一个杭州织造，是康熙皇帝在江南的耳目，很受皇帝的宠爱、重用和信任。但是李氏很不幸，就在她享受这样荣华富贵的生活的时候，她的丈夫曹寅得了疟疾。治疟疾需要一种进口的药叫金鸡纳霜。有人要问，那个时代有这个东西吗？是有的。皇宫里有，这是在清宫档案里有明确记载的。康熙皇帝听到奏报以后非常着急，立刻把宫里的金鸡纳霜由飞马一站不停地送往南京，但是曹寅没有等到金鸡纳霜来救命就一命呜呼了，李氏成了一个寡妇。

康熙皇帝对曹家好得不能再好了，讲出来好多人都不信，但是他对曹家确实很好。为什么？曹寅的母亲孙氏曾经是康熙皇帝的保母（不是现代意义上的保姆，是一种"代替母亲"的重要角色，又称"教养嬷嬷"）。康熙皇帝小的时候不是在他自己的母亲身边长大的，而是在孙氏的身边长大的。孙氏自己的儿子，就是曹寅，打小就陪着康熙皇帝一起读书，康熙登基之后他又是康熙的近身侍卫。后来康熙就给他安排了一个肥缺——到南京担任江宁织造。用现在的北京话来说，康熙和曹寅就是"发小"，感情特别深厚。那么曹寅死了以后，这江宁织造由谁来当呢？根据康熙帝以前清朝的皇家游戏规则，像织造这样的内务府官吏，是不能够世袭的——不能说你老爸是一个织造，他死了，你这个儿子就当织造，没这个道理，一定要换人，但是皇帝可以不遵守之前的游戏规则。康熙皇帝对曹寅太好了，他就做主，曹寅死了，有没有儿子？有儿子，就让他儿子接着当这个江宁织造，这个儿子就是曹颙。

曹颙又当了江宁制造，这不挺好吗？可是呢，天公不作美，不几年，曹颙又得病了，又治不好，也死了。李氏还有没有儿子呢？没有了。她先死了丈夫，又死了亲儿子，变得孤苦伶仃了。

康熙皇帝由于和曹寅感情很深，所以对李氏这样一个未亡人关怀备至，又由于李氏是苏州织造李煦的妹妹，康熙对李煦也是宠爱有加。康熙就命令李煦，曹寅的儿子不是也死了吗，但我还是要让曹寅他们家的人当江宁织造，你去到曹寅的侄子里面给我选一个奏报上来，过继给李氏，接着当江宁织造。后来李煦就给康熙上了奏折，推荐了曹寅的一个侄子，即曹頫。因此我们应该知道，曹頫是过继给李氏的，不是一个血缘上的亲儿子，是一个有着过继关系的儿子。曹頫转化到小说里面构成的艺术形象，就是贾政。周汝昌先生对此有很深入的考证。

曹雪芹把贾政设计成贾母的亲儿子出现在《红楼梦》的文本当中，他的生活原型其实是曹頫，在真实的生活里，这母子二人并无直接的血缘关系。我们阅读《红楼梦》文本时会发现，贾母是有两个儿子的，如果书中贾母的二儿子贾政的生活原型是曹頫的话，那么，书中大儿子贾赦的生活原型又是谁呢？探究贾赦的生活原型，对于我们理解林黛玉的血缘能有什么帮助吗？

小说里面说贾母有两个儿子，大儿子是贾赦，可是贾赦跟贾母住在一起吗？不住在一起。这不但是贵族家庭的一个怪现象，就是在封建社会的普通家庭里也是很离谱的。小说里面贾母的丈夫是贾代善，他在故事开始的时候已经死去多年了，贾代善死了以后，爵位是由贾赦来袭的。可是袭爵的他却不住在荣国府的荣禧堂，不住在荣国府中轴线上的主建筑群里，却跑到荣国府隔壁另外一个黑油大门的院子里去住。这个荣禧堂——荣国府最重要的一个空间——被谁占据了呢？贾政和王夫人。他们住在荣国府中轴线上的主建筑群里，占据荣禧堂这样一个非常重要、挂着皇帝的赐匾的空间。从小说的人物设计来说，这是说不通的 —— 贾政只是因为皇帝对他也比较看重，额外给了他一个官职，这个官职也不是很高，是个员外郎，却大摇大摆地跟他的正妻王夫人占据荣国府主要的居住空间，由他和王夫人来作为贾母跟前的儿子、儿媳妇来侍奉贾母。这是为什么？就是因为曹雪芹在写作当中遵守这样一个原则：当他的小说里的人物设计和生活当中的实际情况难以协调的时候，是牺牲生活的真实去照顾小说本身逻辑的圆满呢，还是牺牲小说本身逻辑的圆满去照顾生活的真实？曹雪芹选择了后者。这是他"真事隐""假语存"文本的一个最大的特点。因为在生活的真实当中，李氏的丈夫死了，亲儿子又死了，她过继来一个儿子，这个儿子带着儿媳妇过来了，作为她的合法的儿子、儿媳妇来侍奉她，与她住在一起。而贾赦呢，在生活真实当中是贾政原型的一个亲哥哥，并没有与之一起过继到李氏的门下。在小说里，为了写作上的方便，曹雪芹就合并同类项，把生活当中贾赦的原型，一个本来并没有跟贾政的原型一起过继到李氏门下的人，也设计成了贾母的儿子。虽然小说是如此"真事隐"了，但曹雪芹又不愿意按照虚构应有的逻辑来写 —— 按那个逻辑，他应该写贾赦和邢夫人住进荣禧堂，他还是要"假语存"，就是虽然把生活当中的曹頫化为了贾政这样一个艺术形象，却又在描写上保存生活中的真实情况，那就是过继过来的曹頫和他的媳妇跟李氏住在一起。这是《红楼梦》文本的一个很重要的特点。

《红楼梦》文本之中设定的贾母的亲儿子贾政，其生活原型是贾母的原型李氏过继的儿子，把这一点弄明白了，就会得出这样的结论：从生活原型的角度来说，贾宝玉的原型并不是贾母的原型血缘上的亲孙子。但是，我们阅读《红楼梦》时会经常发现，贾母视宝玉为心肝宝贝、命根子，如果没有血缘关系，贾母能这样对待他吗？关于这一点，该如何解释呢？再有，《红楼梦》第三回写到，林黛玉初入荣国府见到贾母，贾母为什么那样激动呢？宝、黛的生活原型又到底是谁呢？

以生活原型而言，曹雪芹如果是曹頫的儿子，那么他跟李氏就并没有直接的血缘关系，他只是一个过继来的儿子生下的一个孩子。但是在封建社会，无论是富贵家庭，还是普通人家，都认同一个道理：过继的儿子如果是成年过继过来的，和他过继后的父母关系不融洽的话，这个儿子所生的那个儿子，就会被上面的祖父、祖母视为自己的亲孙子，这是在那个时代为了延续一个家族的血脉，约定俗成的一种心理认知和伦常定位。这种伦理定位，直到今天仍被绝大部分有过继关系，乃至"入赘女婿"的中国家庭所认同。所以书里多次写到，贾母对贾政没有什么感情，但她确实是把宝玉当作心肝宝贝，这是非常合理的。

把这个问题捋清楚以后，你再想一想，在曹雪芹执笔写作的时候，他心目当中的贾宝玉和林黛玉血缘很近吗？在生活的真实当中，这两个人物的原型的血缘离得比较远。生活当中的李氏有一个亲女儿，在小说里面化为了贾敏，贾敏生了一个女儿，这个女儿到小说里面就被设计成林黛玉。这是她的亲骨肉，是她的亲女儿生下的亲女儿，非常亲啊，所以他写第三回林黛玉到了荣国府以后，贾母那样激动——否则不好理解，贾母眼前的姑娘很多嘛，大儿子贾赦就有大女儿贾迎春，那不就是贾母的宝贝疙瘩吗？对不对？贾母有血缘上嫡亲的孙女儿啊。可是小说里面贾母对贾迎春什么态度啊？有一次府里面开宴请客，南安太妃来了，要见他们家的姑娘，贾母让林黛玉、薛宝钗、史湘云出来跟人家见，说贾家的姑娘就把探春叫来吧。邢夫人对此耿耿于怀，认为贾母对贾迎春视有如无，非常怨愤。相比之下，贾母初次见到林黛玉时是怎么个情景呢？而且大家知道，王熙凤是最会讨贾母欢心的，王熙凤出场以后怎么说的啊？她就知道贾母心里在想什么，她说，哪里是一个外孙女儿啊，分明是一个嫡亲的孙女啊！她就知道，在血缘上，林黛玉是跟贾母最近的一个生命，所以贾母珍爱她。作为一个封建老太婆，在血缘认同上有这样的意识，应该是可以理解的。

书里说贾母的二儿子是贾政，但从描写上看，像亲的吗？第二十二回写大家一块儿猜灯谜，因为贾政的生活原型是一个过继儿子，小说里面其实也是根据生活当中的真实情况来写，就写到：有贾政在场，贾母就觉得不自在；贾政在她面前承欢也显得很勉强，最后贾母就等于是把贾政给撵走了。真是亲儿子能这样吗？在贾政痛打贾宝玉之后，贾母颤颤巍巍去说了一些话，那是母亲在和亲生儿子说话吗？那就是一个发怒的非生身母亲，面对一个过继来的儿子，一来二去所说的话。所以在生活的真实当中，林黛玉是和贾母在血缘上最亲的一个人。

贾母为什么愿意让林黛玉嫁给贾宝玉？现在这个问题就更加清楚了。第一，她不会有血缘相近不宜结婚的心理障碍。因为从原型角度来说，黛玉、宝玉这两个人血缘根本就不近，相对来说，宝钗和宝玉的血缘关系倒要近得多——一个是姐姐的儿子，一个是妹妹的女儿，如果他们俩结婚，是两个姨表兄妹结婚。过去对姨表亲婚配可以容忍，但我们今天从遗传学的观点来看，也是应该有所避忌的，现在的婚姻法也是不允许的。所以生活的真实折射到小说里面，人物虽然在艺术设计上变成了另一个样子，但是人物的心理状态还是生活当中的真实状态。贾宝玉是和薛宝钗结婚，还是和林黛玉结婚，如果仅仅从血缘角度来说的话，贾母选择林黛玉，而放弃薛宝钗是顺理成章的。

曹雪芹借助"真事隐""假语存"的写作方式，把生活中的真实映射在小说当中，以构成一个个独特的艺术形象。还有一个人物，曹雪芹把生活真实中的她，加以变化写到了小说里，她就是"金陵十二钗"正册里的李纨。《红楼梦》第八十回后会写到，贾府满门被抄，独有李纨母子幸免，没有被拘禁，后来还很发达。这是为什么？生活中的李纨究竟是什么人？探究李纨的生活原型，对于理解林黛玉的原型又有什么关系呢？

李纨这个角色身上有生活的真实当中李氏的亲儿子曹颙的媳妇马氏的影子。马氏是谁？就是在曹寅死去以后接任江宁织造的曹颙的正妻。马氏呢，很不幸，她的丈夫曹颙当江宁织造当得好好的，突然就一病不起，死掉了。于是曹家就剩下了两代孤孀，李氏是一个寡妇，马氏又是一个寡妇。李氏的问题皇帝给解决了，她有了一个过继的儿子，这个儿子继续当江宁织造，她继续享受荣华富贵。

但是马氏，你想，惨不惨啊，来了一个曹頫，带着一个妻子，两人大模大样地就成了李氏的儿子、儿媳妇了；曹頫就顶替了她丈夫的位置当了江宁织造了，二人就住进了江宁织造府的主建筑群了，她本人就得靠边了。曹頫对康熙皇帝感恩戴德，同时向康熙汇报了一个消息，说他的嫂子马氏已经有身孕了（就是说曹颙虽然死了，但是生前已经让马氏受孕了），倘若他的嫂子能够生一个儿子的话，那他的哥哥就等于有后代了。但是没有后续的档案来说明，究竟马氏生没生下孩子来？生下的孩子究竟是一个男孩儿，还是一个女孩儿？生下的这个孩子养大了没有？因此关于曹雪芹究竟是谁的儿子，在曹雪芹家族史的研究者当中就有分歧：有的认为曹雪芹就是曹頫的儿子，有的认为曹雪芹就是曹颙的儿子，也就是马氏生下来的遗腹子。我个人认为，曹雪芹在"真事隐"以后，在"假语存"的过程当中，就把马氏降了一辈，设计成了李纨这个艺术形象。

为什么说李纨身上有马氏的影子呢？在第四十五回里面，因为王熙凤泼醋以后打了平儿，李纨看不过去，所以两个人话语之间就发生了一些冲撞，这个时候王熙凤说了一些揭李纨隐私的话。王熙凤怎么说的？她说："老太太、太太罢了，原是老封君。你一个月十两银子的月钱，比我们多两倍子，老太太、太太还是说你寡妇失业的，可怜，不够用，又有个小子，足的又添了十两，和老太太、太太平等。"也就是说在小说里面，李纨享有的月银数量是和王夫人平等的，是二十两银子。小说里为什么这么写？可见在生活当中有一个马氏。你想，马氏虽然失去了女主人的地位，但是江宁织造府供应她月银的时候，那个份额不可能给她降低，也没有道理降低，她的月银的数额应该是和曹頫的夫人均等的。这一点在小说第四十五回就有所逗漏，所以这个地方你要看得很细。我的研究方法，一是原型研究，二是文本细读。这些地方有人拿眼睛一晃就过去了，细读就读出味儿来了，这些描写里面都有很多真实生活的投影。

按照上面的分析，如果李纨的身上有马氏的影子，那么，李纨的儿子贾兰的原型会不会是贾母原型的亲孙子呢？如果真是那样，贾母身边岂不是有比宝玉、黛玉血缘上都更亲的骨肉了吗？这是一个必须解答的问题。

有的"红迷"朋友跟我讨论得很细,说如果你认为马氏到了小说里面就是李纨的话,贾兰就应该是贾母的亲孙子,对不对?小说里面是把她降了一级,李纨成了贾母的孙子媳妇,她生了一个儿子,就是贾母的一个重孙子贾兰。在第二十二回里面有一笔写的是很有趣的,就是荣国府众人聚在一起过灯节,这是一个传统的节日,要讲究团圆的,在这种情况下,大家都很高兴,可忽然贾政发现贾兰不在座,有这个情节吧?贾政就问,怎么不见兰哥儿啊?贾政问这个话,当然需要由李纨来回答,因为李纨是他妈。李纨说因为老爷你没叫他,所以他就没有来。根据小说里面的人物设计,贾兰是贾母的重孙子,是贾政的亲孙子,全家团聚还用人叫吗?小说开始的时候贾兰虽然年龄比贾宝玉小,也读书认字了呀,他怎么能不去呢?在封建社会里有一个非常严格的规定,就是晚辈对长辈,不但逢年过节必须到跟前去承欢,就是平日里,每天早上也必须到长辈跟前去晨省,晚上必须再去一次。可是小说里面把贾兰设计成了贾政的亲孙子、贾母的亲重孙子,在灯节的时候他却不去承欢,这是什么态度啊?没叫就不去?可见"真事隐"所隐去的真事是,在真实生活当中,这个人物和贾母、贾政的原型都没有直系血缘关系,只能这么解释。

有的"红迷"朋友可能要问,李纨为什么一定要来?因为李纨的身份是非常明确的,她是贾政、王夫人的一个亡故的儿子的媳妇,在小说里面,她始终是要到贾母、王夫人跟前来伺候的,两层长辈她都得伺候,所以她是必须要到的,但是贾兰很显然就可以不到。当然贾兰被请到了以后,贾政也表示很喜欢他,贾母就让他坐在旁边,抓果子给他吃,书里面有这样的描写。

从书里的描写来推敲，贾兰这个角色的原型，有可能是因为马氏到头来还是没有生下孩子，或生下没能养大，在没有办法的情况下过继来的儿子，这个孩子只认他的妈为至亲。曹𫖯一家子团聚，他妈因为是李氏的儿媳妇，不能不去，他却可以认为那是叔叔家的聚会，没叫他去，他就不去。曹雪芹把她们母子二人降低了一辈来写，而对贾宝玉和林黛玉这两个人物，在从原型升华为艺术形象的过程中却基本上保持了原来的辈分，而且放手去写他们的爱情，写贾母对"木石姻缘"的支持。可是在高鹗续写的《红楼梦》后四十回当中出现了"调包计"的情节，写贾母喜钗厌黛。高鹗的这种写法，符合曹雪芹的原笔原意吗？

绕到李纨和贾兰的问题，还是为了回到林黛玉的问题上来。在生活的真实当中，当时的贾母一抬眼，满眼都是儿女，都在奉承她，但是哪一个真正是亲的？从血缘上，你替她想想，曹𫖯是亲的吗？曹𫖯的媳妇是亲媳妇吗？当然宝玉的原型从小捧凤凰似的长大，可以认作亲孙子，但是这个亲，那个亲，都不如林黛玉的原型亲，你想是不是这样的？高鹗却写贾母活着的时候就容忍"金玉姻缘"成功，就同意王熙凤的"调包计"，甚至于在"调包计"的实施过程当中对林黛玉非常绝情，听凭林黛玉悲惨地死去。

高鹗有续书的自由，他那样写也自有他的逻辑，但是我现在要很鲜明地表达我的个人观点，就是高鹗这样写是违背曹雪芹的原笔原意的，既违背曹雪芹所隐蔽的"真事"，也违背曹雪芹选择的"假语"，他这样写是不对的。

说到这儿，也可能有"红迷"朋友要这么来提醒我了，您说了半天，一个说了遗产问题，一个说了血缘问题，但是林黛玉是个艺术形象，您能不能加重对林黛玉这一艺术形象的艺术分析啊？我很愉快地接受您这个建议。对于一个人物的刻画，其中很重要的一点就是肖像描写，写她的外貌。林黛玉一出场曹雪芹就写到了她的眉毛和眼睛，那么林黛玉的眉、眼究竟是什么样子呢？下一讲将来讨论这一问题。

林黛玉眉眼之谜

在上一讲中,我通过文本细读,从原型研究入手,分别为大家解读了《红楼梦》中,可能与贾母、贾政、贾赦、李纨和贾兰这五个人物相对应的生活原型,从而揭示了林黛玉与贾宝玉在生活中的原型之间的非近亲关系。但林黛玉毕竟是一个文学艺术形象,她是一位与贾宝玉发生爱情故事的贵族小姐,一位沉鱼落雁的绝代佳人。在流传至今的众多版本的《红楼梦》中关于林黛玉的肖像描写有着很大的差别,那么,究竟哪一种描写才最符合曹雪芹的本意呢?

在《红楼梦》里,曹雪芹对很多人物都有肖像描写。比如说林黛玉初进荣国府,首先就把府里面的三位小姐介绍给她,然后曹雪芹就通过林黛玉的眼光看过去,这实际上就是肖像描写。

首先是贾迎春,说她"肌肤微丰,合中身材,腮凝新荔,鼻腻鹅脂,温柔沉默,观之可亲";然后写贾探春"削肩细腰,长挑身材,鸭蛋脸面,俊眼修眉,顾盼神飞,文彩精华,见之忘俗",这跟贾迎春就有很鲜明的区别。

那么,对贾惜春呢,写得比较简单,说她"身未长足,形容尚小"。

王熙凤出场也有肖像描写,说她"一双丹凤三角眼,两弯柳叶吊梢眉。身材窈窕,体格风骚,粉面含春威不露,丹唇未启笑先闻"。

贾宝玉出场也有肖像描写,说他"面若中秋之月,色如春晓之花,鬓若刀裁,眉如墨画,脸如桃瓣,目若秋波。虽怒时而若笑,即嗔视而有情"。

对这些人物的肖像描写都是比较明确的,在各种古本上个别字眼可能略有出入,但是没有什么很大的分歧。

到了林黛玉,麻烦就来了。我的两位"红迷"朋友曾在我的书房就林黛玉的眉眼问题吵得不可开交,就是因为不同的古本对林黛玉眉眼的描写不一样,甚至很不一样。

比如说有一种通行本叫作《增评补图石头记》,现在有的出版社所出的《红楼梦》用的还是这样一个底本,它在第三回写到林黛玉的眉眼的时候就说她是"两弯似蹙非蹙笼烟眉,一双似喜非喜含情目"。这段文字之所以让人不太满意,就是因为那个时候林黛玉年龄还很小,怎么就会有一双含情目?再比如说"庚辰本",这是保存的回目比较多的一个古本,这个本子有很多优点,可是在这一回写到林黛玉的眉眼的时候,文字是这样的:"两弯半蹙鹅眉,一对多情杏眼。"也强调多情,杏眼则是一个没有创新的形容。这是一种很平庸的写法,甚至可以说有点恶俗。通行本里面的描写也不能让人满意。

所以这两位"红迷"就争起来了。

因此，我们读《红楼梦》，还是要读曹雪芹的《红楼梦》，读古本《红楼梦》。我个人认为，周汝昌先生用十一个古本，一句一句加以对比以后，选出其中最符合曹雪芹的原笔原意的一句，然后加以连缀形成的"周汇本"，实是一个值得推荐的本子。当然还可以争论，但是总体而言，它是一个家族两代三人用了56年精校出来的本子，所以关于林黛玉的眉眼问题，我也建议大家看看这个本子，它应该是比较符合曹雪芹的原笔原意的。那么曹雪芹笔下的林黛玉的眉眼究竟是什么样子呢？

周汝昌先生认为，在俄罗斯圣彼得堡的那个藏本的文字应该是最接近曹雪芹的原笔原意的，我认同这个判断。它对林黛玉眉眼的描写是这样的：

两弯似蹙非蹙笼烟眉，一双似泣非泣含露目。

这样就把林黛玉在当时那个情况下的眉眼形容得入木三分了。笼烟眉，就是好像要皱起来，又没有彻底皱起来，眉毛在微微地颤动，似蹙非蹙。什么叫"烟"？就是挂在空中的烟缕。这个"烟"是有典故的。曹雪芹有两位皇室的朋友，是两兄弟，一个叫敦敏，一个叫敦诚。敦敏写诗，有一首诗叫《晓雨即事》，里面有一句是"遥看丝丝烟柳"，就是形容柳叶在春天的薄雾当中似有非有，好像挂在空中的烟雾一样。用"烟"，就把林黛玉那样一个没有完全发育成熟的小姑娘的那一对，还可能继续生长的眉毛，形容得非常到位。似蹙非蹙的笼烟眉，像飘在空中、挂在空中的两弯柳叶。眼睛呢，是一双似泣非泣含露目，好像含着露水似的。这是符合曹雪芹的总体设计的。

因为在第一回就讲了，林黛玉是天界的西方灵河岸三生石畔的绛珠仙草，修成女体以后，追随神瑛侍者下凡，要把一生的泪水还给下凡的神瑛侍者——贾宝玉。刚见到贾宝玉的时候，她还不可能立刻对之产生感情，所以她不可能立刻就有一双多情的眼睛。"含情目""多情杏眼"，都是后人妄改妄填的词句。曹雪芹第三回写她的时候，她当时已经有一双水灵灵的眼睛，里面泪水的储存量应该是相当丰富的，所以说是一双含露目——那时候露水还没有变成泪水，她的眼泪是逐步流淌，最后干枯的。这一点后来在小说里面有很多描写，而且在某一回还有很具体的交代，我在下面会讲到，她对宝玉的感情和还泪都是有一个渐进的过程的。

有关林黛玉的肖像描写，我认为，"笼烟眉，含露目"的笔法暗含着绛珠仙草向神瑛侍者还泪的艺术设计，比较符合曹雪芹的本意。在《红楼梦》中出场的人物，不仅众多，而且区别很大，肖像描写成为曹雪芹刻画人物的重要笔法。那么在对众多人物的描写中，是否对林黛玉的肖像描写就是最佳的呢？也不尽然。

曹雪芹写人物的肖像是非常下功夫的，给我们带来了很大的审美享受。前面提到的我的那两位"红迷"朋友，因为所看的版本不一样，在对林黛玉眉眼的写法这一问题上各持己见，虽然我跟他们介绍说"周汇本"从"俄藏本"里面所提炼出来的这样两句是最合适的，但是他们两个一时也很难认同，但是不要紧，我们彼此尊重，合而不同。

什么叫和谐社会？就是大家有不同的意见，但是还能够很愉快地相处。所以我们就各抒己见，回忆《红楼梦》里那些最打动自己的肖像描写。

我们三个人各有一个最深刻的印象。一位"红迷"朋友说，他对小说里面对鸳鸯的肖像描写印象最深，超过关于林黛玉的眉眼的描写，超过刚才我举的那些例子。在第四十六回，邢夫人要完成她那昏聩的丈夫交付的一个任务，就是去动员鸳鸯离开贾母去给贾赦当小老婆，当姨娘。这个时候，小说就通过邢夫人的眼睛来看鸳鸯，有一个关于鸳鸯的肖像描写。说她蜂腰削背，鸭蛋脸面，乌油头发——这个还无所谓，那位"红迷"朋友说给他留下最深印象的是下面两句——高高的鼻子，两边腮上微微几点雀斑。

他说，读了这几句，一下子就觉得眼前出现了这么一个特殊的女性，多生动啊！我们俩一听，说也是啊。所以进行文本细读的不止我一个人，人家读得也很细，在那么多的肖像描写里面，选出了关于鸳鸯的肖像描写。

我的另一位"红迷"朋友也有他的独特见解，他对关于司棋的一笔描写印象特别深刻。司棋是迎春房里的大丫头，这个人呢还有点浪漫的行为，小说里面有具体的描写，那么是被谁发现的呢？恰恰是被鸳鸯发现的。鸳鸯怎么会发现，怎么就知道是她呢？小说里面写到，鸳鸯到大观园里去传完话，天已经黑了，她在离开大观园回到贾母的院子时发现了司棋。

《红楼梦》里所描写的空间关系相当复杂，拿荣国府来说，荣国府的中轴线是好几层大园子，最后是荣禧堂，荣禧堂是中轴线上最重要的一个建筑物，是贾政、王夫人他们住的地方，当然荣禧堂后面还有其他的配房；在中轴线主建筑群的西边有一个大院子是贾母的院子；后来在府的东边、东北部又把宁国府原来的花园连起来，拆了一些下人的房屋，盖了一个大观园。当时在府里面走来走去也是很累的，因为通常距离不会很近，鸳鸯当时就遇到了一个很具体的问题，就是内急。小说里写这个情况写得很生动，要方便，回到贾母的院子又来不及，所以她就开始从花园的那个甬路往草里面走。这当然让我们有这样一个感慨，虽然荣国府那么富贵，大观园那么豪华，但是当时的卫生设施跟今天完全没法比。

且说鸳鸯当时要去方便一下，结果发现树底下山石边有身影晃动，这时候就通过鸳鸯的眼睛写了一笔司棋的形象。这个"红迷"朋友说这一形象给他的印象深刻极了，什么形象呢——穿红裙子，梳头，高大丰壮身材。

这就是司棋。第一，她的身材跟别的丫头不一样，她特别高大、丰壮；另外她的发型很独特——梳头。虽然我们对清朝妇女的头饰发型不是很熟悉，但是"梳头"两个字还是能激发我们的很多想象。我这个"红迷"朋友就比画起来，我问他真见过"梳头"吗，他说反正他觉得特生动，一个身材高大丰壮的丫头，她的头发自然是要蓬起来，梳得很高，才和她的身材相称，这说明司棋很会打扮，选择了很适合自己的身材比例的一个发型。所以你看，仁者见仁，智者见智，曹雪芹写了那么多贾宝玉的形象，虽然他觉得也不错，但是印象最深的，是司棋的形象。

他们两个当时就问我印象最深的肖像描写是关于谁的，没想到我突出奇兵——我不举其中主要人物的例子，而是只提到了一个很小的角色，只出现过短短的一小段的角色，而且还不是叙述文字里面的形象描写，而是别人的话语里对她的形容。这个角色是谁呢？就是秦显家的——荣国府里面有一个仆人叫秦显，他的媳妇就叫秦显家的。这个人物是怎么出现的啊？就是因为小说后来写到了大观园里面的内厨房，那里发生了权力斗争。

你别看那只是一个厨房，对有的人来说这个厨房也是一个"肥水衙门"，也需要去争夺对它的控制权。司棋不是一盏省油的灯，她就想把当时那个厨房头子柳家的给轰走，以掌控厨房——当然不是自己去做厨房头，而是找一个跟她好的人去掌控厨房，那以后她一切就都方便了。

经过一场恶斗之后，柳家媳妇（她本来是厨房的头儿）就因被认为和她的女儿一起偷东西遭到罢免。当时府里面的管家林之孝和林之孝家的管这件事，他们罢免了柳家的，派了一个秦显家的。林之孝家的在权力的更迭上这样安排以后，平儿有所质疑，说，这个秦显家的是谁啊？她怎么不认识啊？平儿是很拿事的，是作为凤姐的助手在荣国府里掌大权的，所有的男女仆人她应该都是比较熟悉的，让秦显家的这个她不了解的人去顶替柳家的，平儿就觉得不放心，于是林之孝家的就来介绍秦显家的，话中就有对秦显家的肖像的一个描绘：高高孤拐，大大眼睛，最干净爽利的。"孤拐"，就是颧骨。

她这样介绍秦显家的，是希望唤起平儿对这个生命存在的一个印象，当然，平儿没有答应她，最后还是让柳家的主掌内厨房。我读《红楼梦》，没想到读到这儿以后，忽然觉得秦显家的的形象活跳于眼前。我跟两位"红迷"朋友说，我欣赏这几句：高高孤拐，大大眼睛，最干净爽利的——一个妇人的形象就出来了。所以你看，讨论曹雪芹的肖像描写真是乐趣横生，非常愉快。

鸳鸯、司棋和秦显家的这三个人物都不是《红楼梦》的主要角色，但是曹雪芹着墨不多的肖像描写，却顿时让她们鲜活生动、跃然纸上，让读者过目难忘。在曹雪芹的笔下，"病如西子胜三分"的林黛玉具有堪比西施的病态之美，那么这种美是否只是贾宝玉的情人眼里出西施，并不被常人所赞赏呢？

曹雪芹写人物不是只有肖像描写，比如写林黛玉，他不但多次写到林黛玉的外在形象，还写到林黛玉的肢体语言。他善于通过人物的肢体语言来传达人物的感情，向读者展示人物的内心世界。

所以读《红楼梦》不能总是从一个概念出发，从框框出发。说林黛玉是反封建的，就翻着看哪点反封建，这点反封建，就看，这点没反封建，就一晃而过。林黛玉的思想境界里面确实有反封建的因素，值得我们在欣赏这个艺术形象的时候加以重视，但是读《红楼梦》我个人认为不能那样来读，要欣赏曹雪芹整个文笔的流动——他写林黛玉不仅有肖像描写，写了她的眉眼，还写了她的肢体语言。

第二十六回写贾宝玉信步进入潇湘馆，对潇湘馆的环境描写是最生动、最成功的。他写到，"凤尾森森，龙吟细细""湘帘垂地，悄无人声"。走到窗前只见一缕幽香从碧纱窗内暗暗地透出，宝玉这个时候就把脸贴到纱窗上往里面看，不但看到了林黛玉，还听到了林黛玉的声音，耳内忽听得细细地长叹了一声道："每日家情思睡昏昏！"这是《西厢记》里面的一句词，因为他们两个在大观园的桃树底下偷读过《会真记》（《会真记》就是《西厢记》），所以林黛玉就背熟了，情不自禁地睡完午觉后哼出了其中的一句。宝玉听后不觉得心内痒将起来，再看时，以下就有很多肢体语言。只见黛玉在床上伸懒腰——一个美女在闺房伸懒腰，这个肢体语言非常优美，当然宝玉就进去了。黛玉知道被宝玉在窗户外头偷看了，也偷听了，就难为情，就红了脸，于是又有肢体语言：拿袖子遮了脸，翻身向里装作睡着了。曹雪芹就这样刻画了一个贵族小姐当时的状态,很生动。那么黛玉表示自己睡着了,宝玉走了进去,伺候黛玉的那些仆人,那些奶娘、婆子什么的,就跟进来,说您是不是过一会儿再来,林姑娘睡觉了。这个时候黛玉就翻身坐了起来——她不愿意让宝玉走,笑道:"谁睡觉呢?"于是坐在床上,一面抬手整理鬓发,一面笑向宝玉道,人家睡觉,你进来做什么啊?这都是对肢体语言的描写,再结合在特定情况下对她的肖像描写:"宝玉见他星眼微饧,香腮带赤,不觉得神魂早荡,一歪身就坐在椅子上……"多生动啊!所谓"星眼微饧","饧"这个字现在很少用,就是半张开的样子,好像有点让蜜糖给粘住了,是一个让人看了以后确实会神魂早荡的一种状态。

那两位"红迷"朋友也跟我讨论了这个问题,其中一个就说了,说这个林黛玉不管怎么说她有病,用今天的检测手段来检测,可能她就是有肺结核,所以呢,小说里面描写的她的美都是病态美,因此可以得出一个结论:贾宝玉爱她是情人眼里出西施。这就引出一个问题,就是林黛玉客观上美不美?这是一个值得探讨的问题。他们两个就此你一言我一语地争论起来了,一方说林黛玉就是病态美,也就是贾宝玉喜欢她,别人看见她就烦——她不光性格尖刻,那病病歪歪的身子,颤颤巍巍的走路姿势,怎么会吸引其他的男性呢?怎么会让他们觉得她是个美人呢?另外一位朋友就读得比较细,而且他往往都是读古本《红楼梦》,有一些在通行本中被删去的描写他能看见,所以他马上就正儿八百地提出了不同的意见。他说,在第二十五回,赵姨娘通过马道婆把王熙凤和宝玉都给魇了,王熙凤就跟疯了似的,拿着刀冲进院子,见鸡杀鸡,见狗杀狗,见人就要杀人,宝玉也变得接近死亡状态了,因此惊动了所有的亲友,像王子腾啊,王子腾的夫人啊，都来探视，薛家的人也来探视，当然也包括薛蟠，于是就有这样一段描写：别人慌张自不必讲，独有薛蟠更比诸人忙到十分去，又恐薛姨妈被人挤倒——他还有孝心，怕他妈给挤倒了；又恐薛宝钗被人瞧见——对他妹妹还算关心，当时闺中的女子不应该让外面进来的男子看见，可是在那种情况下已经很难免了，已经整个乱了；又恐香菱被人燥皮——怕香菱在这个情况下被有的色迷吃了豆腐，占了便宜。对他来说，有这样的想法都很自然，我们读来也不至于眼热，但是，随后就有一句："忽一眼瞥见了林黛玉风流婉转，早已酥倒在那里。"

薛蟠虽然是林黛玉的亲戚，但是他没有什么机会见到林黛玉。男女有别，授受不亲嘛。但在那种情况下，因为一片混乱了，整个宅子乱了，亲友们也都乱了，这个时候就男女混杂了，他就一眼瞥见了林黛玉。薛蟠是一个非常俗气的人，他的审美观念是非常俗的，但是他也觉得林黛玉风流婉转，美死了，所以他就已经酥倒在那里。咱们吃过一种点心叫核桃酥，他的身子就变成核桃酥了。这一段描写在通行本里被删掉了，可能制作通行本的人觉得："哎呀，这段描写太过分了，写这干吗啊？"其实，古本里面保留的这样的一些曹雪芹的文笔是很珍贵的，这能说明一个什么问题？说明林黛玉的外在美是雅俗共赏的，是连薛蟠这样的俗人也觉得好的。这反映了整个社会的一种审美共识，比如我们现在都知道的白毛女的故事，地主恶霸为什么要抢喜儿啊，因为喜儿漂亮，喜儿漂亮不漂亮在贫农看来和地主看来，结论是一样的。人们在审美的问题上，是可以超越阶级的界限而达成共识的。当然达成共识以后，坏人可能要起坏心，做坏事，好人就是另外一个情况，这得另说。因此这一笔我认为曹雪芹是有他的用意的，他是要通过这样一些文字，平衡人们阅读《红楼梦》时产生的一些不平衡的心理。比如说那个朋友没读过那个本子，可能就觉得，林黛玉也就是贾宝玉看着美，别人看着就不行。不是这样的。薛蟠看见她后早已酥倒在那里，本来结实的身子，结果一段一段地膨化了，写得很有意思。

我认为，曹雪芹的这一笔描写，意在表示林黛玉不仅在知她、爱她的贾宝玉眼中是美的，她的美同样征服了薛蟠这样的凡夫俗子。在《红楼梦》中，贾宝玉和林黛玉的爱情是一种刻骨铭心的真正的爱情，但令人不解的是，曹雪芹在书中却安排贾宝玉与其他女性发生了，或朦胧，或暧昧的关系，曹雪芹为什么这样设计？对于这种看似矛盾的写法，应该怎么去分析呢？

曹雪芹的写作是非常下功夫的。比如说，他写贾宝玉在神游太虚幻境以后就开始有了性觉醒，然后就和袭人发生了那样的关系，对此我在之前的书中有所涉及，于是有些人就不理解了，说你讨论这么一个反封建斗士的形象，可是又说他有这种事情，偏把这件事拿出来讲，这不是流氓教唆吗？不是这样的，不能这样看问题。

曹雪芹那样写贾宝玉，是生怕读者误会，因为有的读者确实产生了两个误会。一个误会是认为贾宝玉在生理上还远没有成熟，因此他对青春女性的那种兴趣是非常混沌的，他与林黛玉之间的感情也谈不上是爱情。这个误会延伸下去还产生了更严重的误会，就是有人过分强调贾宝玉和林黛玉的思想共鸣，好像他们纯粹是精神恋爱；贾宝玉究竟爱不爱林黛玉的身体，他的爱是不是从灵到肉的全方位的爱就成为一个问题。曹雪芹生怕你误会，所以很多地方他就写得很细，他就是要告诉你，这两个人的相爱是身心发育都达到了成熟阶段的这样一种从精神到肉体的全方位的爱。这对我们理解《红楼梦》里的这两个主要角色是非常重要的。还有一个误会呢，就是因为书里面又写到贾宝玉跟秦钟好，跟柳湘莲很好，跟蒋玉菡也很好，有人就认为贾宝玉是一个同性恋者。宝玉把青春女性都当作玩伴，一块儿做游戏，一块儿作诗，一块儿逗趣，他在性别上似乎没有一个清醒的认知，如果说他有性别认知的话，就只能是一个同性恋者，他喜欢男性，喜欢聪明俊美的男性。曹雪芹通过贾宝玉初试云雨情，就很明确地指出贾宝玉不是这样的。第一，贾宝玉的身心发育已到了成熟阶段。当然那个时代人的寿命比较短，这本书一开始就有"半生潦倒"的字样，过去认为三十岁就是半生，六十岁就是全寿，七十岁就"古来稀"了，所以过去一个男的十四五岁结婚娶媳妇不稀奇，男性的身心发育到了十三四岁就已经开辟鸿蒙，有了性觉醒，成为一个在性别认知上有自我定位的成熟男人。你当然可以说贾宝玉有点早熟，但不能认为贾宝玉是一个身心发育滞后、不懂男女之事的人。曹雪芹很具体地写给你看，同时也告诉你，贾宝玉虽然和一些男性有着非常深厚的感情，但在性取向上，他不是同性恋者。有人说他是不是双性恋，双性恋的证据也不足。就算是双性恋，他主要的性的自我认知还是定位在自己是一个男人上，要和自己爱的一个女人来结婚，这个女人不是别人，就是林黛玉。书里面把这一点写得很清楚。

还有一个细节，贾元春颁赐端午节的节礼，他得到的那份和薛宝钗那份是完全一样的，里面有什么呢？有红麝串。林黛玉虽然也得到了数珠儿，却并不是红麝串。薛宝钗得到以后就立刻戴到腕上了，一次贾宝玉想请薛宝钗把它褪下来近看，这时他就看到了薛宝钗雪白的膀子，立刻就有心理上的反应，书里是怎么写的——这个膀子要是长在林妹妹身上，或者还得摸一摸——意思就是可惜现在是长在宝姐姐的身上了。这是很重要的一笔，说明贾宝玉不是一个滥情的人，虽然他是有点泛爱，对所有的青春女性他都情不自禁地喜欢，但是他真正想和谁过夫妻生活，想娶谁为正妻？除了林黛玉，没有第二人选。通过这些细节，我们应该能够领会曹雪芹的苦心。我个人认为，书里面写贾宝玉和秦钟、柳湘莲、蒋玉菡这些人那么好，主要是想表现贾宝玉对社会边缘人有一种特殊的情怀。而社会边缘人在那个时代是为主流社会和主流价值观所坚决排斥的，曹雪芹通过他的一支笔写出这样一些人物和故事，对这些边缘人物予以了赞美和肯定。他所写的贾宝玉这个贵族公子，一方面深爱林黛玉，要娶林黛玉为正妻；一方面对所有的青春女性都尊重、都呵护、都关爱，同时，他特别愿意和男性社会中的非主流的，和权力无关的边缘人交往，特别地喜欢他们。这就是曹雪芹笔下的贾宝玉和林黛玉。

人们一般认为《红楼梦》的主题就是反封建，贾宝玉和林黛玉这两个形象就代表了当时社会中的一种新人的形象，具有反封建的思想内涵。我的两个"红迷"朋友就是认同这一点的，我也认同这一点，《红楼梦》这部书确实有那样的主题，这两个人物形象也确实具备那样的特点，但是，《红楼梦》的内容是极其丰富的，它的主题不仅限于此，它的思考直达人生与社会的深层。

说到这儿呢，两位"红迷"朋友就跟我提出来，他们看的版本虽然不一样，而且经常发生争执，但是在有一点上他们俩得出的结论是一样的，那就是林黛玉和薛宝钗两个人在书里面很早就和好了，就黛钗合一了，他们就问我对曹雪芹这样的艺术处理怎么看。这个书就拿第八十回来说,怎么会只到第四十几回就出现了主要矛盾的消弭?我在下一讲里面就要和大家一起讨论这样一个问题,即如何看待曹雪芹笔下的黛钗合一的问题。

黛、钗关系之谜

在《红楼梦》中,薛宝钗与林黛玉对于贾宝玉来说,一个是"金玉姻缘"的宝姐姐,一个是"木石前盟"的林妹妹,她们本是天生的情敌,最后却冰释前嫌,握手言欢了,这究竟是怎么回事?

现在,我就根据自己对这部书的理解,跟大家一起来捋一捋宝玉、黛玉、宝钗三人的感情纠葛,看看书里面是怎么写的。

三人第一次展示各自不同的性格特征应该是在第八回。曹雪芹写得很聪明,就把他们三个搁在一个空间里来写。那时薛姨妈她们已经住到荣国府的一个叫梨香院的院落里。一个下雪天,贾宝玉到那儿去看他的姨妈,就跟薛宝钗在一起,后来就喝酒,吃东西,在这个过程当中林黛玉也去了,这样呢,作者就在梨香院吃饭的那个地方，充分展开了对三个人不同性格特征的描写。应该说，在那一回里面，还很难说谁对谁产生了一种可称为爱情的情感，基本上还是小姑娘、小男孩之间那种天真活泼的、无拘无束的自然交往。但是曹雪芹写得非常好，通过这一回，我们就能对林黛玉性格中的优点和弱点都了如指掌了。

林黛玉在这一回里显示出对封建礼教的规范完全无所谓的态度，她由着自己的性子生活，把她的个性展现得非常充分，这在那个时代的闺中女子当中是非常少见的。曹雪芹的描写，使不少读者读了以后就很喜欢她，也使得有的读者读了以后就很不喜欢她——他只是塑造出一个活生生的人物，让读者自己去琢磨，自己去判断。当然他也展现出林黛玉性格当中明显的弱点和缺点：尖酸刻薄，无所顾忌，令人难堪。

那么薛宝钗呢，就显示出她性格上的一个优势：她虽然年纪上只稍微大一点点，基本上还是一个小姑娘，可是沉稳、含蓄、温柔、典雅，善于为人处世。在这一回里，薛宝钗是很可爱的。至于希望贾宝玉读书上进，走仕途经济的路子什么的，在这一回里面她没有展示，所以在这一回里薛宝钗基本上就把林黛玉给比下去了。这一回里作者展示这两个女性，是有意识地形成一种不平衡的局面，希望读者继续往下读。因为人是活人，艺术形象是根据生活当中的活人塑造的，加上作者高妙的艺术手法，就使得这两个人物留下了一些性格悬念，让读者去琢磨。读者会想，林黛玉这么尖酸刻薄，她在荣国府里能生活得很好吗？或者是，薛宝钗虽然温柔敦厚，很平和，但是贾宝玉究竟是喜欢林黛玉，还是喜欢她呢？这样一想，就很有意思。

情节往下流动，到第十九回的时候，已经有了大观园。第十七回、十八回就讲到了荣国府盖造大观园，元妃省亲，省亲以后就让荣国府的公子和小姐们住进了大观园，林黛玉住进了潇湘馆。但第十九回的故事空间还不是在潇湘馆，这一回涉及林黛玉的情节是"意绵绵静日玉生香"。这一回就展示了贾宝玉和林黛玉两个人亲密无间、两小无猜、美好相处的情节，但是你很难说两个人之间这时就已经产生了爱情。

两个人的爱情的苗头是在第二十三回展示出来的。第二十三回写两个人在大观园的花园里面，在桃树下，共读《西厢记》，这个情节大家太熟悉了。那么通过这一回作者就展示了两个人之间的感情有了一个联系的渠道，就是在他们之前的中国传统文化当中的那些美好的、正面的东西，那些对封建的伦理道德、主流价值观念进行挑战的东西，他们两个都是接受的。

当然他们之间也有一些小矛盾、小冲突，但是实质上是两个人在这样一个过程中心心相印了，这一点书中写得很美，大家印象都很深。

那么到了第二十六回就有了"潇湘馆春困发幽情"的情节。在上一讲里面，我曾经讲到那个过程当中曹雪芹使用高妙的肖像描写和对人物肢体语言的描写来展示两个人物之间的深情厚谊。在那种情况下，他们两个的情谊就开始朝爱情的方向发展了。因为他们读了《西厢记》，受到了启发，一个自比张生，一个不同意对方把她比成崔莺莺，但是心里头实际上是接受这样一个定位的，于是他们就开始了美好的初恋。这种青春期的初恋，在那样一个时代，那样一个贵族的大宅院里面，它的发展是非常困难的，有很多的障碍。最大的一个障碍就是王夫人和薛姨妈她们散布了一个舆论——"金玉姻缘"。根据她们的说法，有个神秘的和尚老早就作了一个预言：薛宝钗这样一个美丽、聪慧的女子，因为带着一个金锁，所以一定要嫁给一个带玉的公子。好像这是一个上天已经定下来的、不可更改的玉律。这个舆论在大观园里，在荣国府，是很多人都知道的，这给了林黛玉很大的压力。再加上前面已经讲过的，林黛玉由于没有得到父亲死后属于她的那份遗产，所以无依无靠，成为一个经济上没有根基的、寄人篱下的女子。

而薛宝钗呢，虽然她们家的境况比她父亲健在的时候要差很多，可是她哥哥还领着宫里的银子，当皇家的买办，家里面有房有地，还有当铺，经济上就很强势。再加上薛宝钗本人虽然"人谓装愚，自云守拙"——就是她从来都不愿意把自己内心里的真实的东西直接流露出来，总是以一种掩饰的、含蓄的办法来应付和别人之间的关系。可是她对贾宝玉的爱意也还是不时地，以这样那样的方式流露出来，别人可能不太注意，但林黛玉会注意。因此，究竟薛宝钗和贾宝玉之间是一种什么样的情感关系，林黛玉就时时地有所猜忌。而贾宝玉本身呢，虽然很爱林黛玉，却对所有的青春女性都很感兴趣，愿意和每一个青春女性保持愉快的交往，不仅对小姐们，就是对丫头们他也是这样一种态度，这也给林黛玉带来了一定的心理障碍。对别人她大体上无所谓，对薛宝钗，她总是在琢磨她和贾宝玉之间的关系。所以林黛玉在爱情自主方面面临着很多困难，不仅有封建礼教的禁锢，她还觉得自己有情敌，怀疑薛宝钗藏奸，小说里在这方面有很多细腻的描写。然后，情节发展到第二十六回的时候，林黛玉和贾宝玉之间的感情，双方都比较明朗了，都向对方表达出了可以称为爱情的那种暗示或明示了。

情节再往下流动，到了第二十七回，也是写大观园里面的情况，四月二十六日是芒种节，要饯别花神。这个时候呢，薛宝钗有一个非常著名的举动，就是扑蝶；林黛玉也有一个非常著名的举动，就是葬花。她一边葬花，一边吟诵《葬花词》，《葬花词》反映出她对自己命运的悲剧性的预知和感叹。

再往下，到了第三十二回，宝、黛就共诉肺腑了，这个时候他们两个之间的情爱达到了一个顶峰，贾宝玉把话说破了，林黛玉的心里也就彻底明白了，他们之间的感情就不再是少男和少女之间的友情和朦胧的爱情，而完全是成熟的爱情了。贾宝玉明确地表示，用今天的话来说就是，我只爱你一个，而且我要和你结婚。在当时那种一夫多妻制的体系下，就是我要娶你为正妻；现在虽然我没有得到你，但是我白天、黑夜想的都是你，为了想你我都得了病。贾宝玉表达的就是这样一种意思。林黛玉也就心中有数了。所以曹雪芹是一环一环地来写宝玉、黛玉两个人感情的发展的，从比较低级的阶段逐步地向高级阶段发展。

但是，爱情的道路毕竟是不平坦的。两个人的爱情在第二十九回前后，就是到清虚观打醮前后，就发生了大紊乱，产生了严重的冲突。为什么呢？

曹雪芹确实很会写。在清虚观打醮的情节流动中，他写了这样一个细节：清虚观的张道士把贾宝玉的通灵宝玉请出去，拿去给他的徒子徒孙看，这些徒子徒孙拜见了贾宝玉的通灵宝玉，很激动，很崇敬，就纷纷献出自己的宝贝，搁在托盘里面，所以张道士把托盘托回来的时候，里面不光有这个通灵宝玉，还有很多其他的、道士们献上的佩戴物，其中就有一只金麒麟。这只金麒麟，别人不感兴趣，贾宝玉一看就很喜欢，就把它抓起来，留下了。

书中后来交代，史湘云平时就戴着一个金麒麟。本来薛宝钗那个"金玉姻缘"就已经搞得林黛玉心烦意乱了，现在一"金"未除，又平添一"金"，使得林黛玉的思绪完全紊乱了。为此，林黛玉就和贾宝玉大闹，闹得沸反盈天，搞得最后贾母都被惊动了，贾母为这个事后来甚至都哭了。

曹雪芹这样写有多重含义，他并不是要告诉读者，贾宝玉那个时候已不爱林黛玉了，留下金麒麟是因为他把爱情转移到史湘云身上了。

贾宝玉和史湘云确实非常亲密，他认为史湘云是他非常好的一个闺中朋友，他们两个在一起非常愉快。但是，他和史湘云之间在大的问题上是有分歧的，比如说在读书上进上啊，他是否应该参与那个社会的男人的权力结构中那些交际啊之类的问题上，他们就发生了严重的冲突。史湘云劝他，说你别老在我们这些人里混，你也应该去见见那些为官做宰的人，学学仕途经济，贾宝玉听了就很生气，就当面让她下不来台。史湘云在社会价值的认知上是和薛宝钗接近的，贾宝玉在这点上是跟她划清界限的。所以从整体上来说，贾宝玉跟她相处得非常愉快，史湘云的性格、史湘云的才能，都让他觉得有审美的愉悦，可是他们的思想不能完全共鸣，他心中真正爱的，达到心心相印的程度的人，确实还是林黛玉。

可是宝玉为什么要把金麒麟留下来呢？如果我们是从探佚学的角度，探佚《红楼梦》第八十回后的故事，就会知道，这个金麒麟是一条非常重要的伏线，是一个非常重要的道具。

脂砚斋的批语告诉我们，金麒麟至少将出现在第八十回之后的某一回，那一回的内容是射圃。射圃就是在一个园地里面射箭，这应该是男子活动的场合。射圃的人中就有一个贵族公子，叫卫若兰。卫若兰这个名字在前八十回只出现过一次，就是在为秦可卿办丧事时，说有什么什么人来参与这个丧事的时候开了名单，名单里面提到有一个王孙公子是卫若兰，但是前八十回里并没有写他的故事。大家可能没想到，出现这样的名字是"草蛇灰线，伏延千里"，到八十回后，卫若兰将是一个重要的角色。脂砚斋看到过曹雪芹写出的八十回后的一些文稿，就告诉我们，宝玉从清虚观得到的这个金麒麟将出现在射圃的那场戏里，卫若兰当时所佩戴的金麒麟就是从清虚观得到的这个金麒麟。那么，这究竟是怎么回事？我将在跟大家探讨史湘云的命运的时候再来揭秘，现在我们还是回过头来讲林黛玉、贾宝玉之间的情感。

贾宝玉当时留下这个金麒麟，主要就是觉得史湘云有一个，再送给她一个，岂不是很有趣吗？我想他主要就是出于这样一种顽皮心理。可林黛玉就不干了，心里就紊乱了。当然，在这一回前后，也就是清虚观打醮的前后，薛宝钗的状态也非常不佳，我在以后讲薛宝钗的时候会详细地剖析，为什么薛宝钗在清虚观打醮前后会那样烦躁不安？那样易于发怒？说起话来比林黛玉还要尖刻，甚至于不惜向一个叫靓儿的小丫头发火？

黛玉、宝钗两头都乱了，宝玉在这种情况下呢，就左右为难，陷于他个人在情感和人际关系上的最大的危机之中。所以二十九回前后，曹雪芹写得花团锦簇，把三个人之间的感情纠葛和性格摩擦，再加上别的人物、别的故事，搁在一起，构成了非常生动的一个文本。

到了小说的第三十六回，我个人认为，关于宝、黛、钗的爱情纠葛，曹雪芹就基本作了一个收束，就基本不在以后的章回里面过多地写他们三个人之间的感情摩擦和冲撞了。

第三十六回的前半回叫"绣鸳鸯梦兆绛芸轩"，写宝玉挨过父亲的狠打之后，伤已养好，在疗养期间过着很悠游的生活。有一天薛宝钗就去了，袭人本来坐在宝玉的那个卧榻边绣鸳鸯，后来临时出去了，薛宝钗就情不自禁地坐到了贾宝玉的卧榻边，一看袭人没绣完的鸳鸯戏水很漂亮，就忍不住自己拿针接着绣下去。那么在这个过程当中呢，贾宝玉是睡着了的，睡着了以后就说梦话，这个梦话惊心动魄，大家一想就都能想起来，说的是："和尚道士的话，如何信得！什么金玉姻缘，我偏说是木石姻缘！"

对这段情节，历来的读者分作两派。一派说贾宝玉其实没睡着，起码是没有彻底睡着，属于浅睡眠状态，周围的动静他都听得到。因为袭人说要出去一下，她是说给宝钗听的，宝钗坐在睡榻旁边，贾宝玉从各种角度，包括从嗅觉上，是能感觉到宝钗的。他那样说，是故意要让宝钗听到。我前面提到的两个"红迷"朋友中的一位就坚持这个观点。这是他个人读这一段情节的心得，我们也不好驳他，因为曹雪芹写的那个文字也没说死。另外一个"红迷"朋友则认为，贾宝玉不会那么荒唐，他何必要这样刺伤宝钗呢？因此那些话应该完全是梦话，他并不知道宝钗当时就在他身边。但是仔细一想，宝玉在梦里面都在琢磨这个问题，这就更恐怖了，是不是啊？所以从薛宝钗的角度看，如果宝玉是清醒的，说出这样的话固然令她难堪，但是宝玉如果真是在睡梦里这么喊，就更让她难以承受了。多亏宝钗是一个能自持的人，换作别的人，也许当时就会晕过去。

所以，实际上曹雪芹写到这个地方的时候，就已经告诉读者，贾宝玉的主意是不可能更改的了，不可能有变易的了。林黛玉通过后面跟他的一些接触，心里也明白了，贾宝玉确实爱的就是她，就要娶她做正妻，正妻只有一个。所以曹雪芹写到这个份儿上，就等于对宝、黛、钗三人的情爱关系作了一个收束，这是我的看法。

我们再往下看，在这之后，曹雪芹就公然写到了黛、钗二人的和解、和好，这时，曹雪芹的亲密合作者脂砚斋就在批语里面清楚地告诉我们：黛、钗合一。对这种文本现象，我们没有办法否认，我们得承认确实是这样的。到了第四十二回，我记得我当年看这回的时候挺紧张，为什么呢？因为薛宝钗约林黛玉到她那儿去谈话，说要审她。

我当时想，一个是反封建的女斗士，一个是顺封建的遵守封建规范的负面人物，她们现在短兵相接，负面人物还先挑战，说要审对方，这还得了！一定有好戏。我就等着看这两个人怎么唇枪舌剑，怎样就是否应该遵守封建规范进行一番大辩论，那场面一定非常的火爆！结果却大出我的意料，我仔细一读，咦，不是这么回事，两个人和好了！当时由于头脑里面有一个僵化的主观概念，用那个套小说里面的情节和人物，结果就和小说文本传达的信息之间产生了不协调，不共振了。我们应该先抛去主观的、先验的条条框框，仔细来读《红楼梦》，读这个文本本身，然后再细细体会。后来我这样来读，就懂得了其中的道理，当然，我个人的体会不一定能准确地反映曹雪芹的写作用意，但是我愿意竭诚把自己的心得奉献给大家，咱们共同讨论。我觉得曹雪芹就是要写黛、钗两个人最后和好，为什么？因为他写出了薛宝钗人品当中非常美好的一面。

薛宝钗为什么要审林黛玉？因为在此之前，刘姥姥第二次到了荣国府，痛玩一番以后走掉了，但是在走之前和大家一起斗牙牌，那是第四十回，叫"金鸳鸯三宣牙牌令"，这里只说林黛玉参与斗牙牌的情况。她是一个争强好胜的人，一直不愿意输，在斗牌的过程当中需要说一些押韵的句子，还必须符合当时牙牌上的状况，林黛玉就又把《西厢记》里面的词拿出来说了。别人听了可能无所谓，但是薛宝钗呢，她读过那些东西，她耳朵尖，记了下来，于是事后就约林黛玉到她那儿去，跟林黛玉谈这个事儿。

有一点现在的年轻人可能很难理解，我虽然年纪大一些，可是离那个时代也很遥远，我一度也很难理解——你看这个小说里面的描写有一点很古怪，就是他们过生日啊，过节啊，举办什么大的活动的时候，都要安排戏子演戏，有时候让自己家里的戏子演，有时候从外面请人来演，《西厢记》的故事、《牡丹亭》的故事，都可以在舞台上演出来，这些小姐都坐在底下听，这不算问题；可如果找来《西厢记》《牡丹亭》的书来读，就是天大的问题，就是读了淫词艳曲，就是罪过！为什么当时会形成这样一个不成条文的文化禁忌，希望大家共同去探讨，这里不枝蔓，但是我想我对它的概括还是准确的，从书里看也是这样的。

薛宝钗认为，林黛玉说出这样的牙牌令，就说明她不仅是看了戏，而且一定是看了《西厢记》《牡丹亭》的书，看了这些淫词艳曲，记了下来，脱口而出了。薛宝钗很有把握，就审问林黛玉。一番情节流动之后，我们就发现，薛宝钗审问黛玉并不是挤对黛玉，而是为了保护她。因为在当时那样一个封建家庭，薛宝钗如果要对林黛玉不好，想搞垮林黛玉，她会有很多的办法，也不一定非得直接去告状，她可以在和贾母、王夫人等人相处的时候，通过嘻嘻哈哈地说笑话很自然地透露出来，这个林丫头，那天牙牌令你看她伶牙俐齿的一直没输，为什么啊？哎呀，真没想到，她读了《会真记》，还读了《牡丹亭》，她记性可真好，出口就能引用啊……以非告状的口气，她就可以把林黛玉私下里读这些淫词艳曲的情况透露给长辈。即便贾母对林黛玉非常的钟爱，肯定也会不愉快。王夫人本来就希望林黛玉出点问题，以便让贾宝玉娶她妹妹的女儿，结成"金玉姻缘"，使王家的势力得以在贾府里扩张，控制贾府里的财政和人事大权，所以她肯定会如获至宝。但薛宝钗没有这样做，而是当面跟林黛玉指出来，这很危险。

薛宝钗非常坦诚，坦诚到这种地步 —— 她跟林黛玉说，她小时候也读过这些书，而且读得比她还多，还早。那么，她解决得了林黛玉的价值取向问题吗？她没有解决，也解决不了，林黛玉也不容她去解决这个问题，但是林黛玉对她保护自己这一点非常明白，非常感激。于是她们和好了。当然，和好以后，两个人的价值取向还是不一样的。

第七十回吟《柳絮词》的时候，你看，两个人就各写了一首词，通过词意可以看出她们的价值取向完全不同，而且互相抵触。

黛、钗的和好，我后来细读时，还是有点惊讶，心想曹雪芹怎么这么写啊，但是我读到第四十九回的时候，就发现曹雪芹他也表示惊讶，他通过贾宝玉表示惊讶，你注意到第四十九回里的一些描写了吗？

这一回中，大观园里面又增加了很多新人，薛宝钗的堂妹薛宝琴也到了荣国府，还有李纨的寡婶的两个女儿李纹和李绮，还有邢夫人的一个侄女儿邢岫烟，大观园里一时非常的热闹。人一多，就派生出了一个谁最受宠的问题，结果在当时的情况下出现了一个令读者吃惊的局面，就是最受宠的是薛宝琴，一个刚出场的人物。

贾母对薛宝琴一见就爱得不得了，逼着王夫人认她做干女儿，还把自己很久都不拿出来给别人穿的凫靥裘——一件华贵的披风，拿来给她穿了（她对林黛玉那么好，都没有拿出来给林黛玉穿），而且当时其他刚来的人都被分别安排在大观园里别的人的住处来住，薛宝琴却享受最高待遇，留在贾母身边住了。

你如果仔细读这段文本就会发现，贾母如此宠爱薛宝琴，薛宝钗都扛不住，她吃醋了。原来大家以为林黛玉这个人是最容易吃醋的，最容易嫉妒人的，最容易说刻薄话的，是不是？但曹雪芹这次却以生花妙笔写一贯豁达的薛宝钗竟大吃起醋来——他写人性写得非常透彻，非常深刻——人是活的，复杂的，会反常的。后来贾母派人到大观园通知大家，说了些宝琴还小呢，你们都得让着她之类的话。薛宝钗当时就说了很不满意的话："你也不知是那里来的这段福气，你到去罢，仔细我们委曲着你。我就不信，我那些儿不如你。"虽然是笑嘻嘻地来说的，但是其醋意不亚于在这一回之前的很多回里面的林黛玉。

可是书里却没有写林黛玉对此有吃醋的反应。和薛宝钗完全不一样，林黛玉见贾母那么喜欢薛宝琴，却十分地心平气和。她自己一见薛宝琴，也觉得挺好的，就当自己的妹妹对待，亲热得不得了，一点醋意都没有。不管贾母怎么喜欢薛宝琴，林黛玉都觉得很正常，她不在乎。这种情况被贾宝玉看在眼里，于是就有了一段很有趣的描写：宝玉看见她们三个人好作一团，就开始闷闷不乐，这是写出深邃人性的极高明的一笔 —— 按说他不是应该高兴吗？原来就是因为有一个薛宝钗，有一个金锁，闹得他很烦恼，梦里都要喊出话来，林黛玉还是老不放心；现在呢，林黛玉跟薛宝钗和好了，甚至连薛宝钗的堂妹来了以后那么受贾母的宠爱她也不嫉妒，这不天下太平了吗？但是，恋爱中的青年男女就是这样，对方要是吃醋、猜忌、耍小脾气，他固然很着急；但要是忽然有一天对方心平气和，全无所谓了，你以为他就认为是好事啊？他偏会闷闷不乐！曹雪芹这样写道，宝玉便心中闷闷不解，"因想：他两个素日不是这样的，如今看来竟更比他人好似十倍……宝玉看着，只是暗暗的纳罕"。他觉得很奇怪，后来就逮了一个机会去问黛玉，用了一句《西厢记》的词儿："是几时孟光接了梁鸿案？"

梁鸿、孟光是汉朝的两个人，梁鸿是男的，孟光是一个女子，两人是夫妻。孟光嫁给梁鸿以后，有一个非常著名的肢体语言，就是每次做好饭以后，把饭送到丈夫面前时，都不敢平视丈夫，而是把饭高高地举起，与眉毛齐平，叫举案齐眉。那么这个"案"呢，据有的学者考证，它就等同于饭碗的"碗"。本来在生活当中，是孟光举案，梁鸿来接，但是《西厢记》里面的这句话很俏皮，偏要反过来说。贾宝玉为什么引用这一句？就是因为情况很反常啊。是几时孟光接了梁鸿案呢？就是说太奇怪了，让人纳闷儿：你原来那么猜忌她，我怎么解释都不行，好嘛，现在你倒跟她和好了。贾宝玉有一句话说得特别生动："先时你只疑我，如今你也没得说了，我反落了单。"

恋爱中的青年男女最怕落单儿，有个人在旁边耍点小别扭，生点小气，使点小手段，特高兴，或者自己也生个气赌个气，互相之间斗斗小气，是一大乐子。忽然，所有的都没有了，一切变得非常的平淡无奇，这个时候就感觉落单了。贾宝玉觉得林黛玉没有了情敌，自己也就格外地寂寞，生活当中就少了很多复杂的滋味。他这一问，黛玉就很认真地回答道："谁知他竟真是个好人，我素日只当他藏奸。"

林黛玉对薛宝钗的基本品质有了这样一个认知：咱俩的价值取向不一样，只能各走各的路，但是呢，我觉得你是一个好人，因为你不害人；你不但不害人，你还保护人，你在为人上不藏奸，我就跟你好。她们两个人就这样和好了。

黛、钗合一，是曹雪芹对全书的一个总体设计，稍微对文本熟悉一点就能体会得到。比如书里的第五回，在太虚幻境的"金陵十二钗"正册中，黛、钗合为一幅画、一首诗；在警幻仙姑请贾宝玉听曲的时候，黛、钗合为一曲；警幻仙姑后来在贾宝玉的梦里面对他进行性启蒙，介绍给他一个美女，然后就说这是她妹妹，那么这个美女呢，文本中的形容是这样的，"鲜艳妩媚，有似乎宝钗；风流袅娜，则又如黛玉""乳名兼美，字可卿者"。脂砚斋在另外的批语里面也一再地向读者指出："钗、黛名虽二个，人却一身，此幻笔也……请看黛玉逝后宝钗之文字，可知余言不谬也。"

她这样说是有根据的，她看了八十回以后的书稿，知道黛玉去世以后，宝钗对黛玉还有一个态度，通过这个态度，脂砚斋认为这两个人"名虽二个，人却一身，此幻笔也"。这句话很难理解，因为我们没有看到八十回以后的文字，而且脂砚斋在思想上和艺术追求上与曹雪芹还不能完全画等号，有些地方也可能看走眼，但她不可能故意去说一些怪话、错话，所以很值得参考。

我个人认为，其实问题很简单。首先，曹雪芹之所以这样来写黛、钗和好，乃至于脂砚斋提出了两个人实际上是一个人的看法，就是因为曹雪芹在第五回就已告诉我们，所有这些女子都是薄命司里面的。尽管林黛玉追求个性解放，由着自己的性子生活的结果是个悲剧，薛宝钗拼命地内敛自己，努力地去遵守封建的规范，但是到头来也逃脱不了悲剧命运。那个社会是罪恶的，它并不会因为这些闺中的女儿个人价值取向上的不同，而分别给予她们不同的命运，它最后都给她们的人生以沉重的打击，她们的结局都很悲惨。曹雪芹不愿意让读者产生一个误解，以为这些闺中女儿由于情感价值取向、性格不同，有的人就会有好的命运。他要控诉那个社会残害年轻的闺中女子，这是他的一个基本立场。所以，他写来写去最后告诉我们，这两个人最后都没有逃过命运的魔爪，最后都是悲剧的结局。

这也说明，曹雪芹并不只是在写一部爱情小说，在收束了黛玉、宝钗、宝玉之间的感情纠葛的情节以后，他放手去写更广阔的人生。后面他连续用了好几回去写大观园里面复杂的人际冲突，写为了争夺那个内厨房所发生的种种事情，上场的人物非常之多，故事盘根错节；又腾出手去写"红楼二尤"的故事，等等。这就充分说明，把《红楼梦》简单地概括成一部青年男女争取恋爱婚姻自由的小说是不准确的。我在此前曾经比较多地讲了《红楼梦》的政治投影，有人就以为我的观点就是《红楼梦》是一部完全政治化的小说，其实我并不这样看。总而言之，我认为《红楼梦》是一部描绘许多不同的人物的不同命运，展示广阔的人生图景，探究人性深处奥秘的社会性的小说。

脂砚斋批语透露最后林黛玉是要死去的，那么林黛玉最后的结局究竟是什么样的？如果说林黛玉自己说她的命运是"风刀霜剑严相逼",或者说她的处境险恶到了"螳螂捕蝉,黄雀在后"的程度——这当然是一个比喻——那么如果把她比作"蝉",谁是"螳螂"?谁是"黄雀"?下一讲将解答这个问题。

林黛玉险境之谜

林黛玉在荣国府的生存状况,她自己形容是"风刀霜剑严相逼"。她当然有她的欢乐,有她甜蜜的时候,但是总体处境她觉得很不妙。她的生存险境,用一句俗谚来说,叫作"螳螂捕蝉,黄雀在后"。如果说我们把林黛玉比喻成一只蝉的话,定有螳螂要捕她。什么叫捕她?就是要排除她。率先想把她排除的人是谁?就是王夫人和薛姨妈。她们要成就"金玉姻缘",就必须排除林黛玉。当然她们对林黛玉不会狠毒到要把她害死,应该不到那个程度,但是一定要把她不适合嫁给贾宝玉的理由充分地挖掘出来,展示在贾母的眼前。大家还记得王夫人在抄检大观园之前的态度吗?她回忆起有一次到大观园里面去,看见宝玉房里的一个大丫头在那里骂小丫头,她就说眉眼有些像林妹妹，然后就说那丫头非常轻狂，那种轻狂样子她看不上——她说的是晴雯，实际上也反映出她内心里对黛玉一万个看不上。王夫人看不上林黛玉，是由衷地看不上。不是说她心里觉得林黛玉不好，只是由于要促成一个"金玉姻缘"，就压抑自己对林黛玉的好感，她就是看不上。

而通过清虚观打醮前后发生的事情，王夫人发现，贾母健在一天，就要维护林黛玉一天，所以心里就很不痛快，随时要找机会排除林黛玉。宝玉挨打之后，袭人去向她汇报，就说到自己老在担心，担心什么呢？大意就是说担心宝玉现在已经长大了，有两个姐妹老在他眼前，一个就是林妹妹，一个就是宝姐姐。按说应该把姐姐说在前头妹妹说在后头，才符合话语顺序，但是袭人深知王夫人心中喜欢谁，不喜欢谁——她不得不提到薛宝钗，但是她先说林黛玉。王夫人一听，觉得袭人怎么这么懂事啊，所以就立刻收为心腹，给她一个准姨娘的地位，从自己月银里面拨出二两银子一吊钱作为特殊津贴赏给袭人。

王夫人出身于贾、史、薛、王四大家族中的王家，从曹雪芹的描写中可以看出，王夫人喜欢清心寡欲、极爱素淡的宝钗式性格，而黛玉风流灵巧、锋芒毕露，与她的喜好格格不入。在王夫人看来，黛玉体弱多病，脾气也不好；她还多疑爱哭，而且喜欢招惹宝玉，三天刚好，两天又恼了，让宝玉为她神魂颠倒，这是王夫人最不能容忍的。

由此看来，王夫人排斥黛玉，尚有可理解之处；而对于宝、黛关系，王夫人的妹妹薛姨妈又究竟是什么心理呢？

有"红迷"朋友跟我讨论，说薛姨妈不是有一次还主动说最好把林妹妹配给宝玉吗？书里确实有这样一段描写，第五十七回，在林黛玉面前，当时还有薛宝钗，薛姨妈就说了这样的话："你宝兄弟，老太太那样疼他，他又生的那样，若要外头说去，老太太断不中意，不如竟把你林妹妹定与他，岂不四角俱全？"说"不如竟把你林妹妹定与他"的时候，她的脸显然是朝着她的女儿薛宝钗的。这是很冒险的一个话语情境啊！她心中一直是揣着"金玉姻缘"的念头的，在场的有她的女儿——"金玉姻缘"应有的享受者，同时又有"金玉姻缘"最大的障碍林黛玉，可是薛姨妈这个时候突然就走出一着险棋，当着她的女儿和林黛玉说了这样的话。她究竟在干什么？她真的主张让贾宝玉娶林黛玉吗？当时曹雪芹立刻就写了一笔，你注意到没有——紫鹃听见了，就忙跑过来笑道："姨太太既有这主意，为什么不和太太说去？"有的古本这个地方写成"为什么不和老太太说去"，我个人认为，在不同的写法当中符合曹雪芹原笔原意的应该是"为什么不和太太说去"。紫鹃是聪明人应该会这么说。因为老太太的态度不用讨论，薛姨妈的话里就已经把"老太太"重复了好几遍："你宝兄弟，老太太那样疼他，他又生的那样，若外头说去，老太太断不中意……"你要注意，小说里面的人物关系设计得很准确，毕竟荣国府的女主人应该是王夫人。贾母在宗族当中地位很崇高，但是她的丈夫已经去世了，她现在住在中轴线建筑群西边的一个大院落里面，虽然人人尊重，但贾宝玉毕竟是贾政和王夫人的儿子，对贾宝玉娶谁做妻子，最有发言权的应该是贾政。从小说中的描写来看，贾政对这些事情不怎么管，这件事基本上是由王夫人做主。所以说紫鹃聪明，她知道这件婚事的障碍绝不在老太太那儿，而是在王夫人那儿。薛姨妈是王夫人的亲妹妹，她说别的话紫鹃不搭茬儿，在一旁做她的事，听到这句话立刻跑过来，点到穴位上："姨太太既有这主意，为什么不和太太说去？"你说去啊！你跟太太一说，太太一表态，老太太一高兴，事儿不就了了吗？结果，从后面的描写大家可以看到，薛姨妈是高高举起，轻轻放下，意思说那是句玩笑话，说紫鹃你这个丫头可能是自己想找婆家了，你急什么啊？就把这个话给岔开了。紫鹃很扫兴，只好走掉了。薛姨妈她想干什么？是进行火力侦察！按道理薛姨妈这样做是很残酷的，因为林黛玉爱贾宝玉，贾宝玉爱林黛玉是人人皆知的，清虚观打醮那一回他们闹得沸反盈天，府里的人都知道，而且贾母说他们"不是冤家不聚头"，这句话传遍了全府，薛姨妈到了这个时候公然在黛玉面前故意这样说，是要看看黛玉的反应。

整部《红楼梦》，除了爱情故事以外，还写了一个贵族大家庭里面各种不同的利益集团为了争夺这个府第的控制权（首先是财产的占有权和分割权）都在使劲儿的情况。王夫人和薛姨妈她们整天盼着缔就"金玉姻缘"，对王夫人来说，那是娶了一个好的儿媳妇，对薛姨妈来说，她女儿嫁了一个最满意的郎君。贾母一去世，天下就彻底是她们的了，所以她们一直做着这样的美梦，她们也就是黛玉背后的"螳螂"，一心一意在做排除她的事。

情节继续往下发展，因为朝廷里面薨了一个老太妃，贾母和王夫人她们都需要到朝中参与有关的祭奠活动，府里面需要加强安全保障，借着这个荏儿，薛姨妈就住进了潇湘馆。早在清代，就有一些评家做出了评议，说这个薛姨妈真是够厉害的，老奸巨猾——她住进了潇湘馆，就彻底控制了黛玉的一切活动，使得宝玉和黛玉的交往变得格外不方便。黛玉这个人，你可以说她小心眼、尖酸刻薄，但她的内心是非常单纯、善良的，她就没有意识到这一点。她觉得自己孤苦伶仃的，有薛姨妈照顾很好，还干脆认薛姨妈做干妈，薛姨妈假惺惺地接受了，形成了一个很古怪的局面。这是黛玉生存险境的一个方面。

大家不要忘记，府里头的利益集团有好几个，对王夫人来说，有一个利益集团是一天到晚针对她的，其主帅不是别人，就是赵姨娘。

赵姨娘是贾政的妾，是探春和贾环的生身母亲。按理说，封建社会很讲究母以子贵，可是对于赵姨娘来说，贾府中所有的好事都没有她的份儿，在很多重要活动中，连稍微体面一点的丫头都上了台盘，可就是没有赵姨娘的份。

赵姨娘是有王牌的，她给贾政生了一个女儿、一个儿子。在当时那样的社会，那样的家庭，一个做妾的（一个姨娘），如果她有生育，她的发言权就提升了；如果她能生男孩，她的发言权就会进一步提升；如果那个男主人还喜欢她，不要别人伺候，专要她伺候，那她的发言权，甚至会凌驾于女主人之上。赵姨娘是个很有心计的人，对她来说，最大的障碍就是贾宝玉。因为贾政统共有两个儿子（我们不算贾珠，因为故事一开始那个大儿子就死掉了，只剩下一个寡妇李纨），一个是贾宝玉，一个就是贾环。有贾宝玉在，贾环的地位就高不了：一是因为庶出，不是大老婆生的；二是因为年龄比贾宝玉小，论资排辈、长幼有序，哪点对他都不利，所以，赵姨娘、贾环这母子两个人一天到晚想害贾宝玉。有一回，王夫人让贾环抄经，就在王夫人的屋子里头，抄经的过程中，贾宝玉从私塾放学回来，滚在王夫人怀里，王夫人就跟他展现出深厚的母子之情：王夫人不断地摩挲宝玉，宝玉就扳着王夫人的脖子说长道短。贾环看在眼中恨在心里，就趁机下了毒手——宝玉躺在炕上，跟丫头说笑，离贾环抄经的炕桌不远，贾环就把油汪汪的一个蜡台一推，推到宝玉的脸上，想烫瞎宝玉的眼睛，幸亏没烫中，但烫得宝玉的脸上起了一溜燎泡。你看，贾环对他的哥哥就这么狠。

赵姨娘就更狠了，她利用马道婆把王熙凤和宝玉给魇了，使王熙凤和宝玉都濒临死亡的边缘，亏得后来从天界到人间活动的一僧一道进来想了个办法把他俩救活了，否则那次宝玉就死掉了。当时宝玉已经到了弥留状态，赵姨娘说了一些很难听的话，甚至于说，你们不要哭了，平常那么疼他，现在这种情况还不如让他早走了好，也许让他走了，他倒轻松了。当时贾母听了就气坏了，啐她，骂她。王夫人听了当然也非常生气。赵姨娘害宝玉、凤姐，为的就是争夺对荣国府的控制权。王夫人和赵姨娘构成两个对立的利益集团，所以叫作"螳螂捕蝉，黄雀在后"。如果把王夫人比喻为"螳螂"，"黄雀"就是赵姨娘。赵姨娘这个利益集团（通过第五十八回前后的情节，我们可以看出，荣国府里有一些婆子还是支持赵姨娘的，是她的"社会基础"）争夺利益的手段是非常粗鄙，非常毒辣的。如果说王夫人和薛姨妈对林黛玉只是不喜欢、讨厌、要排斥的话，我想她们还不至于要把她害死，从书里面的描写看不出她们有这个心思；但是从书里对赵姨娘的描写来看，她绝对是会对她认为是自己的障碍的事物采取果断措施的。黛玉的生存环境真是险恶之至。那么，赵姨娘会对林黛玉施以什么手段呢？首先是紧盯。别以为只有薛姨妈在那儿进行火力侦察，赵姨娘也没闲着。她是一定要害林黛玉的，为什么？她和林黛玉之间虽然没有直接的利害冲突，但是她也绝对不能容忍贾宝玉去娶林黛玉，过上美满幸福的生活，而且她深知，贾宝玉爱林黛玉爱到那样的程度，如果林黛玉不在了，贾宝玉要么就死，要么就出家 —— 贾宝玉自己也口无遮拦，经常当着人就对林黛玉说"你死了我当和尚去"。赵姨娘利用马道婆没有把宝玉魇死，她不会罢休，她是巴不得让贾宝玉死掉或走掉的。怎么让贾宝玉死掉或走掉呢？其中有一招儿，就是让林黛玉死掉。

从小说里我们不难看出，赵姨娘这半个主子当得实在是窝囊：女儿探春对她不屑一顾，儿子贾环又常常不听她指挥，就连小丫头都敢对她推推搡搡……也许正是这种巨大的失落，使她更加疯狂地为夺取荣国府的控制权铤而走险。

那么，这个只有野心，却缺少智慧的赵姨娘，究竟会怎样在宝、黛的情路上设置障碍呢？又是什么原因让她在贾府中有恃无恐？《红楼梦》的文本中有没有这方面的蛛丝马迹呢？

如果你进行文本细读的话，请不要放过第五十二回的一个细节。在第五十二回，宝、黛之间已经没有爱情上的猜忌和摩擦了，他们两人的关系应该说是复归于平静，互相关怀。有这样一个细节，其他的人都不在了，只剩宝玉和黛玉两个人在潇湘馆里面，宝玉就笑着对黛玉说有句紧要的话，这会儿子才想起来 —— 而且他跟黛玉已经非常融洽了，所以一面说一面便挨过身子来 —— 悄悄地道："我想宝姐姐送你的燕窝……"一语未了，只见赵姨娘走了进来，表示来瞧黛玉，问她这两天可好。这里曹雪芹下笔非常细腻，描写非常精确。走进潇湘馆，进入黛玉活动的那个内室空间，应该是要越过一些灰空间或是一些次要空间的，其中会有丫头和婆子，赵姨娘显然步伐非常急促，非常无礼，她没等这些丫头、婆子通报，自己就走进去了。走进去之前，她可能会刹住脚步往里看，等到宝玉把身子挨近黛玉的时候，突然就进去了，然后她就表示来问候黛玉。这是不怀好心的，其实就是在进行侦察，要获取林黛玉和贾宝玉之间有不轨行为的证据，要做见证人。她会把情况告诉谁？她不会去跟王夫人说，也不会跟贾母说，因为她知道贾母和王夫人两个人是讨厌她的，听不得她的话，即便她抓住了所谓的事实把柄，人家也不买她的账。但是，她实际上也用不着跟她们说，她有王牌，她可以直接跟贾政说。贾政可是这个宏大府第的一把手，真正的、正经的府主。有"红迷"朋友会问，她一个姨娘，有那么大的话语权吗？其实，她的话语权在贾政面前非常大，书里面是写得很清楚的。比如说，第七十三回就写到："赵姨娘正和贾政说话，忽听外面一声响，不知何物。忙问时，原来是外间窗屉不曾扣好，塌了屈戍了，吊下来。赵姨娘骂了丫头两句，自己带领丫鬟上好，方进来打发贾政安歇了，不在话下。"不要把这些过渡性的语言轻易放过，贾政作为荣国府的老爷，每天晚上谁伺候他睡觉？并不是王夫人，也没有关于周姨娘的描写，就是赵姨娘。这种描写在书里面出现了不止一次。一次，赵姨娘还在贾政面前请求贾政批准把王夫人身边的一个丫头要来给贾环。这些都说明在贾政面前她是有话语权的，因为贾政喜欢她。尽管别人讨厌她，但府主喜欢她，一把手喜欢她，所以她有的时候就有恃无恐，很可怕。

接着往下看，你就会发现，这个赵姨娘的话语权甚至会引发大地震。你注意到第七十三回里面的那些情节流动了吗？怡红院里本来没事，大家都准备睡觉了，忽然跑进来一个小丫头，叫小鹊，说刚才赵姨奶奶不知道在老爷面前说了什么，要贾宝玉小心，仔细明天老爷问！这个小鹊是赵姨娘的一个小丫头。赵姨娘打发贾政安歇时，发生的什么窗户掉了，需要去把它重新复原之类的事，可能都是小鹊这些人参与的。小鹊一定是听到了很严重的话，小说里写得很清楚，怡红院的人问她这么晚你跑到这儿干什么，很反常，小鹊就说她知道一些情况必须告诉他们，都没有坐下喝茶，说完立刻就走人了。这就引起了一系列的连锁反应：宝玉就没法睡了——这还怎么睡，明天他爸问他，问什么，想必是问功课，所谓功课就是四书五经，学着写八股文章，一想这些天根本离这些个东西就很远，只好立刻开始恶补，这就闹得整个怡红院都没法睡觉——他不睡觉，大丫头当然就带头不睡觉，小丫头有的在那儿坐着坐着就困了，头撞了墙，还被晴雯臭骂了一顿，搞得很紧张。然后呢，情节又往下流动，就在这个时候，芳官（芳官本来是唱戏的，后来戏班子解散了，就被分到怡红院当丫头）出去了一趟（书里多次写丫头出去了一趟，说白了就是方便去了），回来以后就说看到一个黑影从墙上跳下来。哎呀，晴雯如获至宝，本来找不着理由来阻挠第二天贾政问宝玉功课，这不就是理由吗？于是就说有贼啊，有人跳墙啊，然后就让那些守夜的都别睡了，灯笼火把地搜。哪儿有啊，搜了一夜也没结果。曹雪芹写晴雯这个人物写得真是非常生动，也让我们心里非常难过，因为晴雯万没想到是她把事情闹大的。晴雯当时就说了，不要以为这个事就完了，宝玉受惊了，她是要去告诉太太的，要问太太要安魂药的，难道就罢了不成？晴雯理直气壮，觉得自己跟王夫人是一头的，向那些守夜的发威。可那些人就是找不到贼啊，怎么办？没法交代啊。这个事滚雪球般越闹越大，最后就闹到贾母面前，贾母就发怒了，说她知道府里面的这些弊病，一定是晚上有人聚赌，于是就查赌。情节是这么流动的吧？雪球越滚越大。一查赌呢，不得了，迎春的奶妈都是带头赌博的庄家，牵扯很多人，最后是黑压压跪了一院子人给贾母磕头——因为老祖宗平常不理事，她突然亲自来管这个事，大家当然都害怕了。再往下，又偏偏有一个傻大姐捡到一个绣春囊，交给了邢夫人，邢夫人和王夫人有矛盾，就封起来交给王夫人，意思是说你是荣国府的女主人，你管这一摊，您管得怎么样啊？您看看呀，连这种东西都出现在大观园里了！因为根据书里面的设计，贾赦是贾母的大儿子，邢夫人是大儿媳妇，可是呢，邢夫人却没有荣国府的管理权。邢夫人她也代表着一个利益集团，跟王夫人之间的矛盾激化了。王夫人觉得没脸，就气冲冲地去找凤姐——开头她认为那是凤姐的绣春囊，凤姐辩解说不是，而且确实不是。那么，绣春囊究竟是谁的呢？本来打算暗察，没想到邢夫人的陪房王善保家的又掺和进来，对晴雯下了谗言，事态就发展到了公开抄检大观园。抄检大观园的首个受害者是谁啊？就是那个非要强调有人跳了墙，别人说别查了，算了，她认为不能罢休，要报告太太，非要把事闹大的那个人——晴雯。所以曹雪芹铺排出的情节，流动得非常自然，也实在是惊心动魄。读了这些文字，能让我们想到人性的复杂、人的命运的诡谲、事物的必然性和偶然性的关系等等许多很深刻的东西。讲了这么多，追根溯源，风起于青萍之末，抄检大观园就是由小鹊报信引发的，就是因为赵姨娘在贾政面前告了宝玉的状。可见赵姨娘的能量很大，是一种很具破坏性的邪恶力量。

细读《红楼梦》我们不难发现，曹雪芹基本不对书中的人物形象作简单化、脸谱化的处理，这是曹雪芹塑造人物形象时的重要美学原则，但对赵姨娘却是一个例外，在曹雪芹的笔下，赵姨娘生性糊涂、心术不正、行为猥琐，是一个比较平面的人物。

心狠手辣的赵姨娘想通过害死林黛玉来达到使贾宝玉崩溃的目

的，那么，她究竟会如何对林黛玉下手呢？

这一点，在前八十回里面没有明文描写，但是也有线索可寻。什么线索？第三回写林黛玉进府，贾母他们一见林黛玉，就发现林黛玉"身体面庞虽怯弱不胜，却有一段自然风流体度，便知他有不足之症"——就是发育上有些先天不足，因问："常服何药，如何不急为疗治？"林黛玉就如实地跟她的外祖母汇报："我自来是如此，从会吃饭食时便吃药……如今还是吃人参养荣丸。"贾母就吩咐道："这正好，我这里正配丸药呢，叫他们多配一料就是了。"人参养荣丸对于贾府来说不算回事，这种药虽然很昂贵，但也无非是用人参这样的东西制作，原料并不难找。本来这似乎是闲闲的一笔，好像没多大意思，但是，脂砚斋在这个地方有两条批语值得注意，一条是"文字细如牛毛"，可见脂砚斋就主张要进行文本细读，不要放过一些细微处；然后就在贾母说"叫他们多配一料就是了"的地方，非常明确地写下一条批语："为后菖、菱伏脉。"就是说，这几句关于配药的对话，是在为后面贾菖和贾菱两个人的故事埋下一个伏笔。曹雪芹经常是草蛇灰线、伏延千里，在第三回他就有这样一个草蛇，这样一条灰线，但八十回之内他都不呼应，八十回后他会讲到。贾菖、贾菱这两个人在后面的情节中是会出现的。

大家知道，贾氏这个宗族是很庞大的，宁国府、荣国府是两个封了贵族头衔的大府第，是贾氏当中最光荣的两门，但是他们还有一些穷亲戚，有一些经济状况中等，甚至低等的亲戚，有些这样的亲戚就会找到他们这儿来，让他们在经济上给予援助。有一些男性亲戚还希望在府里面揽一个事，挣一些钱。因为你在府里揽了事，府里就会拨给你银子，你拿银子做事的过程中就可以留下一部分，作为自己的收益。在小说里面，给大家印象最深的就是贾芸。这个贾芸，是宁、荣二府近支的一个后代，是个血缘亲。贾芸几次求职都没有成功，最后终于获得了一件差事，就是在大观园里面补种花草树木。那么，书里还有没有写到另外一些贾氏宗族的子弟参与府内的事务呢？有的。比如大观园在元妃省亲以后，就要正式做匾（原来元妃省亲时的匾额都是做的灯匾，因为元妃没有认可，你不能把它固定下来，元妃认可以后，有的经过了改动，你就要把它正式地固定下来，像石头上的就要刻，刻完弄成红颜色），参与这件事的，书里面交代得很清楚，除了贾蓉还有贾萍，也是草字头辈的，然后还很明确地交代，由于人手不够，贾珍又将贾菖、贾菱唤来监工。这一笔就告诉你两个信息，一个信息就是贾菖、贾菱他们本来在府里面有他们管的事务，现在由于这件事情很急，需要很多人手，因此就进行了人力资源的重新布局，贾珍就临时把他们两个也叫来帮忙。既然贾菖、贾菱这次是临时帮忙的话，那么平时他们在府里面负责什么呢？应该就是负责配药。第三回脂批已经讲了嘛，"为后菖、菱伏脉"嘛，所以曹雪芹下笔的确是细如牛毛，手法真是高妙无比。既然贾菖、贾菱手里有配药权，可想而知，赵姨娘就可以和他们拉关系——赵姨娘就曾经和马道婆拉过关系，而且通过拉关系她也得手了，只是最后功亏一篑。八十回后估计有这样的情节：赵姨娘，或者是贾环，说动了贾菖、贾菱，让他们在给林黛玉配药的时候，不一定直接下猛毒，但是可以让林黛玉慢性中毒，最后造成一个查不出来原因的死亡状态，这样贾宝玉就非得急死不可。第五十七回就写到"慧紫鹃情辞试忙玉"，大家记得吧？仅仅风闻黛玉要被林家的人接走，贾宝玉就急得要死，大病一场，几乎崩溃。如果林黛玉病死了，又查不出原因，贾宝玉肯定要么死掉，要么出家，这就是赵姨娘所要达到的目的。她要去做的事，她将怎样做这件事，根据我的推测，和贾蔷、贾菱有关。从世俗角度来说，林黛玉的具体死亡原因就是王夫人和薛姨妈为了争夺荣国府的控制权对她的排挤，和赵姨娘为了争夺荣国府的控制权所下的毒手。

那么林黛玉究竟是怎么死的呢？是不是像高鹗所写的那样，由于一个"调包计"，生贾宝玉的气，然后自己就焚稿断痴情，死掉了呢？我个人认为，曹雪芹的构思不是这样的，曹雪芹对林黛玉的死亡的描写应该是写她沉湖。我为什么得出这样一个结论，下一讲揭晓答案。

林黛玉沉湖之谜

红学界普遍认为,曹雪芹的《红楼梦》在完成之后,由于种种原因,除前八十回大体保存下来以外,后面的内容全部"迷失",而我们现在所看到的后四十回,是在曹雪芹去世近三十年以后,由高鹗续写的。

高鹗对《红楼梦》的第一女主角林黛玉的最终死亡做了如下的安排:在贾家不断败落之后,为了给处于疯癫状态的贾宝玉冲喜,贾母弃林黛玉于不顾,采用王熙凤出的"调包计",安排贾宝玉与薛宝钗成婚。林黛玉眼睁睁看着自己心爱的人迎娶了薛宝钗,于是"焚稿断痴情",悲愤而死。

关于林黛玉的这样一个结局,由于通行本的广泛流传而深入人心。但是,我个人认为,尽管"焚稿断痴情"堪称高鹗续书中最成功的部分，但并不符合曹雪芹的原笔原意。

小说里面对宝玉和黛玉的身份是有一个特殊设定的，宝玉和黛玉原来都在天界。宝玉是天界赤瑕宫的神瑛侍者，黛玉原来是天上的一棵绛珠仙草，后来修炼成了一个女身。宝玉下凡以后，黛玉也跟着下凡，更准确的表述就是，神瑛侍者下凡以后，修成女身的绛珠仙草也随即下凡。书里面说得很清楚，天上的绛珠仙草下凡有一个很明确的目的：在天界时，赤瑕宫里面的神瑛侍者每天都出来给她灌溉甘露，才使得她能够健康地生长，后来修成了一个女体（可以叫作绛珠仙子），所以，她下凡以后，成为林黛玉，就要把一生的眼泪还给神瑛侍者。因为这个神瑛侍者下凡以后是贾宝玉，林黛玉的眼泪就是还给贾宝玉的，这是作者在第一回里面就跟读者交代的一个带有神话色彩的人物关系的设计，是非常美丽的一个描述。

在书中后来的情节流动当中我们就有一个感觉，就是从天上下凡到人间的这二位，本身并不知道自己是从天界下凡的，只有做梦时才可能会隐隐约约地恢复在天界的感觉。总之，在人间，他们就和其他的俗人一样生活。

林黛玉每次和贾宝玉闹别扭都要流泪，根据第一回的假设，这都是在还灌溉之恩。书里面有没有一回写到林黛玉的眼泪还得差不多了呀？有的，这就是第四十九回。那个时候，林黛玉和薛宝钗之间的猜忌已经消除了，林黛玉对贾宝玉也放心了。在这种情况下，贾宝玉也表达了他对林黛玉和薛宝钗和好的不解，在林黛玉回答之后他也表示了理解。这个时候，黛玉就说了："近来我只觉心酸，眼泪却像比旧年少了些的。心里只管酸痛，眼泪却不多。"作为人间的一个女性存在，她本来爱哭，老有那么多的眼泪，现在她自己就意识到她的眼泪少了；但她没有意识到的是，她是天上的一个绛珠仙子，正在人间还泪。可是，读者读到这儿心里就明白，她的总泪量应该基本等于在天上时神瑛侍者灌溉她的那个总量。这个量不断减少，最后就接近于零，实际上也就预示了林黛玉的还泪之旅是有终点的。

宝玉也是仙人下凡，但他也并不清楚自己的真实身份，他所有的思维都是人间化的。听了黛玉这句话以后，宝玉怎么说啊？宝玉说："这是你哭惯了，心里疑的，岂有眼泪会少的？"他就不知道他们两个还有一种特殊关系，黛玉的眼泪就是会递减——把当年那个灌溉量偿还得差不多了之后，她就没泪了。

在《红楼梦》中，作者曹雪芹对男一号贾宝玉与女一号林黛玉的前世今生的设计确实极为精妙，让这两个人物那跌宕起伏的悲剧故事充满了神秘色彩，而对有着仙界身份的林黛玉，如何安排她的最终结局，一定会是曹雪芹精心设计的内容。在前八十回《红楼梦》中，最能够体现林黛玉生活状态与精神气质的黛玉葬花，就给我们提供了一个深入分析曹雪芹创作意图的最好文本。那么，黛玉葬花，这个《红楼梦》里面最美丽的画面之一，究竟体现出了林黛玉怎样的生命特点？而这与她最终的死亡又有什么关系呢？

书里面描写的林黛玉，有一个突出的特点，就是诗意生存——她的生活是诗化的生活，是充分地艺术化的，黛玉葬花就是一次完整的行为艺术。

行为艺术这个概念，是近一百年来，乃至于近五十年来才在西方出现和热闹起来的，但是我们的老祖宗曹雪芹在二百多年前，就在他的小说里面写了林黛玉的行为艺术。这绝不是夸张，你想，她葬花是不是行为艺术啊？

首先，她有道具。什么道具呀？有花锄。因为葬花要刨坑，所以要有花锄。林黛玉是一个弱不禁风的人，她扛的会是什么样的花锄？这个花锄如果不是一个艺术化的花锄，而是一个集市上卖的花锄，甭说扛了，她举都举不起来。这就说明她为自己制作了一个能够扛在肩上的花锄，这个花锄必须要特殊制作，这不是艺术行为是什么行为？而且这个花锄上还挂着一个花囊，这个花囊显然是精心地缝制和刺绣的。还不算完，另一只手还要拿一个花帚，因为花瓣需要扫在一起。这个花帚，你想一想，能是傻大姐用的那个大笤帚吗？肯定不是。它肯定是非常精致的，而且它的制作原料还不一定是竹子什么的，我们很难想象是什么做的，但是我们又可以想象它是完全艺术化的。服装更不消说了，她在那天肯定是自己精心设计了自己的服饰。

她葬花有路线，在大观园里她早已事先踏勘好了的：从她的潇湘馆出来，沿着什么什么样的地方走，比如过了沁芳闸再怎么怎么样，最后到达一个角落 —— 花冢。她有路线，有终点。

在这整个过程当中，她吟唱自己事先准备好的"葬花词"，她这个行为艺术是有声的行为艺术，还不是无声的。这就是林黛玉。你想，曹雪芹在那个时代能想象出这样一个场景，塑造这样一个人物，让她有这样的一个完整的艺术化的行为，这很了不起。

还有一次，写林黛玉离开潇湘馆，那个时候还跟宝玉生着气呢，但作为一个诗化的存在，她还是充满诗人气质，她的生活是完全艺术化的。

她一边走，一边嘱咐紫鹃，说："你把屋子收拾了，撂下一扇纱屉，看那大燕子回来，把帘子放下来，拿狮子倚住；烧了香，就把炉罩上。"什么生活呀？现在咱们讲和谐社会，讲人与自然的和谐，林黛玉老早就与自然和谐了，她的屋子是允许燕子来做窝的。她说"你把屋子收拾了，撂下一扇纱屉"，干吗呀？大燕子飞出去给它的小燕子觅食，就要飞回来喂食，要让大燕子觉得方便，所以潇湘馆那个纱窗里面会有一个灰空间，灰空间里面会有燕子窝，大燕子是会飞回来飞出去的。这就是林黛玉的生活。然后是把帘子放下来，拿狮子倚住，什么叫拿狮子倚住？狮子是一个工艺品，用来镇住帘子的底边，让它在空气流动当中不至于紊乱——她非常精致地安排自己的生活。然后，当然还要享受鼻息的快感，还要烧香。这个香不是搞封建迷信烧的那个香，是增加室内芳香程度的一种高级香料。这种香不能让它很猛地散发出来，因此，在香炉里面放了香以后，你还要把炉罩上，放一个带花漏的炉盖。贵族小姐的生活都是很享受的，但是对林黛玉而言，这已经不是物质上的享受了，她把它变成了一种诗化的生活态度，这样生存。

还有一回，她命令丫头把鹦鹉站的那个架子摘下来，她养鹦鹉，不是笼养，是架养。她让丫头把架子摘下来以后，另挂在月洞窗外的钩子上，潇湘馆有月洞窗，窗子的形状是非常生动活泼的，不都是一个模式，然后，她就坐在屋内，隔着这个纱窗挑逗鹦鹉做戏，还教自己的鹦鹉念诗。这就是林黛玉。

所以，林黛玉的生存是诗意的生存，她一旦泪尽，要离开这个世界时，一定也会诗意地消逝。

我想，我的逻辑肯定成立。她是这样的一个生命，又是天上的仙女下凡，她离开人间时一定是充满诗意的。当然，那将是一首凄美哀艳的诗。

按理说，一部文学作品中的主人公的人生命运、情感纠葛，无非就是一种艺术创作，读者会由此产生不同的阅读感受。尽管高鹗给林黛玉安排了"焚稿断痴情"这样一个悲剧性的结局，在最基本的思路上符合曹雪芹的构思，但在林黛玉的死亡时间、死亡原因、死亡方式等方面的处理上，都不符合曹雪芹的原有意图，从而使读者在理解《红楼梦》的创作意图和审美享受方面都产生了严重的偏差。既然如此，我会如何破解林黛玉的真实结局？我的依据又是什么呢？

大家现在看的《红楼梦》一般都是通行本。一百二十回通行本的后四十回是高鹗续的。高鹗的续书，有人很喜欢，特别是关于林黛玉结局的那段故事。

我也承认，这是高鹗的续书里面文笔最好的一段。问题是，我之前一再跟大家说过，高鹗和曹雪芹不是合作者，两个人不认识，无来往，生命轨迹没有重叠和交叉。高鹗续写八十回后的《红楼梦》，大体是在曹雪芹已经去世二十多年以后；而他的续写和被篡改过的前八十回合起来印刷成一百二十回的通行本的时候，曹雪芹去世已经将近三十年了。所以，你可以认为有一个人续书续得不错，但你却不可以认为这就是曹雪芹的《红楼梦》，这只是高鹗的后四十回《红楼梦》。曹雪芹的《红楼梦》是写完了的，而且也不是一百二十回，而是一百零八回。脂砚斋不是说了吗，全书到了第三十八回，就已经三分之一有余了。他是写完了，只是八十回后的文稿"迷失"了。所以，我们可以做一些探佚工作，来探索后二十八回究竟是些什么样的内容，其中黛玉之死应该是怎么样的。我想这种探佚应该还是有意义的。

我个人认为，黛玉之死首先应该是在贾母死亡之后。

我前面已经费了老大力气来分析的一个观点，就是只要贾母活一天就要为林黛玉护航一天，而且贾母从一开始就愿意让宝玉和黛玉婚配，不可能突然来个一百八十度大转弯，同意"调包计"，甚至于不顾林黛玉的悲苦生死，拉下脸来绝情——这不符合曹雪芹前面对贾母和林黛玉关系的描写，所以，林黛玉离开人世首先应该是在贾母去世之后。在这个情况下，王夫人和薛姨妈她们促成"金玉姻缘"的最大的障碍就没有了，形势就明朗了。

而在上一讲，我又讲到，荣国府里面不仅只有一个利益集团，另一个利益集团——赵姨娘、贾环，他们也下了毒手，很可能就是通过贾菖和贾菱配药，使林黛玉作为一个世俗的生命存在死于慢性中毒。还有一点，我上一讲也跟大家说了，赵姨娘在谁面前最有发言权啊？贾政，荣国府这个府第法定的主人。

贾母死后，林黛玉没有了靠山，"金玉姻缘"又在紧锣密鼓地筹备；她自己又吃了赵姨娘通过贾菖、贾菱所配的药，慢性中毒；而赵姨娘又向贾政告发了她和宝玉之间所谓的不轨行为，所以说林黛玉的处境非常糟糕。你不能说赵姨娘是在完全造谣，我上一讲提过，第五十二回，她小步子进潇湘馆内室，"腾"就冲进去了，一下子就看见贾宝玉正挨近林黛玉的身子说话呢，因此，当她向贾政告这个状的时候，她甚至还心安理得——我是亲眼所见嘛！然后，她可以满世界夸张渲染，甚至于造谣诬蔑。

而最关键的问题还在于，林黛玉到人间来是为了还泪，而她的眼泪基本上已经哭干了，所以，到了她该回到天上的时候了。人间的黛玉在这种情况下会主动地结束自己的生命。

我认为，林黛玉的生活方式是一种诗意的存在，加上她兼具绛珠仙草这一仙界身份，因此，林黛玉的死亡方式一定是一种诗意的死亡方式。根据我的研究来判断，在曹雪芹笔下，八十回后林黛玉的死亡形式，应该是一次甚至比葬花更优美的行为艺术。

她所采取的方式，我个人认为，就是沉湖。

有一个"红迷"朋友听我说到这儿，他就开始急躁，他说他知道了，我的意思是说黛玉自杀了，跳湖了。这是对我的意思的误解。

第一，我没有说黛玉自杀。

黛玉是天上的仙女下凡，你说她自杀，我不能完全反对，因为你表述的意思大体正确，但是，我宁愿选择另外的语汇，因为林黛玉的死是很诗意地安排自己向人间告别的过程。她是诗意而来，诗意而去，所以我觉得，与其说她是自杀，不如说是仙去——她来自仙界，又复归仙界。

跳湖这个说法，我是坚决不赞成，因为这说明你对跳湖和沉湖之间艺术上的重大区别麻木不仁。跳湖，是从高处往下，一个抛物线，"咕咚"一声——当然，可能死得很痛快，但是毫无诗意；沉湖，是自己穿戴好了以后，从水域的浅处慢慢走向深处，很不一样啊！

不要觉得我说的这个话好像是怪话，在中国近代史上，有人就采取过这种艺术化的死亡方式以激励民众。

辛亥革命前有一个烈士叫陈天华，他怎么死的呀？有人就非要说他是跳海而死。陈天华没有跳海，而是蹈海，这两者有很大的区别。陈天华当时觉得非常苦闷，为唤起中国民众结束清朝的统治，他写了《猛回头》等激昂的文字，剪掉了清朝规定男人必须留的那个辫子（所以现在留下的陈天华的照片上他是披肩发），然后就在日本蹈海。这个事件有相关文献可以证明。他留下遗言，在蹈海前一天写下了《绝命书》，使自己的行为具有一定的艺术性和震撼力。1905年12月8日，他从海边的浅处一步一步向大海深处走去，海水冲击到他的胸部，然后是颈部，最后淹过了他的头部。他觉得他完成了他的人生使命——告诉大家，应该改变清王朝统治中国的腐朽现实。陈天华作为一个激昂的革命者，他这样的行为你怎么评价是一回事，但是他没有跳海，他是蹈海。

现在我再强调一次，我所说的林黛玉的死亡方式，不要概括成跳湖，她是沉湖。

一定会有"红迷"朋友来问我："关于林黛玉是沉湖而死的，你的依据究竟是什么？"

还是要从曹雪芹的前八十回文本进行考察。因为曹雪芹的艺术手法就是总有伏笔，在很多地方设下伏笔，在很久以后再去呼应、照应。上一讲我也说了，脂砚斋就说他"文笔细如牛毛"，《红楼梦》就是这样一个文本。有人说，这么读《红楼梦》累不累啊？我这样读，不仅不感到累，还感到很快活，获得了很大的审美乐趣。当然不是说所有的小说都得这么写，天下很大，人各有志，小说的写法和读法也有很多种，这是其中一种。

为什么我说林黛玉会沉湖？

在前八十回里有很多伏笔。现在，我不按顺序说，而是按我心目当中所认为的重要程度来排列——开头先说最重要的，最后再说一个最重要的，当中说一些其次的。

有一个根据，就在第七十六回。

这一回就写到，在中秋之夜，黛玉和湘云两个人很寂寞地在湖畔联诗。联来联去，联到最后，联出两句，这两句惊心动魄，湘云那句是"寒塘渡鹤影",林黛玉那句是"冷月葬花魂"。

有人会问了,不是"葬花魂",是"葬诗魂"吧?"冷月葬诗魂"确实是很多通行本的写法,但在考察了各种古本之后,我认为,曹雪芹的原笔应该是"花魂",而不是"诗魂"。为什么?"花魂"在《红楼梦》里面不是一个陡然出现的语汇,早在这一回之前就曾多次出现。比如说,第二十六回就有两句,叫作:"花魂默默无情绪,鸟梦痴痴何处惊?"就有"花魂"这个字眼。在林黛玉的《葬花词》里面,"花魂"出现的次数也很多,比如"昨宵庭外悲歌发,知是花魂与鸟魂""花魂鸟魂总难留,鸟自无言花自羞"。你看,"花魂"是一个《红楼梦》里面固有的概念、固有的语汇。在第七十六回这个地方,它就是林黛玉的象征,就和上一句的那个"鹤影"是史湘云的象征一样。

"冷月葬花魂",就是说在一个凄清的中秋之夜,湖面上倒映着中秋的满月,湖波荡漾,花魂就默默地,一步一步地沉进去了,就埋葬在里面了。所以,这一句联诗就是对林黛玉沉湖的一个暗示,就是一个伏笔。

还有,早在第二十三回,林黛玉初进大观园住进潇湘馆,和贾宝玉偷读了《西厢记》,分手以后她一个人慢慢地走回潇湘馆,听见远远传来了学戏的那些小姑娘唱曲的声音,唱的就是《牡丹亭》里面的句子,这又勾她想起了很多古人的诗句。曹雪芹下笔的时候就反复地写了这样一些句子,比如"花落流水红""水流花落两无情""流水落花春去也"。它们构成一个密集的意向,就是美如花朵的青春少女最后会在水域结束她的生命。我想,描写林黛玉听曲,曹雪芹可以摘引很多不同的句子,为什么她所听到的和所想到的来来回回都有这样的内容呢?根据曹雪芹的写作习惯,他不可能是随便一写,这就是一个伏笔。

书里写到,大观园里面成立了诗社,第三十七回就出现了海棠社。组织了海棠社以后,大家说以后写诗就别用哥哥妹妹这样的称呼了,咱们得想一个署名,大家当诗翁嘛,就都要有一个别号,林黛玉的别号就是"潇湘妃子"。

潇湘妃子是什么意思?远古传说时代的尧、舜、禹当中的那个舜,有两个妃子,一个叫作娥皇,一个叫作女英。舜是一个非常好的部族领袖,他经常外出巡查,后来不幸死于苍梧,没有回来。娥皇、女英就去寻找,就很悲痛,她们的泪水洒到竹子上,使得竹子上面出现了斑痕,这就是所谓的斑竹、潇湘竹,"潇湘妃子"这个别号就来源于此。娥皇、女英最后怎么死的呀?"泪尽入水"。这是古书上有记载的,娥皇、女英找不到舜,她们的眼泪哭干了,最后死在了江湖之间。因此,潇湘妃子这个别号,实际上也在暗示林黛玉最后是沉湖而死。

到后来,诗社又由海棠社变化为桃花社 —— 因林黛玉作了《桃花诗》,后来她们就把诗社的名字改成了桃花社。后来,由于史湘云偶然在春天拾了一片柳絮,就带头做《柳絮词》。我前面也讲到了,林黛玉和薛宝钗所作的《柳絮词》鲜明地体现出了两个人的不同的理念、不同的价值取向、不同的人生感受。林黛玉的那一首《柳絮词》的词牌是"唐多令",第一句叫作"粉堕百花洲"。粉,表面说的是花粉,实际上也是在暗示一个女性。她的生命结束在哪儿了呢?百花洲。百花洲是水域的名称,这一句也是一个伏笔。

第四十四回凤姐过生日演戏,有一出戏是《荆钗记》,里面有一折叫《男祭》。这出戏的主人公叫王十朋,这折戏就表现王十朋跑到江边去祭奠一个人。

写这一笔干什么呢？因为这一回写得很巧妙，凤姐过生日是很重要的一件事，但是贾宝玉却不通知家里的人自己跑到外面去了，穿了一身素白的衣服，骑着马，只有一个小厮焙茗跟着他。他干吗去了呀？简而言之，读者都已忘记了金钏跳井的事了，因为这场风波到故事情节发展到这儿的时候，已经很远了，但是曹雪芹下笔很厉害，他通过这一笔告诉你，贾宝玉对金钏始终不忘，他知道是自己的行为不当造成了金钏的死亡，所以他去祭奠金钏去了，因为这一天也是金钏的生日。贾宝玉去了以后还是赶回来了，他毕竟还得在凤姐的生日宴席、唱戏这种场合出现。

这个时候，曹雪芹就写得很厉害了，别人都不在意了，唯有林黛玉看到王十朋在江边祭奠的时候就发话了："这王十朋也不通的很，你不管在那里祭一祭罢了，必定跪到江边子上来做什么？俗语说，睹物思人，天下水总归一源，不拘那里的水，舀一碗看着哭去，也就尽情了。"

曹雪芹这一笔，可以说是一石三鸟。

第一，所有的人都猜不出来贾宝玉去哪儿了，只有林黛玉跟贾宝玉心心相印，最理解贾宝玉的行为，所以猜出他是去祭奠金钏去了。林黛玉这个话就是说，金钏不是投井死的吗，天下的水终归是一源，其实你要祭奠金钏从咱们荣国府、大观园都可以舀一碗水，对着那碗水去表达你的哀悼不就齐了吗？你非要跑出去干吗？她就知道，宝玉一定是跑到外面的某一处水边去了 —— 宝玉确实是跑到一个庵里的水井边上去完成了祭奠 —— 这就说明林黛玉和贾宝玉之间有心灵感应，林黛玉这个话就是说给贾宝玉听的。

第二，它也借此点明了林黛玉的结局。林黛玉的这样的话——一个人死于水域，另一个人要来祭奠她——叫谶语。"谶语"这个词在《红楼梦》里面多次出现，就是对今后命运的一种事先的暗示，这也就说明林黛玉最后的死亡和水域有关系。

第三层意思是，林黛玉死于水域之后，贾宝玉将祭奠她，很可能那次贾宝玉就是舀了一碗水（"天下水总归一源"），对着碗中水来祭奠她，很可能在后面会有这样的情节。

所以，这些都是伏笔。

我们知道，《红楼梦》区别于其他小说的一个显著特点就是"草蛇灰线，伏延千里"的特殊写法。无论是黛玉、湘云的中秋联诗，还是林黛玉"潇湘妃子"别号的特殊寓意，以及宝玉祭奠金钏一石三鸟的暗示，都是这种伏笔写法的表现。实际上，还有一个更重要的伏笔在第十八回，就是元妃省亲的时候点戏，点了四出戏。

哪四出戏呀？第一出是《一捧雪》中的《豪宴》，脂砚斋指出，《一捧雪》中"伏贾家之败"。贾府最后的败落，除了很多具体的原因之外，将纠缠在一件叫一捧雪的古玩上。

第二出叫《乞巧》，这是《长生殿》当中的一折，脂砚斋批说这是"伏元妃之死"。

第三出就是《仙缘》，《仙缘》是《邯郸记》当中的一折，脂砚斋指出是"伏甄宝玉送玉"。

现在我们关键是要分析第四出——《离魂》，这是《牡丹亭》当中的一折。脂砚斋在这个地方明明白白地有一个批语，说这是"伏黛玉之死"。

你现在去看《牡丹亭》里面的《离魂》，这一折在原始的剧本里面叫作《闹殇》，我不多说，把《闹殇》当中的一些唱词念一念，你就明白了。当中是怎么说的啊？说"人到中秋不自由"，你看，和中秋节有关系。"奴命不中孤月照"，和冷月有关系。"残生今夜雨中休"，和夜有关系。"恨匆匆，萍踪浪影，风剪了玉芙蓉"，含义就更丰富了。芙蓉花有两种，一种是木本的，长在旱地，一种是水生的，就是荷花，这里所说的"玉芙蓉"就是荷花，是水里面的花朵，就是在影射林黛玉最后会沉湖，死于水域。

书里面对林黛玉是芙蓉花这一点，不仅是暗示，也是明写呀！贾宝玉过生日时，"寿怡红群芳开夜宴"，抽那个花签，林黛玉抽的签就是芙蓉花，上面写着"风露清愁"，有一句诗叫"莫怨东风当自嗟"。怎么证明这个芙蓉花就是水芙蓉呢？贾宝玉痛心于他最心爱的身边人晴雯被撵出去之后死去，就写了《芙蓉女儿诔》，他这个《芙蓉女儿诔》的芙蓉指的是荷花。书里面有非常明确的描写：他问小丫头晴雯死的时候怎么说，小丫头当时不知怎么说好，就随口一编，说她上天当了花神了；宝玉就问她当的是总花神，还是具体某种花的花神，当时荷花盛开，小丫头就说她当的是这个花的花神，是芙蓉花的花神。所以，这个芙蓉不是木芙蓉，而是水芙蓉，这一点是无可争议的。

脂砚斋说了，"所点之戏剧伏四事，乃通部之大过节、大关键"。黛玉之死，当然是小说里面的一个大关键。

所以，黛玉应是沉湖而亡，而且，她一定会像葬花一样，精心地设计她的服装、她的道具、她的行动路线。她会不会有一首告别人世的诗呢？也可以去想象。当然，因为黛玉是一个天上的神仙下凡，她在人间的所谓的死亡，实际上是复归天界。

所以，我估计，曹雪芹关于这一段的描写会非常优美，而且最后她会跟普通人的死亡很不相同，黛玉沉湖后，不会有尸体的，只会有她的衣服和她的钗环存在，只会留下她的腰带或者她的披纱，她是仙遁。这是书里面说得很清楚的，她本来不是人间的一个凡人，她是一个绛珠仙子。

薛宝钗之谜

薛宝钗选秀之谜

不知道大家注意到没有，在《红楼梦》第二十九回前后，薛宝钗的表现很反常。第二十九回讲的是清虚观打醮的事。这段故事之前，薛宝钗这个人物的性格早就定型了。作者在第五回对她的性格就有很明确的交代，说她行为豁达、随分从时，不比黛玉孤高自许、目下无尘，说她大得下人之心，便是那些小丫头们，也多喜欢与她去玩笑。用今天的话说，就是她有性格优势，人际关系特别好，最难得的是，不仅从贾母到王夫人，府里面的主子们喜欢她，同一辈的也都喜欢她，甚至于小丫头们也都喜欢她，她是全方位地有人缘。在第五回开头，用评语式的语言给薛宝钗性格定位以后，作者又通过后面许多的情节流动、大量的细节，把她的这种性格生动地展现出来。

但是到了第二十九回清虚观打醮这段情节前后，曹雪芹却刻意写出了薛宝钗的反常。她表现得很烦躁，很郁闷，很不高兴，觉得很没有意思，而且动不动就发火，出语伤人，恶语相向，尖刻度之令人难堪，比黛玉更胜一筹。

她为什么这样？这还得从根儿上说起。请问，薛宝钗她从南京到北京，有什么目的？有人会说，嗨，那不是她哥哥惹事了吗？她哥哥薛蟠，是一个很糟糕的人，在金陵地面上为了争夺一个拐子拐来的女孩子——后来我们知道这个女孩子就是甄士隐的女儿——把对方冯渊给活活打死了，惹上人命官司了，所以有人就觉得，她是因为哥哥惹了人命官司，当地不好混了，是哥哥带着她跟她母亲畏罪潜逃了。是这么回事吗？不是的。读《红楼梦》要读得仔细，不能够大概齐一翻，只留一个模糊印象，那样不利于理解曹雪芹的苦心。

其实作者在第四回交代得很清楚，确实是薛蟠为了争夺这样一个小姑娘，让底下的人把冯渊打死，惹了官司，当时审这官司的人就是贾雨村嘛，是有这么回事。但是薛蟠他在乎吗？他对人命官司视为儿戏，认为花上几个臭钱，没有了不了的事儿。他带着他的母亲和妹妹到京城，是既定的计划，并不是畏罪潜逃，他留下几个家人应付官司，自己大摇大摆带着他的母亲和妹妹往京城而去。

薛蟠带着他的母亲和妹妹到京城，有什么目的呢？书里面也是有交代的。他有三个目的。第一个目的是什么呀？有人说，第一个目的应该是，做皇商，就是从宫里面领出银子，然后去替宫里面采买的人，把采买的货物交给宫里面以后，报销，报销完了以后，领新的银子，然后再继续采买。薛蟠的父亲就是干这个的，父亲死了以后他子承父业，也干这个，他们薛家世代干这个事儿。这似乎应该是他从南京到京城去的第一目的。但书里面把这个目的排第一了吗？你仔细看，不是。书里把他这样一个目的排在第三位。第二位的目的是到京城探望亲友，薛蟠和薛宝钗的母亲的哥哥王子腾在京城当着很大的官，姐姐嫁给了荣国府的贾政，都有权有势，他们要进京望亲。那么排第一位的目的是什么啊？是送他妹妹进京待选。待选，就是准备参加宫廷的选秀。

虽然《红楼梦》在第一回里说，整个故事地舆邦国、朝代年纪失落无考，但这是一种烟云模糊的艺术手法，你细读了以后就感觉到，实际上曹雪芹他很写实，他写的基本就是清朝的康熙、雍正、乾隆三朝背景下的故事，故事的发生地点当然转换了很多，开始是在南方，在苏州啊，在维扬啊，在南京啊，后来呢，故事的空间基本上集中在京城，就是北京。

在清朝，有一个选秀女的制度。选秀女什么意思啊？就是皇帝他需要有后宫，过去古代动不动就是后宫三千，皇帝要进行这方面的享受，要从民间采集女子。清朝呢，它和明朝不太一样，因为清朝统治者是满族，他们的人数比较少。满族最早是以八旗兵的方式，在军事组织里面来共同生活，后来他们打进山海关，统一全中国，还保留了八旗制度。顺治是清朝打进北京以后的第一个皇帝，坐镇北京以后，从顺治到晚清有十个皇帝，都要选秀女，选秀女的游戏规则在这个过程中有一些变化，但是有一个恒定不变的原则，就是必须主要在满洲八旗的范畴之内来采集。为什么要这样？就是因为考虑到满族自己是一个少数民族，满族皇帝固然可以跟他喜欢的任何女子发生关系，但发生关系后就可能要衍生后代，而后代在血统上不能太乱，要保持血统的纯正。虽然后来清朝的皇帝有的也挺喜欢汉族的女子，或者喜欢回族女子，把她们采集到皇宫里，跟她们发生关系，但即使这些女子有所生育，生了儿子，分封到的地位也都比较低，甚至不予分封；这样的女子的人数，在比例上也严格控制，一定要使满族的最多，其次是蒙古族的——满族和蒙古族关系比较密切，过去有"满蒙不分家"一说。清朝采集秀女，设定范围就是在八旗里面来选，首先是满洲八旗，然后是蒙古八旗。

那么在早期，满族在关外进行军事活动和政治夺权的过程当中，俘虏了一些汉人，也有一些汉人主动投靠他们，这些人，最早的就被编入满洲八旗，称作包衣，包衣在满语里就是奴隶的意思。他们虽然是奴隶，因为跟满族主子一起为夺取政权冲锋陷阵，立有一定的战功，当满族入主中原以后，他们大多被划归到内务府，就是一个专门为皇帝，及其皇族提供服务的机构。有的在内务府里就得到犒赏提拔，安排一些官职，比如当织造、盐政，曹雪芹的曾祖父、祖父、伯伯、父亲作为内务府包衣，就都当过江宁织造，还时常兼管盐政，表面上官并不大，却绝对是肥缺，虽然在皇帝面前是奴才，在普通老百姓和一般官吏眼里却是"通天"的权贵。后来被俘虏和收编的汉人越来越多，满族就组织了汉军旗，但是曹雪芹祖上却不是汉军旗的，他们被编进满洲八旗里的正白旗，属于地位尊贵的"上三旗"之一，虽然在正白旗里他们是汉人，是包衣奴才，但政治地位比汉军旗里的汉人高，其标志之一，就是他们的女儿有参加选秀的资格。

《红楼梦》是一部具有家族史内涵的小说，尽管曹雪芹他"真事隐"，却并不是一隐到底，他偏还要"假语存"，在小说文本里留存下家族的秘密。书里的四大家族，贾家的原型就是曹家，史家的原型就是曾担任过苏州织造的李煦家，其余两家的原型，应该也都是包衣性质。弄明白了这一点，书里写薛蟠带着他的妹妹到京城来，第一个目的是让他妹妹待选，也就是准备参加选秀女，就一点也不会觉得突兀了。

清朝选秀女，一个是限定在满洲八旗的范畴内；另外，家庭也需要在一定的级别以上。哪家的女孩到了十四岁，就要把名字和生辰八字等基本资料上报到户部，报上去以后，在十六岁以前，随时等候通知。后来因为八旗衍生的女子很多，所以不是每一个报上去的都通知你到北京来候选。如果得到通知，就要集中，集中以后，由户部的官员领着她们排着队，从哪儿走进紫禁城呢？从故宫的后门——神武门，从那儿进宫，宫里面就有管事的大太监，以及其他的人员接应，然后就开始面试。一般要经过两轮来决定去留，选上的就留下来，淘汰的就回家去，被淘汰的，和那些十六岁以后也没被通知集中的，就可以另外去嫁人了，但是选上的，也不是都能留在紫禁城里，能马上见到皇帝。皇帝活动空间很大，他后宫很大，东宫、西宫都是后宫，他要养很多女子，另外皇帝有时候会游幸到一些地方，紫禁城外他有很多行宫，这些地方也要安排一些女子，以便他到了那里随时可以享受，比如说圆明园、承德避暑山庄，等等。一个皇帝可以享受很多的女性，但是选进去的女子却并不是都能得到皇帝的赏用，机会是很难得的。如果皇帝一眼看见了某个女子觉得还可以，叫过来，给我倒杯茶，这就可能得到一个封号，叫答应。答应在那时是一个正式的封号啊，一个家族如果听说自己那个女儿选进秀女成为答应了，全家会高兴得不得了。成为答应，机会就多了，皇帝再一喜欢，觉得你别走了，这就又升一级，叫常在，常在皇帝身边了。皇帝再喜欢，可能就会发生关系了，封成贵人，再进一步封成嫔，封成妃。

在《红楼梦》里，写到一个女子进宫后步步高升，就是贾元春。在第二回，通过冷子兴演说荣国府，交代她选入宫中作女史，女史在宫里是一种低级女官，但是到第十六回，贾元春就升腾了，她才选凤藻宫，加封贤德妃。后来写元春回家省亲，那部分描写是书里虚构成分最浓的，非常夸张。

贾元春是薛宝钗的榜样。你看元妃省亲的时候，她对那穿黄袍的大表姐是那么露骨地艳羡。薛宝钗当然也愿意到皇帝身边去。薛姨妈鼓吹"金玉姻缘"，其实那"玉"的首选是皇帝的玉玺，还有王爷的佩玉，实在得不到，才去瞄准通灵宝玉。但是以生活的真实而言，四大家族的原型都并非正经的满洲贵族，是包衣出身，因此，这样家族的女孩即使选进宫去，在位置的竞争力上会弱一些，她们很可能并不能马上去到皇帝活动的空间里，更大的可能性是被分配到皇帝的儿子的身边去，在他们的活动空间里去伺候他们，还有一些会被分配到皇帝的公主身边，去伺候公主。她们陪公主读书，陪王子读书。我在前面几讲里面曾经提到清朝皇帝的儿子可以称为王子，有人就跟我争论，说皇帝的儿子是皇子啊，怎么能称王子呢？清朝皇帝的儿子，比如在康熙朝，一般叫阿哥，但是平时说话，俗称也可以叫作王子，我在《刘心武揭秘〈红楼梦〉》第三部里面，引用了雍正在曹頫的奏章上的大段批语，雍正警告他不要乱说乱动，一定要只听怡亲王的话。怡亲王是康熙的第十三个儿子，十三阿哥，雍正在批奏折的时候一再地把怡亲王称为王子，这说明在当时的俗语当中，可以把皇帝的儿子叫作王子。那有人会问："王爷的儿子怎么叫呢？"王爷的儿子有专称，叫世子；王爷的女儿，则叫郡主。薛宝钗那样出身的女子，如果不能选到皇帝身边，能分配到王子、世子，乃至公主、郡主身边也很不错。第四回交代薛家送薛宝钗进京待选那段文字，你仔细推敲就可以发现，薛家知道自己的根基还不够硬，因此把选为郡主的陪侍作为了底线。

《红楼梦》第二十五回，写贾宝玉和王熙凤被魇了，几乎死掉，亏得一僧一道及时跑来解救，和尚拿着通灵宝玉持诵，说了一句话，意思是跟通灵宝玉一别十三载了，通灵宝玉是由贾宝玉衔在嘴里，一起落生到人间的，于是我们就可以知道在那一年，贾宝玉是十三岁，宝玉管薛宝钗叫宝姐姐，可见薛宝钗那时已经差不多十四岁了，达到选秀女的年龄了，按说，在以后的故事里，应该会写到薛宝钗参加选秀的情况。

有的"红迷"朋友会问，林黛玉有没有资格参加选秀？当然在故事的那个阶段，林黛玉还小，十三岁的宝玉叫她林妹妹嘛，但讨论一下这个问题也还是有必要的。林黛玉的母亲贾敏是四大家族的成员，有入选的资格，但贾敏情况不明，或者是没有选上，或者是根本没让她去参选，所以嫁人了，嫁给林如海。这个林如海，从小说文字上推敲，我倾向于他是一个汉族官员，刚才说了，清朝为了保持满族血统的纯正，在选秀的时候，汉族人做再大的官，你的女儿也不在被选之列。所以，林黛玉大概是没有参选资格的。

在康熙朝，因为康熙是一个性欲旺盛的皇帝，他又喜欢汉族的美女，选秀的体制不能满足他的这一欲望，他就通过李煦、曹寅那样的既有汉族血统，又有满洲八旗身份的包衣，在江南披着织造的官位外衣，给他当"特务"，其中一项秘密任务，就是为他采集汉族美女。有的汉族美女来到他身边后，很得他的宠幸，为他生儿育女，但康熙有政治头脑，宠幸归宠幸，他却坚持不给这些汉族女子高的封位。康熙的这种获取汉族美女的渠道，是一条秘密通道，与公开选秀女是两回事。薛宝钗有资格参加选秀女，年龄也到了，她进京就是为了待选。于是曹雪芹前面郑重其事地交代了薛宝钗进京待选。可是，有的人就疑惑了，不说后面的续书，前八十回里，哪儿有选秀女的情节呢？是不是曹雪芹他写到后面，就忘了他在第四回里的那一笔交代了？

我通过文本细读，形成了自己的心得。我认为曹雪芹没有忘记他在第四回写下的交代，那是他设定的非常重要的人物命运的线索，他都不把薛家进京的其他目的写在前头，而强调薛宝钗进京待选是第一目的，他在后面能不加以呼应吗？但是，宫廷选秀，在他那个时代，实在是极其敏感的内容，在小说里直接铺排写出，实在危险。于是，我认为，他就没有采取明写的方法，而使用了暗写的方法。

薛宝钗参加选秀这件事情，曹雪芹是如何暗写的呢？在第二十九回前后，端午节前，清虚观打醮那段故事前后，他写到了薛宝钗的反常。这种反常，就是暗写薛宝钗去参加了选秀，却意外失利，因为落选,以及落选以后的一连串事态,使她终于严重失控。

我们来捋一捋那一连串的情节流动。

清虚观打醮,本来应该是从五月初一到初三连续进行三天,后来因为出现一个金麒麟,林黛玉和贾宝玉闹起来了,闹得贾母心情也很不好,去了一天就再没去了。

书里交代,恰巧五月初三薛蟠过生日。过生日,当然在家里面大摆宴席,请戏子演戏。哥哥过生日,家里演戏,薛宝钗不在那儿待着,却跑到荣国府来,跑到贾母的住处,在场的当然有贾宝玉,有林黛玉,还有其他一些人。这个本来也很正常,这是她常来的地方。贾宝玉跟林黛玉大闹一场,刚刚和好,有点无所适从,所以见了她就没话找话。宝玉、黛玉闹别扭,她见得多了,往常她都采取一种装愚守拙的态度,任凭那二位怎么闹,她只当没看见,尽量回避,避不开,就柔和地化解。宝玉跟她没话找话也好,黛玉对她旁敲侧击也好,她都应付裕如,或温婉回答,或一笑了之。可是,曹雪芹就特意写出,这回她一反常态。

宝玉问了她一句,说你哥哥过生日,那边唱戏,你怎么不看戏呀?她说太热,没意思,我看两出就过来了。贾宝玉一听她说热,随口就说了一句:"怪不得他们拿姐姐当杨妃,原也体丰怯热。"——杨妃就是杨玉环——杨贵妃,唐朝唐玄宗所宠爱的妃子。唐朝的审美趣味和我们今天可完全不同,唐朝认为女子以丰满为美,甚至以胖为美。胖女人在唐朝是有福的,什么骨感美人,要是生在唐朝就很难办了,唐朝不吃那一套,要求丰满,杨贵妃就是以胖而闻名于世的。 —— 书里明文写到宝钗脸若银盆,肌肤丰泽,跟杨贵妃确实属于同一美女谱系,这样说她,并没有讽刺的意味,就算不甚得体,以薛宝钗一贯的修养和应变能力,笑一笑也就撂过去了。没想到,薛宝钗听了这几句话不由得大怒,而且她就按捺不住这个怒火,出语伤人,说了很怪的话。有的"红迷"朋友就读不懂了,说她是怎么回事呀?薛宝钗说:"我到像杨妃,只没有个好哥哥好兄弟可以作得杨国忠的!"这话太怪了,就算贾宝玉说你胖,你怎么就气成这样呢?怎么就扯到什么杨国忠了呢?

我认为,这就是暗写薛宝钗选秀失利,她去参加了选秀,给刷下来了。以她那样的容貌,那样的修养,更别说她的文化造诣,本该入选,却竟然落选,宝玉的话,无意中戳到了她的痛处。关键倒并不在体胖怯热的话头,关键是提到了贵妃,选秀失利,当然也就无缘成为贵妃,甚至连去当郡主的陪侍都泡了汤。那几天薛宝钗正陷于选秀失利的大苦闷之中,怎么经受得了这样的话语刺激?当时的选秀女,表面上有一些标准,但实际上多半是暗箱操作,谁朝中有人,谁就能入选,谁后台不硬,那么任凭你美貌聪慧,也还是会被淘汰。薛宝钗对此心知肚明,满腹怨愤,因此受到"贵妃"字样的刺激后,终于按捺不住,就冷笑着把心里的怨愤发泄了出来——她如果有一个好哥哥好兄弟做了杨国忠,朝中有人,她不至于选不上!

杨国忠是谁?就是杨玉环的兄弟,那个时候唐玄宗喜欢杨玉环到了爱屋及乌的地步,杨玉环的姐妹他也一块儿宠爱,杨玉环的堂兄弟杨国忠成了宰相,当时杨家炙手可热,可以翻手为云,覆手为雨。可是薛宝钗的哥哥薛蟠很不争气,光有财而无权,交的要么是些酒肉朋友,要么就是冯紫英那样的政治上的危险人物,至于像当时权势最旺的忠顺王，不仅攀附不上，薛蟠跟人家还根本属于两个对立的利益集团，其他比如宫里面的大太监戴权，还有夏守忠，薛蟠跟他们可能有些来往，关系却不铁，因此虽然薛蟠把宝钗带到京城来参加选秀，却活动能力有限，不能给她铺路，弄得她铩羽而归！

薛宝钗的怪话，这么仔细一想，其实不怪，曹雪芹这么写，是有用意的。曹雪芹似乎估计到，一些读者会忽略他这样写的苦心，因此，他写了薛宝钗的这个失态后，紧接着，再重笔粗描，意在提醒我们，应该琢磨薛宝钗为什么频频失态。她直接针对宝玉动怒，倒还多少可以理解，他们毕竟是地位平等的主子。根据前面第五回曹雪芹给她定下的性格基调，她是最行为豁达、安分随时的，就是小丫头们，也都喜欢找她玩，她怎么会跟小丫头一般见识呢？那似乎是绝不会出现的情况。但曹雪芹在第三十回，紧接着她因"杨贵妃"的话茬动怒，就写了她跟小丫头过不去，大为光火的一个情节。

这天有个小丫头找她来玩儿来了，这个小丫头在古本里面有两种写法，一种写法是靛儿，靛是蓝紫色的意思；还有一种写法是靓儿，靓是漂亮的意思。红学专家们对究竟哪一个写法更符合曹雪芹的原笔原意是有争议的，有的人认为靓儿合理，因为取名儿哪有用一种很难看的颜色来取名字的，靛那个颜色是寿衣的颜色啊，所以应该说靓儿；但是我个人看法，我就觉得曹雪芹的原笔可能就是靛儿，为什么？他使用谐音借义的手法，是《红楼梦》文本里一再出现的手法，"靛"谐"垫"的音，这个靛儿成了垫背的了。

这个靛儿实在很无辜。当时天气很热，她的扇子忽然找不着了，她知道薛宝钗一贯行为豁达，对任何人都很温柔，特别能体贴人，帮助人，所以她就跑过去问宝钗，就说："必是宝姑娘藏了我的。好姑娘，赏我罢！"——注意，在《红楼梦》文本里，"姑娘"有不同的意思，像王夫人说宝姑娘、林姑娘，是长辈称呼晚辈女儿的意思，有时候仆人、丫头向王夫人等主子汇报，提到薛宝钗和林黛玉，比如说"林姑娘来啦"，这话语里的"姑娘"是小姐的意思；但是像靛儿面对薛宝钗称她为"好姑娘"，这个"姑娘"却是"姑妈""孃孃"（姨妈）的意思，书里的小丫头都是把自己设定为低于小姐们和大丫头们的侄女儿一辈。——靛儿这话实在算不上冒犯，这应该是小事一桩，淡话一句。如果在以往，薛宝钗一定和颜悦色，告诉靛儿她没藏扇子，说不定还把自己用的扇子赏给靛儿。但是，请你注意曹雪芹是怎么往下写的——薛宝钗的回应竟是金刚怒目、口吐霹雳！薛宝钗太反常了！她厉声厉色来了一句："你要仔细！"读到这一句，我心里怦怦乱跳。都说林黛玉小心眼儿，说她尖酸刻薄，出语伤人，我们仔细想想，林黛玉在前八十回书里，何尝有过如此这般的恶声恶语？人家靛儿不过是去问宝钗要个扇子，她突然一声"你要仔细"，在那个时代，在那样一个贵族家庭里，在贾母居住的上房那样一个空间，一个主子对一个小丫头发出如此的叱责，是非同小可的。这不是愠怒而是大怒，是勃然大怒。紧接着，薛宝钗就说："我和你顽过？你在意我！和你素日嬉皮笑脸的那些姑娘们，你该问他们去！"这就不仅是在向靛儿发作，而且是在针对宝玉和黛玉了。这可不是随便一写的文字，这个情节是上了回目的，叫作"宝钗借扇机带双敲"。

宝钗的反常、失态、失控，就是暗写她选秀失利，否则不好解释。宝玉对青春女性被选入宫是不以为然的，他的价值观和那个社会的主流价值观分道扬镳。第十六回写到他姐姐才选凤藻宫,加封贤德妃,举家欢欣,唯独他"皆视有若无,毫不曾介意",因此他对宝钗参与选秀也一定是麻木不仁,当时他满脑子心思只是如何能跟因金麒麟惹出冲突的林黛玉和好如初,绝对没有故意去触动薛宝钗心灵创伤的意图。薛宝钗先是怀疑他以"杨贵妃"来影射选秀,后来又以斥退靛儿为由说他"我和你顽过?你在意我!",又把黛玉和他闹别扭与和好说成"嬉皮笑脸",后来更与黛玉、宝玉围绕"负荆请罪",把烦躁与怨愤的火气发泄得淋漓尽致,这些文笔,我以为曹雪芹都在暗写薛宝钗参与选秀却被意外淘汰。

薛宝钗是很有志向的一个人。要知道,开初薛宝钗并不认为和尚所预言的"金玉姻缘"就一定是嫁给贾宝玉 —— 有玉的男人不止一个啊,皇帝有玉玺,王子、世子都有玉,对不对?元妃省亲的时候,她对宝玉说,那上面穿黄袍子的才是你姐姐呢。言为心声,她就想穿黄袍。到第七十回,她咏柳絮词,还发出"好风频借力,送我上青云"的誓愿。在那个时代,一个待选、参选的女子,她有这样的想法是很正常的,属于在当时的游戏规则下,一种正常的竞争心理。所以要知道,她的第一志愿是进宫,至少是进入王子、世子、公主、郡主的空间,嫁给贾宝玉绝不是她原来的第一目标,更不是最高目标。这点我们要读懂。

薛宝钗选秀失利,贾元春应该最先得到消息。于是在第二十六回末尾,我们看到一个意味深长的情节,就是贾元春给贾府的人颁赐端午节的节礼,她做出了一个特殊的安排,她把宝玉和宝钗的那两份，安排得一模一样，规格高，品种多，有上等宫扇两柄，红麝香串二串，凤尾罗二端，还有芙蓉簟一领，而林黛玉呢，却只和迎春、探春、惜春一样，待遇低许多。

袭人把这样一种节礼安排汇报给宝玉，宝玉非常惊诧——按那个社会的伦理逻辑，黛玉是姑表妹，宝钗是姨表妹，如无特殊前提，要么给她们的节礼一样，要么，只能是姑表亲的多于高于姨表亲的。宝玉倒没往别处去想，但是家长们都清楚，贾元春那样给宝玉、宝钗颁赐节礼，明显有指婚的意思，就是她主张她的弟弟宝玉娶宝钗为妻。她为什么早不指婚晚不指婚，偏偏这个时候指婚？这是因为她最先得到表妹宝钗选秀失利的消息。元春作为贵妃，她不能干预朝政，宫里选秀，她无法插手，宝钗落选，她一方面以这样的方式加以安慰，另一方面，则表示既然进不了宫，嫁给我弟弟也很不错。

王夫人和薛姨妈对元春的指婚表示当然是高兴的。薛宝钗自己呢？书里是这样写的："薛宝钗因往日母亲同王夫人等曾提过'金锁是个和尚给的，等日后有玉的方可结为婚姻'等语，所以总远着宝玉。昨日见了元春所赐的东西独他与宝玉一样，心里越发没意思起来。"这段话非常值得玩味。选秀入宫固然是家长对宝钗的最高期望，但身为包衣世家的金陵四大家族的女子，在皇族中发展的竞争力毕竟有限，所以王夫人薛姨妈把安排她嫁给宝玉视为最切实可行的方案；不过薛宝钗自己对选秀入宫心气一度是高昂的，刚刚落选，元春就来指婚，在那个特定情境下，她却不能像母亲和姨妈那样兴奋，她"心里越发没意思起来"，这是非常准确的揭示。

元春的指婚没有能够实现,是由于贾母的阻拦。贾母装糊涂,你元春既然没有直接下谕旨,只是一种暗示,那么,对不起,我就没感觉,就只当没这回事。贾母还宣称宝玉和黛玉"不是冤家不聚头",在那个时代,"冤家"就含有夫妻的意思。在究竟宝玉应该娶黛玉,还是宝钗这个问题上,贾母内心里是倾向于黛玉的。这是前八十回里一个非常重要的内容,是荣国府家庭政治中的一个大关键。如果你仔细阅读,就会发现,在这些情节以前,书里写了黛玉对宝玉的爱情,却几乎看不出宝钗对宝玉的爱意,但是这些事情过去以后,选秀失利的心灵伤痕平复以后,宝钗就渐渐流露出了对宝玉的爱恋。虽然那以后还有宝玉、黛玉、宝钗之间三角关系的若干情感冲撞戏,但是那以后任凭宝玉、黛玉的话语、行为如何富于刺激性,宝钗都能隐忍,再没有端午节前后那样的失态表现。到第四十二回,宝钗甚至主动向黛玉示好,使黛玉彻底消弭了对她藏奸的疑虑,她们竟"合二为一"了。这样再来反观清虚观打醮前后宝钗的严重失常、失衡、失控,我就越发坚信,那是在暗写她选秀失利,是对第四回关于她进京待选的伏笔的一个呼应和收束。薛宝钗挟带着自己人性中的全部因素,在命运的浪涛中浮沉。曹雪芹通过性格反常的高明笔法,写出了个体生命的悲苦,人生命运的诡谲,以及人性的复杂。无论是从阅读欣赏的角度,还是创作借鉴的角度,《红楼梦》中有关薛宝钗反常的这些笔墨,都值得我们一再品味,反复揣摩。

为什么说薛宝钗选秀失利后,贾元春颁赐端午节节礼,就是在表达对宝玉、宝钗指婚的意向?贾元春让宝玉、宝钗得到均等的四样东西里，有一种是红麝香串，红麝香串是种什么东西？难道在这红麝香串里，隐藏着什么奥秘吗？请听我下一讲。

薛宝钗红麝串之谜

上一讲讲到,贾元春颁赐端午节的节礼,有意识地让贾宝玉和薛宝钗所得的完全一样,林黛玉呢,就放在和迎春、探春、惜春的一个水平线上,少很多。颁赐的东西,袭人向贾宝玉汇报了,四样:第一样,上等宫扇两柄;第二样,红麝香串二串;第三样,凤尾罗二端——罗是一种非常薄,但是又非常高级的纺织品;然后是芙蓉簟——有人听到后脱口而出说二领,不对,是一领。簟是用竹丝编的一种凉席,高级凉席,上面有芙蓉花的图案,为什么是一领?因为是双人所用,这里面有没有含义呢?是有含义的。而这几种节礼中最富有含义的就是红麝香串,又可以简称红麝串,这是作者特设的一个很重要的道具。

麝是一种鹿科动物，但是无论是雄麝，还是雌麝，头上都不长犄角，有的地方又把这种动物叫作香獐子，为什么呢？雄麝它的后腹部有一个腺体，分泌一种东西，这种东西叫麝香。

麝这种动物越来越珍贵，因为它越来越稀少，主要生活在西藏，以及和西藏临界的云、贵、川等藏族聚居区，后来像甘肃，乃至内蒙古等一些地方也有这种动物存在。过去对麝香的取用是很残酷的，先是要猎杀雄麝，杀了以后从它腹部把这个香囊挖出来，从中取得麝香。你想，一个麝长到成年，它只有一个香囊，只有一份麝香，所以这个麝香最后的价值就比金子还贵。后来试着对麝进行人工饲养，并且改进了取麝香的方法，让雄麝能够在第一次取完以后，继续分泌，再产生麝香，再去取，比过去那个方法就好一点，但后来取出的麝香，质量一般都比不了第一次取出来的。现在科学研究已经完全搞清楚了麝香的化学成分，所以就有人造麝香出现，用人工合成方法制造出跟它化学成分相同或者相似的那种东西。麝香很稀罕，同时它还有两个特点，一个是非常之香，它有浓香、奇香；第二，它有药用价值，香气可以开窍，用麝香入药可以治很多种病，所以，麝香是一种非常珍贵的东西。

用麝香再混合一些其他的材料，特别是配上红颜色的染料，做成红麝串，就成为非常昂贵、非常奇特的一种数珠。什么叫数珠？它是一种珠串，一般用十八颗珠子构成。信佛的人平时把它戴在腕上，念佛时把它拿在手上，念一声"阿弥陀佛"，捻一个珠子，循环捻，捻也就等于数数，积累出一个很大的数目，以此表示对神佛的虔诚，所以叫作数珠。数珠这个词在《红楼梦》里是正式出现过的，在第二十八回末尾，袭人向贾宝玉汇报，她就说："你同宝姑娘的一样的。

林姑娘同二姑娘、三姑娘、四姑娘只单有扇子同数珠儿,别人都没了。"

也有"红迷"朋友跟我讨论,说林黛玉她们少两样,没有那个凤尾罗,没有芙蓉簟,但是不是林黛玉也得到了红麝串呢?因为她不是有数珠吗?但是从书里面的描写来看不像,因为袭人跟贾宝玉汇报,就说黛玉和迎、探、惜三位得到数珠,而且数珠贾母也得了,王夫人、贾政、薛姨妈全得了。数珠是对腕上佩戴物的一种统称,制作数珠的材料很多,玉、翡翠、玛瑙、珍珠,以及檀香木等等都可以做成数珠,但红麝香串是非常特殊的数珠。一位搞古董收藏的朋友跟我说,他看到过很多清代的数珠,但从未见到过红麝香串的数珠,他认为,这可能是仅存在于曹雪芹艺术想象中的虚拟之物。

从书里面的描写来看,红麝串应该是只有薛宝钗和贾宝玉有。因为第二十八回后半回的回目就叫作"薛宝钗羞笼红麝串",如果人人都有红麝串就不稀奇了,所以它突出是薛宝钗有。她有了以后呢,没有把它搁在一边不去戴——贾宝玉就没戴,贾宝玉有,但贾宝玉不戴,贾宝玉甚至在拥有以后,都没拿起来仔细地看看——薛宝钗把它戴上了,戴上,心里又不是很舒服,她"羞笼"。作为文本细读,这些地方都耐人寻味,值得琢磨。

过去对青年男女婚配有一个说法,就是说有月下老人给两个人拴红丝线,于是这一对就成夫妇了。红麝香串近似红丝线,有相同的寓意,有以此为媒,成全好事的意思,所以贾元春她通过颁赐端午节节礼,表达了一个既鲜明,也含蓄的意思,就是为贾宝玉和薛宝钗指婚。说"鲜明",红麝串明摆着有上面指出的寓意;说"含蓄",因为她毕竟没有明确地下谕旨,她是想"点到为止",让家族里的长辈去完成她的意愿。

贾元春当时在宫里面，显然是没有能参与选秀这个事务，皇帝没有指定你去参与选秀，你就不能够擅自插手，去干预朝政，所以对薛宝钗是否能够入选，她只能在一边干着急，但是有关选秀结果的消息她应该得到的很快，比如说从夏守忠太监那里，就能得到准确的消息，说你这个表妹落选了，没门了，既然没门了，也就算了。何况她在回荣国府省亲的时候，跟祖母、母亲等哭着说过，皇宫是个"不得见人的去处"，又对父亲说："田舍之家，虽齑盐布帛，终能叙天伦之乐；今虽富贵已极，骨肉各方，然终无意趣！"所以她就觉得通过这次的颁赐端午节节礼，要给薛宝钗一个安慰，同时她向薛宝钗本人和整个家族传递一个信息，就是这个表妹这么好，既然选秀没有选上，那不要紧，她还可以嫁给我的爱弟宝玉做妻子，而且，这样的结果，也许比选进宫里更能获得"意趣"。所以在她的颁赐里面，就特别安排了红麝串，以强化她指婚的意向。

在荣国府里，家族政治当中最核心的问题，就是贾宝玉的婚姻。尽管贾元春的用意不言而喻，王夫人、薛姨妈对"金玉姻缘"也欣然接受，但是贾母是什么态度呢？贾母究竟是支持"金玉姻缘"，还是维持"木石姻缘"呢？这是贾府面临的一个非常尖锐的问题。《红楼梦》第二十九回前半回，曹雪芹写的是"享福人福深还祷福"，但是如果我们细读《红楼梦》时，就会发现，清虚观打醮的发起人其实并不是贾母，其目的也不是为享福人进一步祈祷幸福。那么，"享福人福深还祷福"究竟说明了什么呢？

贾元春关于清虚观打醮的指示很明确，贾元春颁赐节礼这个意向也很明确，可是府里面有一个人就装傻充愣，谁啊？就是贾母。你可别小看贾母这个人，她年纪虽大，却能耐很强，十个王熙凤绑在一起也顶不过她一个，在搞家族政治方面，贾母的水平绝对一流。有人会说，政治里头还有家族政治呀？政治，说到头，就是权力和利益的分配，国家、社会有这个问题，家族里面也有这个问题。荣国府的权力、财富将来属于谁？宝玉是贾政的第一继承人，这不消说，如果宝玉娶宝钗做正妻，那么，王氏姐妹就比较容易控制住荣国府，她们姐妹，乃至王氏家族在荣国府里就能获得利益的最大值；但是如果宝玉娶黛玉为正妻，那局面就会大不一样了。那么，贾母打的是什么主意呢？你看贾母在第二十九回有很奇怪的表现，首先对贾元春到清虚观打醮的指示，她就进行了一次彻底的颠覆。贾元春为打醮一事特别提供了资金，她让夏太监送来一百二十两银子，专款专用，用于清虚观打醮。请注意，钱是人家元妃娘娘出的，不是荣国府更不是贾母出的。打醮的主题是什么啊？元妃有很明确的指示，是打平安醮，平安醮是一种以祈求死去的人、亡灵在阴间能够太平，不要跑到阳间来妨碍活人为目的的宗教仪式；而贾母呢，虽然她接过了打醮这件事务，却改变了它的主题，把为死人亡灵祈求太平，改为了针对活人的"享福人福深还祷福"。元春对参与打醮的人士也有专门的指示，是要贾珍带着两府里的爷们去烧香跪佛，可贾母她不管那一套，她号召荣国府女眷倾巢而出，把这件事变成了以她自己为中心的一个嘉年华会。本来这次打醮应该以贾珍为主体，是众爷们儿的一次大型活动，结果呢，贾珍成了一个外围搞后勤保障的人物，除了宝玉，爷们全靠边了。你说这个贾母厉害不厉害？

而且我在前面已经讲过，打醮的重点是哪天啊？是五月初三，初三那天贾母去没去啊？她不在乎那个日子，贾母五月初一去了一天，后来就不去了。因为宝玉、黛玉闹别扭，她关心这档子事儿，她关心这二位的情绪，她说这叫"不是冤家不聚头"，除非她咽了这口气，她看不见，没法管，否则只要她活着，她就要管到底。她忙着处理这件事。贾母她懂得，只有让贾宝玉娶了林黛玉，在她有生之年，贾府的控制权才在她和她信得过的人手里，因为我在前面的讲述里面已经告诉了你，从原型角度看，林黛玉的血缘和贾母是最亲近的，而宝玉呢，从理论上不消说是她心肝宝贝的亲孙子，但实际上，贾政是过继过来的，所以宝玉和黛玉结婚，连近亲结婚可能生傻孩子的弊病都没有，这样一结合，她眼前全是自己最信得过的人，是一桩完美婚姻；而且她早就看出王家两姐妹在表面对她的奉承和温顺下隐藏着祸心，总想得到贾府更长远的控制权。所以她们之间，你看，在那儿吃吃喝喝，说闲话，书里经常写谁谁"因笑道"——《红楼梦》里这三个连起来的字出现得太多太多——那个笑，你细琢磨，往往都不是好笑，是贵族家庭里，那温情脉脉的面纱下头，互相钩心斗角的一种表现。

　　书里写清虚观打醮，有一笔写得特别重要，你千万注意，就是在清虚观打醮前夕，王夫人告假，说身上不舒服，不去。曹雪芹从小说一开始就写王夫人在贾母面前是百依百顺，在当时那样一个社会，媳妇伺候婆婆是绝对不能推卸的一个责任，有病也得强撑着，书里有很多这种描写，包括写秦可卿，病得那么重了，她每天还要去到贾珍、尤氏那儿晨昏定省，虽然后来尤氏说了，你有病，可以别来了，她还是尽量挣扎着去遵守履行那种媳妇对婆婆的礼数。小说里面也写到，王夫人只有等贾母歇下了，自己才敢抽空歇歇，还不忘嘱咐让丫头随时打听贾母睡午觉醒没醒，一听说醒了，赶紧过去尽礼数，但是，这次这么重要的一个清虚观打醮的活动，王夫人却告假，不去，说什么一来身上不舒服，二来还等着宫里面元妃那儿可能要派人来，得接待，这是很出格的，跟薛宝钗的失态一样的反常。可是贾母不放过她，请注意贾母是怎么吩咐的。你王夫人不是告假了吗？第二十九回有这样一句交代：贾母跟薛宝钗说，薛姨妈一定得去，又打发人去专门请了薛姨妈，"顺路告诉王夫人，要带了他们姊妹去逛"。这是什么意思？就是再给王夫人一个最后的机会。当然王夫人还是不去。你不去？好，你妹妹去了就好。在关于林黛玉的那讲里面，我跟大家已经分析了，到了清虚观，贾母跟张道士的一番话，其实就是说给薛姨妈听的，就是让薛姨妈回到荣国府以后去告诉王夫人的。这番话表明，在贾宝玉婚姻这件事情上，谁也别插手，贾元春也不例外，而在她内心里，虽然她并不是不喜欢薛宝钗，但在贾宝玉娶谁为正妻这件事情上，她却不支持"金玉姻缘"，她的天平是绝对朝"木石姻缘"倾斜的，对"木石姻缘"，她只要还剩一口气，就要保驾护航到底。

所以，现在你应该就更懂得薛宝钗为什么心情郁闷了吧。按说穿黄袍的这位宫里面的妃子，已经这么明确地表达了一个意向，就是促成"金玉姻缘"，她妈妈和王夫人肯定心花怒放，但是老祖宗贾母还活着，她却不动声色。你元妃毕竟只是意向，你只是通过颁赐节礼，以份额一样，又特别用红麝香串，来表达一个意愿，但你没有明说，你要是真下一个谕旨，那我贾母也没办法，但你既然没下谕旨，我就只当你没这个含义。这写得多有意思啊，所以读《红楼梦》，你读不出这些味道来可不行。

对于薛宝钗那样一个聪明的女子来说，元妃颁赐的红麝串里的特殊含义，她当然心知肚明，那是"金玉姻缘"的缩合物，也是在选秀失利后她最大的安慰与未来幸福的最大保证。但是，她虽然把那红麝串戴到了手腕上，却是一种"羞笼"的意态，她为什么"羞"？

书里面就写到，薛宝钗心里闷闷的——选秀落榜使她非常失落，虽有元春的安慰与指婚，她情绪也不可能立刻转换过来。但是薛宝钗呢，咱们都知道，她是一个崇拜元妃的人，一个按封建礼教的基本规范来指导自己行为的人，贾元春颁赐节礼既然赐给了红麝串，红麝串是用来戴在腕上的，所以她想来想去，不戴不敬，就还是戴上了，虽然戴上，她心里头又并不愉快，所以她是"羞笼"。什么叫"羞笼"？就是戴在腕上以后，手里又捏着一部分，半遮半掩这么个戴法。这时候她看见贾宝玉跟林黛玉在一起，心里很不是滋味，书里有一笔写道："薛宝钗因往日母亲同王夫人等曾提过'金锁是个和尚给的，等日后有玉的方可结为婚姻'等语，所以总远着宝玉。"

原来她心很高，是要进宫进府，到皇族人士身边，她觉得没必要追求宝玉，由着黛玉去跟宝玉缠绵好了；但现在进宫无望，连公主、郡主的陪侍也当不成，在这个节骨眼上，元妃表达了把她指配给宝玉的意愿，这应该是除了选秀中榜以外最好的一个人生落点，按说她应该非常欣慰，可是宝钗毕竟是一个端庄矜持的人，选秀失利，对她自尊心是非常大的挫伤，所以书里有一句话，叫作她就"心里越发没意思起来"。什么叫"越发"？就是说原本已经觉得没意思，再来一个没意思，叫越发没意思。第一个没意思就是说，她本来觉得戴玉的也可能是皇帝，至少是王爷，自己条件这么好，参加选秀往那儿一站，应该是光彩照人，艳冠群芳，结果偏偏落选，有意思没意思啊？没意思！那么这个时候元春来表达指婚意向，虽然的确是给予安慰，对她来说却成了被人怜悯，等于说是元春在给她找补，就是说既然这样,你就嫁给我弟弟吧。当年宝玉到梨香院去看望她,两个人交换着看佩戴物——宝玉是通灵宝玉,她是金锁——对比了玉上和锁上錾的字,一旁的莺儿就忍不住说他们是"一对儿",又说有癞头和尚的预言,当时她就截断莺儿话茬,让她别说了。她那时并不是害羞,她表面温柔谦和,其实骨子里还是心高气傲的,她那时候还完全没有"不得已求其次"的想法,更没有爱上宝玉,只是后来跟宝玉亲密接触多了,感情当然也就不一般了,但她看出来宝玉爱恋黛玉,也就并没有夺人之爱的想法和做法。没想到,她选秀刚一失利,元春马上就来指婚,她妈和她姨妈就把她推到了风口浪尖上,不仅使她有夺黛玉之爱的嫌疑,更使她必须逾越老祖宗贾母这个庞大的障碍,所以这种情况下,她就觉得越发地没意思起来。这也就是她羞笼红麝串时复杂的心理状态。

薛宝钗虽然"羞笼",贾宝玉却眼尖,碰上她,一眼就看见,于是构成了第二十八回后半回那一段重要的情节。

其实,贾宝玉他自己是得到了红麝串的啊,按说得到红麝串以后,他应该很高兴,就算不想戴,总可以拿起来仔细看一看,闻一闻吧?他却连这样的事儿都没做,听到袭人跟他汇报,说从贾母屋里拿回了给他的那份包括红麝串的颁赐礼,他当时满腹什么心思啊?他急着问袭人,林妹妹得的是什么啊?听说林妹妹得到的节礼比他少,他立刻就让丫头把所有他得的东西,包括红麝串,都抱到潇湘馆去,让林妹妹挑。林妹妹那性格,你可想而知,全给退回来,说我也得了,不要。大家就可以回忆起来,在林妹妹从苏州办完父亲丧事,回到京城以后见到他,他把一个珠串献给了林黛玉,这珠串和红麝香串一样,在关于古董的资料中很难查到,很可能都是曹雪芹的艺术想象,是为了刻画人物，深化作品内涵的巧妙杜撰。那一次林黛玉就根本不以为然，他说，这可是从皇帝那儿来的！林黛玉却轻蔑地表示："什么臭男人戴过的！"掷而不取。她真是视皇家为粪土，"臭男人"戴过的她都不要，"臭女人"戴过的，她能要吗？这就是林黛玉。丫头只好把所有拿去的东西再拿回怡红院，拿回来以后，宝玉恐怕瞥都不瞥一眼，当时他满腹心思就为这个事儿，他不高兴——怎么林妹妹得的跟我不一样，倒是宝姐姐得的跟我一样呢？

正因为这样，宝玉他明明有这个红麝串，他就没拿起来看过，偶然看见薛宝钗戴了以后，毕竟他还是一个从少年向青年过渡的男子，面对青春丽姝手笼红麝串，他难以抑制爱美之心，他就想看，特别是宝钗当时采取的"羞笼"姿势，半遮半掩，更让他好奇，他就让宝姐姐从手腕上褪下来给他看。薛宝钗这时候倒是要勉强褪下来给他看，但是她身材比较丰满，不是骨感美人，红麝串用十八颗珠子做成，又是初戴，一定比较紧，所以不容易褪下来。

这时候呢，曹雪芹就写贾宝玉的性心理，宝玉觉得薛宝钗雪白的酥臂非常诱人，就动了心思："这个膀子若长在林妹妹身上，或者还得摸一摸，偏生长在他身上。"

这个写得非常合理，既表明贾宝玉他是一个健康的男性，他有正常的性心理，有形而下的这种性爱需求，但是他对自己又有道德控制，说明他确实只爱林黛玉，他有自我约束的一个东西存在。薛宝钗一看，我已经褪下来，你怎么不接，你发什么愣啊？就把珠串也丢了。所以在小说里面，林黛玉和薛宝钗各扔过一次珠串，林黛玉掷的是珠串，薛宝钗丢的是红麝香串，两个珠串写活了两个人物，真是很有意思。

接下来，就写到正好林黛玉过来了，三个人之间有很多心理上的冲撞和摩擦，我就不细说了。总之，薛宝钗在端午节前那一段时间里面，真是很受煎熬。林黛玉说"风刀霜剑严相逼"，其实薛宝钗这样的女子，她也并不能够真正左右自己的命运，她也有很悲苦的一面，你替她想一想，在当时那个情况下，多少种不愉快汇聚在她的眼前心头啊！

薛宝钗在这样一个情况下，必须得梳理自己的思绪，她怎么办？大家也应该替她想一想，她怎么办？选秀失利了，元妃表达指婚意向了，但贾母不接元妃指婚这个球，她的母亲肯定很着急，王夫人也暗中着急，事态发展到这个份儿上，她怎么办？

曹雪芹他写得很聪明，他在大的波澜发生之后，又让这个波澜逐步平静，因为一张一弛，文武之道，写小说也是一样，一个高潮之后，你要有所跌宕，你要有异峰突起，然后你又要有一个波谷，再去推向另外一组情节，形成新的高潮。曹雪芹非常娴熟地驾驭着他笔下的情节流动，他明写着一些东西，同时又暗写了不少东西。

在这个地方必须要跟大家点出，他写宝玉、黛玉、宝钗三个的感情纠葛，用了很多笔墨，但是不能够简单地认为《红楼梦》就是一部爱情小说，更不能简单地认为《红楼梦》就是写宝、黛、钗三个人的爱情故事。因为你要说爱情的话，它里面在第二十几回就写到了小红和贾芸的爱情，而且都上了回目。贾宝玉和林黛玉在桃花树下共读《西厢记》固然是非常动人的，也是非常大胆的爱情行为，至于"痴女儿遗帕惹相思"，那就水平更高了。他写小红在接近贾芸时，下死眼把贾芸盯了两眼，你想想，什么叫"下死眼"？那是黛玉不可能有的看人的方式，更何况是看一个异性！所以说，《红楼梦》

里写了很多爱情故事，不止一种爱情故事。更何况呢，它不仅是写爱情，它还写了家族政治，写了众多的人生景象，甚至写了"双悬日月照乾坤"的政治上的故事，所以要全面理解《红楼梦》。我说这些什么意思呢？我是希望你把薛宝钗和贾宝玉、林黛玉之间这样的感情纠葛，放在一个宏大的背景下面来观察，这样观察就比较到位，就比较得趣，就比较得体。根据脂砚斋的一条批语，我们可以判断出，到了第三十六回，正好是全书的三分之一，到了第三十八回就过了三分之一还有余了。如果你仔细翻一下就会发现，其中写宝、黛、钗三人的感情纠葛，其实主要集中在第十九回到第四十回左右，当然，曹雪芹在这前后还写了很多其他的事情，写法是错综的、复杂的，刺绣出的图案不是简单的，而是花团锦簇的。

所以我们读的时候，就要懂得读出它的显文本下面的潜文本，或者叫作读懂它明写后面的暗写。他写了薛宝钗的失态以后，又逐步地暗写薛宝钗的自我调适，对这样一些文字我们应该加以注意。

首先，薛宝钗更深切地意识到，在贾府里面，家族内部事务，说到底，是贾母说了算，所以必须继续笼络贾母。她很早就懂得讨贾母喜欢，小说开始不久就写了她第一次在荣国府过生日，贾母出资二十两说要给她过生日。有的读者就误会了，说贾母一定是看上薛宝钗了，没听说林黛玉过生日贾母出资啊！但曹雪芹生怕你误会，他就写了王熙凤逗趣的话，王熙凤怎么说的？"巴巴的找出这霉烂的二十两银子来作东道……这个够酒的，是够戏的？"其实贾母无非是客气，因为那个时候薛姨妈带着薛宝钗她们住到荣国府来，时间不久，是关系很密切的亲戚，宝钗这个闺女呢，长得好，性格也好，她第一次在姨妈家过生日，老祖宗捐资二十两银子意思意思。曹雪芹就通过王熙凤打趣告诉我们，二十两是一个很小的意思，是够酒？还是够戏？明白了吧？所以不能认为书中有这样一些情节，就证明贾母好像对薛宝钗有高于林黛玉的一种估价和看法，不足以说明，也不能说明。薛宝钗本人她很乖巧，贾母就问她想吃什么啊，想听什么戏。她就知道像贾母这样的老年人吃东西，爱吃甜烂之物，看戏喜欢听热闹戏文，所以她就依着贾母所喜欢的说了一遍。贾母一听，太懂事了，很喜欢，很高兴。但是通过后来清虚观打醮这件事情，薛宝钗就懂得了，贾母不好对付，姜是老的辣，就觉得光是一般的讨好不行，必须采取更多而且更巧妙的手段。

第三十七和第三十八回，书里就暗写了薛宝钗的一个换取贾母好感的办法。什么办法？就是大观园成立诗社了，开头是海棠社，吟完海棠花以后，正好是秋天，就要赏菊了，这个时候正好史湘云又回到荣国府来了，住进蘅芜苑，和薛宝钗住在一起，史湘云就想做东搞一次活动，赏菊花，作菊花诗。但是史湘云的经济状况怎么样呢？书里面有没有描写？书里面有一些既不是明写，也不能算暗写的文字，应该叫作侧写，点出史湘云的处境，她其实有很困难的一面。

虽然史家当时还是比较有势力的，史家的两兄弟都封了爵位，一个是忠靖侯，一个是保龄侯，但是这两个侯爷都不是她父亲，她自己父母双亡了，这俩都是她叔叔。这两家她轮流住，这两家也不能说对她不好，自己的亲侄女儿嘛；但毕竟不是亲生女儿，她的婶婶们对她就比较苛刻，这两处的婶婶过日子都非常的啬刻，为了省钱，家里的刺绣活全由家里的女孩子来做，给她定了很高份额的针线活，她经常一做做到很晚，觉也睡不好，脖子也酸。这是史湘云很悲苦的一面。

当然，在那样的府第里面生活，她有小姐的身份，府里也会给她一些零花钱。大家看《红楼梦》里面的描写，荣国府里的小姐，一直到小丫头，每个月都有份钱的，有的份钱还比较高，比如小姐们是二两银子，贾母的大丫头是一两银子，少的也有五百钱。史湘云当然也会有一些零花钱，可是你想想她的处境，她能有很多的钱吗？她没有的。

但她兴致一起，就说起赏菊花作菊花诗什么的，要当东道主。这时候曹雪芹就写薛宝钗绝顶聪明，他没有明写薛宝钗想怎么笼络贾母，但是暗写了，薛宝钗给史湘云出主意，说"还是由你做东，还是算你请客，然后咱们吃螃蟹，赏菊花"，说府里头她知道，从老太太起一直到底下，多一半人喜欢吃螃蟹。而对于薛宝钗来说，螃蟹不用拿钱去买，她的父亲虽然去世了，哥哥又是一个质量很差的那么一个存在，但是薛家还有庄田，还开着当铺，还有伙计，还是相当富有的。他们当铺有个伙计，家就在农庄里面，稻田里就养了很多的螃蟹，又大又肥，她通过哥哥，就可以拉几篓来，又可以准备一些果碟什么的来下酒，这样不就齐了吗？对于薛宝钗来说，跟她哥哥说句话，她哥哥把这些东西备齐了，事情就办成了；她只怕她哥哥忘了，因为她哥哥是一个浑球儿，容易忘事儿，只要没忘，这都是现成的，不用专门再去花钱，也不要史湘云出银子。这样一请，从贾母到整个府里面的其他人，都会非常高兴，后面就有许多大家非常高兴的描写。你看薛宝钗她真是很有心计，表面上，这是史湘云做东道，大家应该感谢史湘云，但是史湘云手头拮据在荣国府里面不是什么"经济秘密"，上下都知道，连袭人都说过嘛，她在家里如何如何；她从家里到了荣国府，给丫头们都带一些戒指，那都是比较便宜的绛纹石戒指，礼物虽轻，情意很重，丫头们都知道这一点。所以到头来，贾母一定会知道，其实是薛宝钗组织了这次秋日的食蟹赏菊盛会，在心里，对她就一定有加分，而事实上贾母那天确实也非常高兴。所以，薛宝钗首先来巧妙地调整自己和贾母的关系。

薛宝钗懂得，最后决定她婚姻的，并不是牵扯这个婚恋当中的平辈角色，决定权既不在宝玉手里，也不在黛玉手里，只取决于家长。所以在小说情节往下流动的过程中，她就很快地克服了失常、失态，复归到她固有的性格当中，展示出她的温柔、婉雅、谦和。"你要仔细！"这种声色俱厉的表现当然也就完全没有了。她确定了在荣国府实现"金玉姻缘"的目标以后，通过积极而巧妙地调节人际关系，重点讨好贾母，就坐等收获了。曹雪芹就这样写出了一个活生生的，封建社会里面一个既想遵守礼教规范，但本性当中也有一些难以完全压抑的人性元素，比如失落感、自尊心、争强好胜之心等等的那样一个大家闺秀。

这就是我们可以从红麝串辐射出去，悟出来的一些内容。

有人就会问这样一个问题了，你说了半天，还是从理性方面分析薛宝钗比较多，就是说，这是一个很有心计的，通过智慧，通过自我修养和通过调节人际关系，去争取个人幸福的女子，但是，她对贾宝玉，究竟有没有出自人性深处的、纯粹属于情感、属于超越理性层面的灵魂颤动呢？说白了，抛开功利不说，她爱不爱贾宝玉？如果说她爱贾宝玉，请问在曹雪芹的第八十回书里面有几次突出的表现？我个人认为有两次，你认为有几次？至于是哪两次呢？咱们下一讲一块儿讨论。

薛宝钗情爱之谜

我通过文本细读，发现第二十九回清虚观打醮那段情节前后，曹雪芹写到薛宝钗情绪低落，表现失常，是暗写她参加宫廷选秀失利，也正是因为获悉她选秀失利，贾元春才在颁赐端午节节礼的时候，特意将给她的那份礼物安排得跟贾宝玉一模一样，其实就是表达出指婚的意向。那么，在经历选秀失败、元春指婚之后，薛宝钗也就逐渐接受了由薛姨妈、王夫人和元春为她指明的道路，就是去争取赢得贾宝玉的爱情，获得自己的个人幸福，也保障家族的利益。

但是，薛宝钗和贾宝玉，他们两个之间首先存在着思想意识、价值取向方面的分歧，这是薛宝钗要获得贾宝玉爱情的最大障碍。对于这一点，曹雪芹在书里是写到的。

我们读《红楼梦》要会读，要懂得作者的笔法。曹雪芹他写一个事情或者是表达一个意思，经常运用多种多样的笔法，比如说有正写，有侧写，有明写，有暗写。

我们先考察一下，关于薛宝钗和贾宝玉的思想冲突，他有没有正写？

什么叫正写？正写就是设置一个场景，让人物出场，然后展开一段情节，当中还会有一些细节，来表现人物之间的矛盾冲突。那在第一回到第八十回有没有这样一个场景，贾宝玉、薛宝钗都在，然后薛宝钗劝他读书上进，贾宝玉不接受，两个人发生冲突？有没有啊？应该是没有的。曹雪芹在前八十回里避免这样去正写。八十回后呢，脂砚斋有一条批语，透露出其中有一回的回目是"薛宝钗借词含讽谏　王熙凤知命强英雄"，可见在八十回后的某一回，他是要正写薛宝钗和贾宝玉之间的思想观念冲突的。在这里我要再顺便强调一下，曹雪芹他是大体完成了《红楼梦》全书的写作的，不是只写了八十回，后面没有写，因为脂砚斋在批语里有许多次提到八十回后的内容，包括上面所引用的完整的回目。而且脂砚斋还有一条批语明确地告诉我们："书至三十八回，已过三分之一有余。"可见曹雪芹的《红楼梦》全书不是一百二十回，应该是到三十六回即达三分之一，总回数是一百零八回，只可惜八十回后的文稿都"迷失"了，现在仍未浮出水面。根据曹雪芹的总体构思，他把薛宝钗和贾宝玉在人生追求、价值观念上冲突的正写，安排在了八十回后，那时贾母已经去世，黛玉也已仙逝，二人在家长包办下成婚，之后，薛宝钗她逮住一个机会 —— 可能是贾宝玉说了个什么词语 —— 她就"借词含讽谏"，规劝贾宝玉"走正路"。

在前八十回里，曹雪芹没有对薛宝钗、贾宝玉思想冲突的正写，那么，有没有侧写呢？侧写是有的。什么叫侧写？就是设置一个场景，也出现一些人物，人物之间有对话，也发生一些冲突，但是，侧面地写出来了不在场的另外一个人物，和在场当中一个人物之间的矛盾冲突。前八十回里，他写薛宝钗和贾宝玉之间的冲突，使用了侧写。一个很重要的侧写，是在第三十二回。

这段情节的场景是怡红院，大热天的，忽然家人来传话，贾雨村又到荣国府做客来了。贾雨村是一个十分虚伪、野心很重的人，他无非就是姓贾，他自己说往祖上溯源，跟宁国府、荣国府的贾氏同宗，实际上血缘离得非常之远，不着边的；他又由于乱判了葫芦案，包庇了薛蟠，而薛蟠的母亲和王夫人是亲姐妹，贾政是薛蟠的姨父，这样，他就很轻易地获得了贾政他们的好感。所以，他进京以后，就经常到宁国府、荣国府和贾赦家里这几个地方鬼混，拉关系。他每次到了荣国府，除了见贾政以外，他还觉得不满足，老提出来要见贾宝玉。他什么心思啊？他是放长线，钓大鱼。因为荣国府目前的主人、府主是贾政，以后呢，实际上只有一个像样的继承人，就是贾宝玉。贾政虽然还有另外一个儿子，但是呢，第一，那个儿子是庶出，不是嫡出；第二，都知道贾环那个儿子质量太差，所以，作为一个很有心机的封建官僚，贾雨村每次到了荣国府，他除了见贾政以外，总要提出来见贾宝玉。贾宝玉对这一点是烦死了。所以，那一天，在怡红院，传信说贾雨村又来拜访了，要见他，袭人就开始给他打扮，因为在那个时代，在那种家庭，在当时那种礼仪规范下，虽然很热的天，见客也得穿戴得很整齐，要穿靴子什么的，贾宝玉就很不耐烦，一边穿衣服，一边拉那个靴子，一边在那儿不高兴。

这个时候，在场的并没有薛宝钗，而有史湘云。史湘云是一个心地非常单纯、豁朗、口无遮拦的女性。因为平常史湘云跟薛宝钗的关系很密切，薛宝钗那一套价值观念她耳濡目染，也知道了一些，她就在那儿学舌。其实，你通读全书就会发现，史湘云这个人没有什么政治观点，没有什么意识形态的东西，她是凭借自己生命的本能来过日子的。但是，她学舌，她看见贾宝玉不耐烦，就劝贾宝玉，大意就是说，你就是不愿意读书，不愿意去学八股文，不愿意去考举人、进士，你也应该接触一些这种人物，有点正经朋友，今后你到社会上去，也有一个根基，你成天在我们队里混算怎么回事。她其实只是随便一说，没想到贾宝玉竟然会失态。

贾宝玉跟史湘云感情非常深厚，从小说里面的一些细节，我们可以知道，在故事开始之前，史湘云还很小的时候，就父母双亡了，因此，除了由两个叔叔轮流来抚养她以外，还经常到荣国府来。因为她是史家的后代，跟贾母有着血缘关系，是她的侄孙女儿，所以，贾母就经常把她接来，住在贾母的主建筑群的正房里面。贾宝玉在搬进大观园以前，一直跟贾母住，他们就等于是经常在同一空间——贾母住的院落的那个大北房的正房里面——亲密地生活，所以，史湘云和贾宝玉从小感情就很深厚。贾宝玉见到林黛玉之前，应该很早就和史湘云作为一对儿时的玩伴，非常之熟悉，所以他们俩关系一直是很和谐的，没想到这时因为触及了一个根本性的问题，就是理念的问题，价值取向的问题，贾宝玉一下很反常，很烦躁，于是，居然就说出了很难听的话："姑娘请别的姐妹屋里坐坐去，我这里仔细脏了你知经济学问的！"这当然就让史湘云非常难堪。

但是，史湘云的性格决定了她的反应。她是个没心没肺的人，她不像薛宝钗，薛宝钗是真有一套观念，有一套想法在那儿搁着，和贾宝玉之间的冲突是正儿八经的，史湘云其实是有口无心地那么一说，她本身，你想想，哪儿是像薛宝钗那样遵守封建规范哪？书里面有一些交代，说她经常女扮男装，冬天下雪的时候，她还玩儿一种什么游戏啊？扑雪人。对《红楼梦》原文不特别熟悉的人，可能会疑惑，是堆雪人吧？不对，你去仔细看书上的写法。什么叫扑雪人？雪积得很厚以后，裹上大红猩猩毡子，用汗巾扎住腰，整个身子"啪"地往上一扑，再一起来，留下一个完整的人形。这种游戏说老实话，就是小男孩玩儿，都够悬乎的，都是性格比较开放、比较淘气的男孩才玩儿的，贾宝玉都不一定那么玩过。哎，史湘云是扑过雪人的，她就是这么一个女孩子。所以她的性格决定了，虽然贾宝玉很反常，说了那么难听的话，等于对她下了逐客令，她却并没有走，她还在那儿。

这个时候，袭人就赶紧来打圆场，袭人就说了，大意是哎呀你别见怪，我们这爷就这样，上次宝姑娘来也是说了一些这样的话，结果他咳了一声，拿起脚就走了——那次贾宝玉倒没有轰薛宝钗，他是自己转身就走了——给了薛宝钗一个大败兴，大难堪。结果，薛宝钗怎么样呢？虽然薛宝钗很堵心，但当时也没有马上走，不知道该怎么办了，当时就羞得脸通红，再往下说吧不能够，不说也不是。袭人，以她那个水平，她就是琢磨着怎么让贾宝玉能娶一个对她有利的正妻，她怎么能够稳稳地当贾宝玉除了正妻以外的第一号小老婆，真提高到意识形态方面、价值取向方面，她的见识就很肤浅，她闹不太清薛宝钗、林黛玉、贾宝玉他们之间在高层次问题上是一些什么分歧，所以，就根据她自己的心理逻辑，就说，亏得当时是宝姑娘，要是林姑娘遇见贾宝玉这么着对待她，早不知道闹成什么样了。这个时候，是由贾宝玉来提醒袭人，宝玉道："林姑娘从来说过这些混账话不曾？若他也说这些混账话，我早和他生分了。"生分了就是疏远了，本来很亲密，但是因为某一个事态出现以后就疏远了。当然，史湘云和袭人她们都不理解贾宝玉的那种厌恶、抵制仕途经济的思想，就都说，难道这是混账话吗？

这一段描写，表面上看起来是写在怡红院这样一个空间里面，贾宝玉和史湘云、袭人之间的一些心理的、言语的冲突，但是，我认为是写薛宝钗，是巧妙的侧写。实际上，这段故事主要想传递给读者的，是关于贾宝玉和薛宝钗之间存在着严重的思想分歧，并难以调和这样一个信息。

写小说，特别是长篇小说，除了正写、侧写以外，还有明写、暗写。

什么叫明写？明写就是作为作者，我甚至不安排一段故事，不设置一个场景，不出现一组人物，不是通过场景中的人物冲撞构成一段故事，而是直截了当地把话挑明了说，明明白白地写出来。关于贾宝玉和薛宝钗之间的思想分歧、价值取向的严重冲突，曹雪芹他有一段明写，是在第三十六回。

第三十六回中，贾宝玉不但挨完他父亲的暴打，而且已经养好了棒创。贾母疼爱他到了一个很荒唐的地步，就派人去跟贾政说，以后不要再让贾宝玉去见你了，不要再让他到你跟前去汇报功课了，也别让他见客人了，上次打重了，他受惊了，现在要静养。这样，贾宝玉就非常高兴，就完全解脱了，完全自由了，不受他父亲那一套的束缚了。但是，这个时候就有一段明写，这段文字还不短，说："或如宝钗辈，有时见机导劝，反生起气来，只说'好好的一个清净洁白的女儿，也学的钓名沽誉，入了国贼禄鬼之流，这总是前人无故生事，立言谏词，原为导后世的须眉浊物，不想我生不幸，亦且闺阁中亦有此风也，真真有负天地毓秀钟灵之德！'因此祸延古人，除四书外，竟将别的书焚了。"

大家想一想，这段明写为什么出现在这个地方？可以回忆一下我上两讲说的，薛宝钗当然原来就有这样一种思想，可是她和宝玉之间的矛盾冲突原来没有这么严重，为什么？她跟着哥哥和母亲，从南京到北京，目的很明确，她是候选来了，她希望通过参与宫廷选秀，能到皇帝的身边；即使到不了皇帝身边，还可以到王爷府，王子身边；再不济，起码可以到公主、郡主身边。总之，要进入一个更高的社会层次，到那儿去发展。虽然有和尚说了，她戴金锁，今后会嫁给一个有玉的男子，但是这个有玉的，最早她的内心目标还不一定是贾宝玉。因为从皇帝起到那些王爷都有玉，不一定是通灵宝玉，也不一定成天戴在脖子上头，但是，从某种角度来说这些人都是玉之拥有者，她的心是很高的。

在上两讲，我就得出我个人的一个结论，就是薛宝钗参加选秀失利了，她被淘汰了，没选上。在没选上的情况下，贾元春就采取了一个补救的措施，在颁赐端午节节礼的时候，有一个特殊的安排，让她和贾宝玉所得的份额完全一样，而且其中还有存在明显指婚意向的红麝串。当时因为她参加选秀刚刚被淘汰，挺心灰意冷的，面对这样带有指婚含义的颁赐,她越发觉得没意思起来,可是冷静之后一想,她今后的指望就是贾宝玉,就是这个戴玉的公子,何况她的母亲、姨妈也一再营造一个舆论,那就是命定的"金玉姻缘"。

但是,薛宝钗她又是一个很有思想的人,贾宝玉作为一个贵族公子,模样不消说了,家庭根基不消说了,但是贾宝玉却不知读书上进,不懂仕途经济。薛宝钗觉得,我今后既然是指着贾宝玉了,贾宝玉别的方面都很好,就是这方面不行,所以,在贾宝玉养好棒创之后,甚至于都用不着再去见贾政了,贾政都没有教训他的机会了,她却要站出来劝导贾宝玉。曹雪芹在这儿干脆就明写,这俩人在生活目标的价值取向上,严重冲突,没有调和的余地。

那么,关于这一点,曹雪芹他除了明写以外,有没有暗写呢?当然有。第三十四回,贾宝玉被父亲暴打之后,在怡红院养伤,薛宝钗来看望贾宝玉。她当时怎么说的呀?叹道:"早听人一句话,也不至今日……"

这个"人"就指的她自己,就是说,你看我老劝你,你早听我一句的话,你何至于有这么个下场呢?究竟薛宝钗她那"一句话"是什么话,作者点到为止,没有接着写薛宝钗说出什么话,或者回顾她原来说过什么话,而是让你自己去展开想象,这就是一个暗写,使读者意识到,薛宝钗跟贾宝玉之间存在一种劝导和反劝导的很麻烦的关系。

薛宝钗对贾宝玉是这样一个态度,她希望贾宝玉读书上进,重视仕途经济,日后在社会上也能够为官做宰,能够富贵发达,这样,她的生存当然就有保证了,但是,贾宝玉非常直白地反驳她,乃至于干脆无声地抗议，"咳"一声扭身就走。这些我们都看清楚了。那么，有一个问题我们也必须把它弄明白，就是薛宝钗和贾宝玉之间，有没有一种相互的吸引力？特别是从薛宝钗的角度，说白了，抛开这一切，她爱不爱贾宝玉？就是说，即便贾宝玉这些都改不了，她爱不爱这个人？对于这一点，作者也是很用心地来写的。

我读《红楼梦》，我的心得是，薛宝钗她是真爱贾宝玉的。她爱，即便贾宝玉有这些她认为很荒唐的表现，即便她的劝导无效——她自己认为是种瓜种豆，收获的却是蒺藜——她还是爱贾宝玉。在前八十回里，起码有两个情节，突出地表现她对贾宝玉这种超出意识形态、超出思想分歧、超出价值取向的男女之间的真实的情爱。

第一次，薛宝钗流露出对贾宝玉的爱，就是在贾宝玉挨打以后，她去探视贾宝玉。这个地方写得非常好。你要注意曹雪芹如何描写她的肢体语言。她到怡红院看望贾宝玉，当时是一个什么样的姿态呢？她手里托着一丸药。见了贾宝玉以后，薛宝钗一共只说了短短的几句话，这几句话曹雪芹写得非常好，是第一个层次、第二个层次、第三个层次，发展着来写的。

第一个层次，还是一个意识形态的、观念的层次，就是刚才我引用的："早听人一句话，也不至今日……"就在说这半句话的几秒钟里，占据她思维主导的，还是一个思想上的分歧，就是你看你，去结交戏子蒋玉菡，去做这些荒唐的事情，结果，因为你自己不务正业，所以导致这样一个不好的结果。

但是，很快地，她的心理和她的情感就转化到另外一个层次，这个层次就超出了意识形态,超出了道德批判,超出了价值取向。她就说:"别说老太太、太太心疼,便是我们看着心里也……"

她又说不下去了。这是一个什么层次啊?这就是抛开了政治、经济、意识形态那些东西,人与人作为朴素的生命存在之间的一种情感层次。她先引用了老太太、太太她们的心疼,然后意思就是说我们看着也心疼。当然这个话说得太急了,因为以她那样一个遵守封建道德规范的女子,她不应该把自己和老太太、太太并列,从封建伦常秩序来说她算老几啊?一个是人家的祖母,一个是人家的母亲,您呢?您是媳妇?您是姐姐?虽然叫你姐姐,其实只是一个表姐。所以,这样的话她说到一半,就说不下去了,她觉得有点害臊了。

然后,就到了第三个层次,完全是爱情层次。情感层次当中最重要的一个层次,就是爱情,就是一个青年女子对一个青年公子的百分之百的情爱,这个时候就尽在不言中了。她没有用语言来表达,而是用她的肢体动作来表达。是一个什么动作呢?书里写得很明确,她自己觉得自己说话太急,有点后悔,就红了脸低了头,就咽着没有继续往下说,于是她就低头只管弄裙带。那个社会的那种小姐,裙子是有很长的裙带的,系上以后还会飘拂下很长的一截儿,薛宝钗在那个时候就低下头红了脸弄裙带,这个肢体语言所表达的就是爱情。

贾宝玉当时就意识到了。贾宝玉虽然在思想上跟她有分歧,在封建伦常秩序上也没有把她看作一个重要的角色,没有娶她为正妻的想法——贾宝玉心目中未来的正妻非林黛玉莫属——但是,"宝玉听得这话如此亲切稠密，竟大有深意，忽见他又咽住，不往下说，红了脸，低头只管弄裙带，那一种娇羞怯怯，非可形容得出者，不觉心中大畅，将疼痛早已丢在九霄云外"。

书中通过这样一个场景，写了薛宝钗对贾宝玉的情爱，在那一刹那，她忘记了跟贾宝玉的思想分歧，她也不顾只是一个表姐这种身份了，她就在他的卧榻边，站住，低了头，红了脸，默默地去弄那个裙带。曹雪芹写得非常的生动，非常的优美，这是非常美丽的一个情爱画面。

在前八十回里，还有没有正写薛宝钗爱贾宝玉的场面呢？有的，写得比这一场要更细腻。

那是在三十六回。这个时候，贾宝玉棒创也养得差不多了，基本上已经康复了。那天中午，本来是在王夫人的屋子里头大家聚会，薛宝钗在，林黛玉在，王熙凤在，一些主要人物都在，大家吃西瓜。接近中午吃完西瓜，大家就应该歇午觉了。可是，薛宝钗就觉得她有一种生命的原始推动力在驱使她，本来这是一个生活起居最规矩的女子，可是那天中午她就不想睡午觉。于是，出了王夫人的院子以后，她就约着林黛玉说咱们干脆到藕香榭去。藕香榭是谁住的地方啊？是惜春住的地方。惜春这个人有什么特长啊？会画画。到藕香榭可以去看看惜春的画。宝钗就试探地问黛玉，要不咱们到藕香榭啊？结果林黛玉怎么着？林黛玉她很娇气，她说要洗澡，薛宝钗就请林黛玉自便，她就单独活动，往哪儿走呢？她没有回蘅芜苑，她就往怡红院去，到怡红院去干吗呀？她说想找贾宝玉聊一聊，以消午倦，双方都可以不必午睡了，在欢声笑语当中度过一个非常美好的中午。她就这么样去了怡红院。

有人可能不太赞同我的叙述，说这个跟爱情有什么关系？她不老到怡红院去吗？她去的次数还少吗？但是你想一想，大中午的，午睡时间，她去了。去了以后怎么样呢？整个怡红院都是一幅午睡的场景，曹雪芹写得很妙，怡红院有海棠树，还有芭蕉，芭蕉下面的仙鹤都在那儿睡觉，仙鹤睡觉什么姿势啊？仙鹤会把它长长的喙弯过来插在翅膀里面。怡红院的主建筑群，它的那个正房也是很大的，薛宝钗走进去以后，很多丫头在外屋那儿横七竖八地歇午睡，她越过这个空间，直逼最里面的最私密的那个卧室，她就走进去了。一看，贾宝玉在卧榻上午睡，睡着了，脸朝里。旁边坐着谁呢？坐着袭人。袭人当时因为讨好了王夫人，身份已经得到了一定的提升，成了准姨娘了，成了候补的姨太太了。王夫人已经从自己的月银里拨出二两银子一吊钱，作为犒赏她的特殊津贴，从此她对宝玉也就伺候得更加周到，正所谓"小心伺候，色色精细"。

当时，袭人在那儿做两件事。一件什么事啊？她给宝玉绣一个肚兜儿，已经基本上完成了，可能只要稍微再加几针，整个就大功告成了。这个肚兜儿是白绫子底，上面绣的是鸳鸯戏水的图案，红莲绿叶，五色鸳鸯，绣得非常精致，非常华美。还有一件事，她拿了一个拂尘，又叫蝇帚，就是轰苍蝇蚊子的，拿这么一个东西来保护宝玉不受叮咬。

这个时候，薛宝钗就走进去了。你想想薛宝钗是一个非常遵守封建伦理道德规范的女子，这可是公子的一个私密的卧室，这个时候，贾宝玉在午睡，她也看明白了，她却并不转身离开，她还往前去，什么东西在推动她？她爱这个人啊。哪怕多一分钟，多一秒钟，能和这个人亲近，对她来说，都是生命当中最大的快乐。

当然，袭人就发现她了，袭人吓了一跳。袭人吓一跳有两个原因：一个原因，因为薛宝钗她是蹑手蹑脚走进去的，她的行动向来都不是粗放的，她是一个很娴雅的人，缓缓走进去，袭人没有听见；另外一个，就是一看进来的是她，说句老实话，如果是林黛玉，袭人都不会惊讶，因为她知道林黛玉这个人性格异常，举动经常出格，但是，宝钗这个人是一个非常遵守封建伦理道德规范的人，居然是她！当然，她们两个无形口有一些思想共鸣，所以双方见到以后就都很亲热。这个时候，薛宝钗就问了一句话，说你在绣什么呢？袭人就说是肚兜儿。

大家知道，当时贾宝玉已经比较大了，从十三岁奔十四岁去了。在当时那个社会，人的寿命是有限的，当时有怎样的说法呀？三十岁就是半生了，六十岁就是满寿，七十就是人生七十古来稀了，所以十三四岁就是一个成年男子了，成年男子哪儿还有戴肚兜儿的呀？现在读初一的学生吃饭有戴围嘴的吗？没有。一个年龄段有与一个年龄段配套的用品。这个地方，曹雪芹他写得很巧妙，他就生怕读者误会，以为薛宝钗和贾宝玉之间还是两小无猜，青梅竹马，还是儿童状态，不是，薛宝钗她当然知道贾宝玉已经是一个成熟的男子了，她也是把他当成成熟的男子来爱的，所以一看肚兜就觉得奇怪。袭人就解释了，说原来他也不戴，因为贾宝玉他当然不愿意戴，我多大了，你给我戴这个？但是，袭人就说——袭人她的法术就是一条:温柔和顺地哄,最后哄得你没有办法——她的办法是把那个肚兜绣得非常之精美,让宝玉看了爱不释手,最后就戴上了。所以,袭人就说,你觉得这个绣得特别好,其实他身上那个更好,开头他不愿意戴,后来因为觉得特别好,一劝就戴上了;这样,晚上睡觉,掀了被子就不着凉了。这也表现出袭人对宝玉确实是忠心耿耿,服侍得细致周到。

两人说了说话以后,袭人就说,哎呀,我绣了半天,脖子也酸了,身体也倦怠了,说宝姑娘我去去就回来。这个地方有的读者不太懂,有年轻的"红迷"朋友跟我来讨论,说袭人好好的,干吗非得出去?说这不就是作者故意要让薛宝钗一个人留下来吗?你就是设置情节流动,你想让薛宝钗单独留下来,你也犯不上用这样一个办法呀!我就跟他说,你回忆一下《红楼梦》里面,不止一次写丫头什么的出屋子去,比如麝月、芳官夜里都从屋子里出去过,它是很含蓄的写法——人除了情感需求以外,还有生理需求,袭人她是方便去了。这在那段情节的规定情境下,一点也不牵强。

这个时候,作者就有一个很细腻的描写。袭人走了,按说你薛宝钗也就够了,你也该走,人家在睡觉啊!可是薛宝钗她爱这个人,哪怕是看着脸朝里的一个背影,她也舍不得走。她不经意地一歪身,她坐哪儿了啊?就坐在袭人刚才坐的那个地方。

也许有人会皱眉头,说这算什么呀?她坐哪儿不行啊?可是你得想想,当时是什么社会啊?那个社会的礼教是怎么规定的呀?一个青年公子的卧房,卧榻旁边那是丫头,或者不是丫头,也是姨娘、小老婆坐的地方,那是一个伺候人的位置。在那个位置上,伺候人的人刚才在做两件事,一件事就是绣肚兜,给男主人绣肚兜;一件事是给他轰虫子。你薛宝钗,你是一个大家闺秀,大中午的,你跑到这卧榻旁边,你不经意就一屁股坐在了伺候他的这个仆人的位置上,你是不是太忘情了呀?是的,薛宝钗她就完全忘情了。而且,她就把袭人的那两件事都代办了,她就绣那个肚兜了,而且她还居然就拿起那个拂尘来轰虫子。

前面有一段对话,宝钗说这么好的屋子难道会有苍蝇、蚊子吗？ —— 曹雪芹写得这样细,我想他也是怕读者误会,就通过袭人之口说,并不是苍蝇、蚊子,而是有一种很小很小的虫子,能够穿过纱窗的纱眼飞到里面来。薛宝钗是一个非常博学的人,她立刻就解释,说外头有水,而且好多花,这种虫子是长在花心里面的,见香就扑,见你们这屋子里头比外头还香,所以就往里扑,这种小虫子叮了人以后跟蚂蚁咬了一样,也挺疼的,确实需要拿一个蝇帚不断地在那儿驱赶。按说以宝钗的身份,无论如何她不该替代袭人,但袭人离去以后,她就情不自禁地也做了这件事。

宝钗做这件事的时候,被人看见了,被谁看见了呀?林黛玉这天中午洗澡洗得也比较快,洗完了她也不午睡。你说你爱贾宝玉,还有更爱的呢。林黛玉就跟史湘云也到怡红院来了,当然她们有一个题目,就是因为她们都知道袭人获得了特殊津贴,被暗定为贾宝玉的姨娘了,所以,她们有一个冠冕堂皇的到怡红院来的理由,就是给袭人道喜。结果,到了以后,史湘云就到厢房去找袭人,林黛玉就隔了窗户往里一看 —— 薛宝钗平常是一个眼观鼻、鼻观心,处处好像都符合礼教规范的模范姐姐,此刻居然忘情失态到了这种地步，坐在仆人坐的位置上去给贾宝玉轰虫子。所以，林黛玉心里什么滋味啊？作者没有细写，我想读者可以自己根据前面的内容去衍生自己的想象。

当然，史湘云没找着袭人，就折回来了。于是，林黛玉就招手让她看，史湘云一看，也很吃惊，因为这确实很不得体，但是，史湘云一想，宝姐姐平常对她特别好，不应该因为这样一个场景就去奚落人家，林黛玉当然也懂得史湘云的心情，所以，史湘云一劝，俩人就走了。

这一段情节，实际上是以非常细腻的笔触，来正面描写薛宝钗作为一个青春女性，她如何爱恋一个青年公子。这段情节里面的爱情，没有什么意识形态的成分，没有什么价值取向的东西，没有道德说教，没有什么有关的劝阻，薛宝钗她就是爱那个背对她睡觉的人。这一段无论从阅读审美的角度，还是写作借鉴的角度，都值得细品。

那么，薛宝钗如此地爱贾宝玉，她最后能不能够嫁给贾宝玉，成为贾宝玉的正妻呢？薛宝钗她很清楚，那个社会就是一切要听从家长的，所以她当然就把她的希望寄托在了家长的安排上。而通过前面一些情节，特别是清虚观打醮前后的一些遭遇，她就知道，在贾母健在的情况下，在所有的家长里面，关键人物是贾母，而贾母对元春通过颁赐端午节节礼所传递的指婚意向，竟然佯装不懂，贾元春虽然贵为皇妃，辈分却低，只能以颁赐节礼的方式暗示，你既然是暗示，不是直接下谕旨，那么对不起，贾母她就置若罔闻，仿佛没那么一回事儿，所以，薛宝钗很清楚，她今后生活的一个很重要的任务，就是能够使贾母最后在选择谁做贾宝玉的正妻这个问题上，天平朝她倾斜。贾母跟她之间，究竟有没有矛盾冲突？贾母在选择贾宝玉正妻这个问题上，就算她心里的天平开头是朝林黛玉倾斜的，难道通过薛宝钗的一再努力，她就不能有所改变吗？在讨论薛宝钗的时候，需要再从这个角度，进行一番细细梳理。咱们下一讲见。

薛宝钗雪洞之谜

　　什么是雪洞？这一讲，我要跟大家讨论的，是薛宝钗跟贾母的关系，最后会集中在雪洞上。但是，恳请您随我曲径通幽，一环环地往下推演。

　　在上一讲里，我指出薛宝钗虽然与贾宝玉在价值观念和人生追求上存在着严重的分歧，但是她对贾宝玉有着一种发自内心的真爱。在《红楼梦》第三十六回之中，她探望正在午睡的贾宝玉，就充分证明了这一点。

　　肯定有些人会问了，说你讲得很细啊，但是怎么有一个最重要的细节，你略而不讲呢？当然我是有意的，现在就要再把这个细节找补上。

薛宝钗坐在贾宝玉的睡榻旁边，坐在袭人坐过的位置上就绣鸳鸯，她补针。过去有一些论家就认为这是曹雪芹写作上的一个瑕疵，说已经上了里子的绣品不能够再去刺图案，但实际上曹雪芹也可能是故意要这样写，因为当时薛宝钗忘情了，她为什么要在鸳鸯的图案上补针呢？你想一想她什么心理啊？她是想嫁给这个人，她觉得"金玉姻缘"早晚还是要圆满实现的。她戴金，这位公子戴玉，她又这么爱他，虽然这个公子有毛病，但她相信自己能够把他调理好，她沉浸在这样一种感觉当中。可是这个时候，就是我上一讲故意留下来到这一讲开头要说的，她在那儿坐得好好的，忽然贾宝玉说梦话了。贾宝玉这个梦话可不得了，怎么说的？——"和尚道士的话，如何信得？什么金玉姻缘，我偏说是木石姻缘！"

哎哟！你想，薛宝钗一步一步一步发展到坐在那个位置上，都去补针绣鸳鸯了，"哗"一下突然从宝玉嘴里出现这种声音，可想而知，薛宝钗受到多么大的打击，多么大的刺激！当然在这一个细节上，有些"红迷"朋友跟我之间是有争论的，有一个年轻的"红迷"朋友就坚持认为，贾宝玉不是说梦话，贾宝玉那时候已经醒了，而且他意识到他旁边坐着薛宝钗。我说怎么意识到？他说你忘了贾宝玉的床榻旁边是有大玻璃镜的，对此书里在别处有明确描写，所以，他说宝玉从镜子里看到了薛宝钗，而且坐下不走，所以他故意地喊出这个话来，给她一个警告，就是说你不要痴心妄想，就是您呐，没门儿！

我不赞同这个"红迷"朋友的分析，但是觉得也挺有意思。读《红楼梦》，针对同一段情节，不同读者有不同理解，这正说明《红楼梦》的文本有特殊的魅力，而持有不同看法的读者，大家平等交流，"多歧为贵，不取苟同"，也是一种进入现代文明的精神享受。我觉得，贾宝玉确实是在说梦话，他梦里头也忘不了林黛玉；他也会梦到家族里一些长辈强调什么和尚预言了"金玉姻缘"，所以他出自内心地表达了拒绝与抗议。不管他是真梦话，还是假梦话，终归他喊出来了，对薛宝钗来说，这是一个非同小可的打击。

但是，请你注意，情节往前后流动的时候，薛宝钗始终不改变她对贾宝玉的爱心。在这段情节之前也好，受到打击以后也好，她还是爱贾宝玉。薛宝钗比林黛玉明智，她知己知彼，能够沉着应对，以稳扎稳打的方式，去争取个人幸福。林黛玉完全是一个天然、率真的状态，随心所欲，由着自己的性格生活，想怎么说怎么说，想怎么来怎么来，今后怎么样，不去多想，虽然她爱贾宝玉，也愿意以后成为他的正妻，但她没有任何谋略，到哪步算哪步。薛宝钗呢，下棋提前看三步五步，所以，她就觉得，虽然你贾宝玉这么样地不爱我，给我一个这么大的刺激，但是，决定我们婚姻的，并不是我们本人，在这点上她比林黛玉清醒。在那个时代，那个社会，那样的家庭，决定他们婚配的，到头来一定是家长。

如果就事论事，贾宝玉的家长是贾政，贾宝玉娶什么媳妇，应该由贾政来定盘子。但是，书里面写贾政也写得很具体，使我们意识到，这是一个把政治、家务和个人的性生活严格区分开来的一个官僚，在那个时代，在那个社会阶层，这样的"须眉浊物"是最常见的。

你看贾政，他是每天要上班的一个人。整个贾氏宗族，当时的男主子除了贾政，要么游手好闲，要么忙自己的私事。贾赦袭了一等将军的爵位，那是一个空头的名称，并不需要去上班办事，更不需要领兵打仗。贾敬不着家，跑到城外道观里去跟道士们胡羼，醉心于炼丹。贾敬本来可以袭爵，但他把那爵位让给了儿子贾珍，袭了个三等威烈将军，也是一个空头名称。贾珍当着贾氏宗族的族长，我们看到他只是有时忙些族务，大量时间都在寻欢作乐，他比贾赦晚一辈，年轻许多，也并不需要去率领军队冲锋陷阵。贾琏、贾蓉等就更没有朝廷的公务了。当然，这些没有具体官职公务的男主子，他们有时候也会按规定去参加一些朝廷里面的活动，但是他们没有具体的工作任务。整个贾氏宗族在当时要去上班，要去履行工作职责的就是贾政一个人。贾政是忠心耿耿地为皇帝去服务，皇帝还经常派他去处理一些本职以外的临时事务，有时候派他学差，就是去主持地方一级的科举考试，去阅卷什么的；有时候海边发生海啸，或者有些地方发生一些其他自然灾害，就让他去赈灾。贾政做这些事很认真，很尽力，但是回到家里边，他不谈这些事情，他把自己参与的朝廷的政治活动，和这个家庭的事务严格地区别开来。

　　那么对家庭事务他采取一个什么态度呢？他不闻不问，全交给他妻子、第一夫人王夫人。王夫人呢？也省事，王夫人又找来了她的内侄女王熙凤——名义上当然是找来了贾琏，但是最后这个权柄更多地落在王熙凤手里。整个府第的事务，实际上是由王熙凤、贾琏这两口子控制，一般情况下，王夫人也不怎么太过问。但是，这并不等于说王夫人在荣国府的实际地位高过了贾政，贾政放权，并不是弃权，一旦他觉得必须亲自过问，他的任何一个决定都相当于圣旨；就如同王夫人对王熙凤的放权不等于弃权一样，你看绣春囊事件发作后，她怒气冲冲亲自到王熙凤住处问责问罪，使得王熙凤不得不挨着炕沿双膝跪下，你就应该懂得，封建社会的伦理秩序，到头来还是森严而坚硬的。

在讲薛宝钗的时候，为什么要旁及贾政呢？因为贾宝玉娶哪个女子做正妻，是由贾政来全权决定的。只不过在前八十回故事情节流动的那段时间里，他一直觉得宝玉还小，不仅还不到娶正妻的时候，就是先纳一妾，也为时尚早；另外，他对家务事权力下放，起码是暂时放权，他"主外"，让王夫人去"主内"。了解一下贾政这样一个官僚的生存状态，对于我们理解宝玉在婚姻问题上的处境，理解薛宝钗如何理性地去争取成为宝玉的正妻，是必要的。

在曹雪芹笔下，贾政不是一个概念化的形象，他身上有那个时代那类官僚的某些共性，但他又是具体的"这一个"，是个性鲜明的。他把公事和私事区分得很清楚，把家庭伦理秩序和个人性生活也区分得很清楚。在整部书故事开始以后，看不出他和王夫人之间还有性生活，他的性生活的首选是赵姨娘，书里几次写到是赵姨娘伺候他睡觉。王夫人当年应该也是一个美丽的小姐，而且出身名门，他们四大家族互相婚配嘛，王家的小姐嫁给贾家的公子这是很正常的。但是，在故事开始以后你会感觉到，王夫人年纪已经比较大了，她的女儿元春都已经成了皇帝的妃子了嘛，她给贾政生儿育女已经好几个了，而且有的已经都去世了，所以，王夫人应该已经是一个中年妇女了。在那个一夫多妻制的社会，作为这种家庭的男主人，他可以维持这个正妻崇高的地位，但是他自己的性满足，则要寻找另外的女性，贾政找的是赵姨娘——历来有不少读者觉得纳闷，那么一个蝎蝎蛰蛰，言语、举止不雅的女子，怎么会得到他的宠幸？贾政是否有"嗜痂之癖"？但这也许恰恰说明，贾政是一个很特别的生命存在，他在性取向上可能有某种深深的隐私。

细心的读者会发现，书里多次写到赵姨娘和贾环的丑态，有时候他们出丑时薛宝钗就在现场，但她总是采取善待的姿态，事后也绝无闲言碎语。林黛玉当然也没有恶待赵姨娘和贾环，但起码是背后向贾宝玉说过一次闲话——说赵姨娘到潇湘馆来问声好，其实是从探春那里出来以后的一个顺路人情。这就说明薛宝钗比黛玉有心眼，她心里还是明白的，得罪赵姨娘，那就可能导致赵姨娘在伺候贾政睡觉的时候，在贾政耳边"下蛆"，而到头来贾政是荣国府无可争议的法定主人，纵使王夫人一心一意要缔结"金玉姻缘"，一般情况下贾政也不会成为障碍，但倘若因为得罪赵姨娘而导致贾政的不快，那就"小不忍乱大谋"了。

薛宝钗在荣国府待久了以后，她看得很清楚，在贾宝玉的婚姻问题上，如无意外，姨父贾政会放权给姨妈王夫人，王夫人向贾政汇报，贾政听了以后觉得没有什么不妥，会说"知道了，可以"，就等于给奏事折子盖上了表示批准的大红印章。姨父贾政不是实现"金玉姻缘"的阻力，姨妈王夫人又是动力，更不用她再做什么工作了，她所面临的障碍，就是贾母，她必须在贾母身上下功夫。前面讲过，她在背后支撑史湘云搞起食蟹、赏菊的盛会，就是暗写她要在贾母心目中增加得分。

荣国府的情况很特别。我在前面一再指出，这部书它是"真事隐，假语存"，曹雪芹笔下出现的这个文本，具有家族史的因素。通过原型研究，我们可以知道，在真实的生活里，贾政的原型曹𫖯并不是贾母原型李氏的亲儿子，王夫人原型也并不是贾母原型李氏的亲儿媳妇，他们两个是成年以后才过继来的。《红楼梦》虽然是"假语"，是小说，但曹雪芹却有意地把一组角色之间的关系，按照"真事"中的过继状态来加以描绘。

  一般来说，在当时那样的社会，那样的家庭，如果儿子是亲生的，儿媳妇是自己挑选娶过来的，作为一个寡母，儿子、儿媳妇虽然必须按照宗法道德约束来孝顺她，但也不必对她敬畏到言听计从的地步。但是，在真实的生活中曹家的情况很特别，曹寅和他的亲儿子曹颙在江宁织造任上相继亡故后，康熙皇帝就问苏州织造李煦，曹寅的哪一个侄子可以过继到曹寅未亡人跟前，继续担任江宁织造？在回复皇帝以前，李煦肯定问过曹寅未亡人——那其实不是别人，就是他的亲妹妹。因此，最后李煦跟康熙报告，曹頫这个侄子最合适。于是康熙批准以后，曹頫和他妻子就到了李氏跟前，他们当然懂得，这个继母非同小可，他们能过上锦衣玉食的生活，与其说是皇帝通过李煦恩赐的，不如说是李氏挑选的。因此，折射到小说里，以这一组生活原型演变的艺术形象，就具有许多微妙的地方。我们从许多情节和细节里可以感觉到，贾母和贾政夫妇之间，只有礼数，没多少感情，但贾母的威严超过常态，虽然平时贾母似乎只是吃喝玩乐，颐养天年，但家庭里的一些重大事务，尤其是宝玉何时娶谁为正妻这件事，贾母如果不宣布放权，他们是绝对不敢擅作主张的，纵使王夫人满心满意要落实"金玉姻缘"，她首先不可逾越贾政，纵使贾政平时不问家事，王夫人跟他提出娶宝钗为宝玉正妻，贾政自己没什么意见，乐得同意，但贾政必须得自己或者通过王夫人再去请示贾母，而只要贾母不同意，甚至不表态，贾政就一定不敢忤逆，王夫人也就只能偃旗息鼓。对于我所分析出的这个形势，薛宝钗她是吃透了的。

薛宝钗她心里透亮，尽管她受了宝玉梦话的强刺激，但是薛宝钗她有一个性格优势，就是她温婉而并不脆弱，她是一个拿定主意以后就不轻易退让的人。在选秀失利、元妃表达指婚意向无效、清虚观打醮贾母"敲山震虎"这些事情过去之后，她情绪稳定下来，她就打定主意，要争取实现跟贾宝玉的"金玉姻缘"，这关系到她一生的幸福，她爱宝玉，也有信心在嫁给宝玉后，通过讽谏劝诫使宝玉"改邪归正"，但要使好事成真，关键不在别处，就在贾母，她必须要多多争取贾母的好感。

如果说背后组织食蟹赏菊盛会，是暗写薛宝钗笼络人心，讨好贾母，那么，在第三十五回，就有一个很具体的明写，写得特别巧妙。当时大家在怡红院那儿聊天，说着说着，薛宝钗就蹦出一句话，说："我来了这几年，留神看起来，凤姐姐凭这么巧，巧不过老太太去。"

这个讨巧就高一个层次了。她最早来到荣国府的时候，她的讨巧还是比较低的层次，贾母说你爱吃什么呀？她就想贾母老年人爱吃甜烂之物，她就说些那种吃的让贾母听；贾母说你爱听什么戏文啊？她想贾母喜欢热闹戏文，所以她就拣一些《大闹天宫》这一类的剧目，来讨贾母欢心，这是低层次。她现在知道这么讨好贾母不行了，就是讨好也得提高档次，所以她就说凤姐姐这么巧，我在旁边看着巧不过咱们老太太。她来这一套。

没想到，这话一出来以后，老太太并没有马上表示高兴，而是说了些别的，贾宝玉又把贾母的话接过来，结果整个话语的内容就紊乱了。

贾宝玉的意思大意就是说凤姐姐嘴巧，所以老太太喜欢，但是有的人比如像大嫂子李纨，木头似的，嘴不巧，不是老太太也喜欢吗？后来，又绕来绕去，说要是论会说话，那不光是凤姐姐嘴巧啊，林妹妹嘴也巧啊！贾宝玉在当时根本就没在意薛宝钗在干什么，他当时满心思要干吗呀？他要引诱贾母去当众夸林妹妹。作者写得真是很有意思。

你想，贾母在那个场合能直接去夸林妹妹吗？贾母可不傻，再喜欢林妹妹，也不能够掉这个坑里。贾母先含混地应了几句，比如说到不大说话的，有的也招人喜欢什么的，又对着宝钗说，"你姨娘可怜见的，不大说话，和木头似的，在公婆跟前就不大显好儿"。这个地方，她指的是王夫人，尽管王夫人当时也在场，她不怕明点出来，她对王夫人不太欣赏。这话很厉害，就是家族政治、微笑战斗。宝玉绕来绕去绕到林妹妹身上，希望贾母接茬儿，没想到贾母一看周围，这边是王夫人，那边是薛姨妈，二位等着听什么呢？等着听夸薛宝钗呢！贾母就夸了。

贾母这个人可真不得了，微笑战斗当中那是绝对冠军。她怎么说的？她说："提起姊妹来，不是我当着姨太太的面奉承，千真万真，"——怎么个千真万真呢？——"从我们家四个女孩儿算起，都不如宝丫头。"

有的人可能会说，这一夸，算是夸到头了，贾母对宝钗的印象怎么这么好啊？但是，听话听声，锣鼓听音，你细琢磨，就会觉得她很恶毒。贾母心里想，你们不是非得让我夸宝钗吗？行啊，咱们夸。提起姊妹来啊，还不是我当着你姨太太奉承，千真万真，怎么算呢？从我们家四个女孩算起 —— 贾家四个女孩是哪四位啊？元春、迎春、探春、惜春。贾母她很聪明，她想我这时候要回避林黛玉。当然，从四个女孩算起，笼统地也可以把林黛玉、史湘云全算上，但是咱们现在不说那个，我虽然姓史，嫁到贾家来了，在贾家已经多年了，我们贾家现在这一辈有四个女孩，咱们比，四个女孩都比不了你这个薛宝钗啊！她故意把贾元春包括在内，你说她恶毒不恶毒？她是真夸，还是假夸呀？她是让人高兴，还是让人堵心啊？这就是贾母，她智商很高。

你听明白了吗？当时薛姨妈听了以后，就知道不是味儿。您就说我们这姑娘比黛玉，比迎春、探春、惜春好，不得了吗？"从我们家四个女孩儿算起"，要从元春算起，这个话说了跟没说一样，能跟元春去比吗？你选秀你都失利了嘛，贾母这不是揭人疮疤吗？贾母很厉害。所以，薛姨妈只好讪讪地说，老太太这话说偏了。王夫人也只好打圆场，说老太太时常背地里和我说宝丫头好，这倒不是假话。王夫人这个话本身你听着就很酸，她其实已经意识到贾母的话是假话，但是她希望她妹妹别在意，这次可以不算，背地还跟我说过——但这证明是没有用的。所以，大家一定要读懂这些地方。

有些读者糊涂，看到这儿，就去得出一个错误的结论，说到头来贾宝玉他让贾母去夸林黛玉，贾母就不夸，贾母夸的是薛宝钗，可见贾母觉得薛宝钗符合封建道德规范，因此贾母给贾宝玉选择正妻就会选择薛宝钗，不会选择林黛玉。我的结论跟这完全相反，当然我这个看法也是仅供参考，不是说我的看法就一定是对的，可是我觉得我这么读它，能读出味儿来，而且我觉得这个味儿应该还是曹雪芹的正味儿。

如果说这一段情节还不足以说明贾母看不上薛宝钗，那么，底下一个很重要的情节，我觉得就没有做别的解释的可能了，这就是至关重要的第四十回。这一回写到刘姥姥二进荣国府。

刘姥姥一进荣国府的时候，还没有元妃省亲的事，当时还没有大观园。等她第二次来的时候，省亲活动已经举行完了，大观园封闭一段以后开放了，让贾宝玉和一些小姐，包括李纨带着贾兰都住进去了。因此，贾母留下刘姥姥以后，就带着刘姥姥逛大观园。逛大观园里面就有很多情节了，当中还有吃饭什么的。这个过程中，贾母带着她参观了几处小姐的居室。

第一处是潇湘馆。进去后，贾母就发现潇湘馆糊的那个窗纱不对头，为什么呀？潇湘馆的庭院里面是什么啊？是凤尾森森，龙吟细细，"凤尾"形容的是茂密的竹丛，"龙吟"形容的是竹丛底下蜿蜒的小溪。竹子是翠绿的，你糊的这个纱也是碧绿的，这个在审美上来说就是失败了，颜色太靠了。所以，在这个场合，贾母就有一大段话，说咱们家还有一种叫软烟罗的纺织品，选一种银红色的给林姑娘换上。

因为前面对潇湘馆的描写很多，所以在这一回里面描写得比较概括，贾母跟刘姥姥说，你看，这是我外孙女的房子。刘姥姥一看，又有笔砚又有图书，就觉得是个公子的书房呢。这说明林黛玉她的生活环境布置得非常雅致，有书香气息，很符合林黛玉的性格，也让贾母感到满意。窗纱靠色的问题，不是林黛玉自己造成的，凤姐有给予置换的责任，后来当然全部换掉。

第二处，是秋爽斋，探春住的地方。探春的屋子里布置得很华美。贾母这个时候就有一个评论，说都好，只是这个梧桐树细了一点。贾母为什么这么说？梧桐树难道粗了就好看吗？因为她在秋爽斋观察窗户的时候，把它当作了一幅画，根据窗户的长宽尺寸比例，外面那个梧桐树显得细了，作为一幅画构图不太好，这就是贾母的眼光。所以，贾母这个人，看你怎么说她了，你厌恶她——封建大家庭宝塔尖上享乐至上的老妖精；你客观一点——封建社会里审美趣味很高的一个老太太。贾母还说，怎么听见有鼓乐声音？是不是街上有人结婚呐？王夫人她们就笑了，因为大观园很大，荣国府也很大，离街很远，怎么可能有街上结婚的鼓乐声传进来呢？就跟她解释说，是他们家戏班子，芳官她们那些小戏子在那儿演练呢！这个也说明，贾母她认为窗户除了当画框看，还有一个功能，就是要透音。西方人一般是怕窗户透音的，窗户要弄得严严实实的，而中国人就希望窗户外面的声音能传进来，比如"虫声新透绿窗纱"，构成优美的诗境，这跟中国传统文化中天人合一的哲思有关系，要求一个生命和他生存的外部事物之间要有一定的联系、一定的沟通、一定的感应，达到和谐。曹雪芹在书里这些地方，是把贾母作为当时社会中超出她所置身的那个阶层的一般见识，既能把传统文化中的精华加以弘扬，又能"破陈腐旧套"的一个形象来塑造的。

我说了这么多，可能有人有意见了，说你不是在讨论薛宝钗吗？你现在把潇湘馆、秋爽斋说这么多干什么？我认为曹雪芹他在这一段这样来写，他是有意识地先进行铺垫，以便下面一下子出现一个情况以后，形成一个鲜明的对比，同时也就给贾母会有那样强烈的反应，提供了充足的心理背景。

然后，贾母带着刘姥姥，就到了蘅芜苑，就是薛宝钗住的地方。这个时候，就写了蘅芜苑里面的室内状况。贾母是第一次进入蘅芜苑，进入其内室，结果一看，"雪洞一般"，四白落地，没有装饰，"一色玩器全无"。

林黛玉住的潇湘馆，她是摆了很多东西的，在这一回没写，前面怎么写的？她嘱咐紫鹃，你把窗屉子卸下来，让大燕子回来，把帘子拿狮子倚住，烧了香你就罩上……林黛玉又隔着月洞窗逗架养的鹦鹉。林黛玉内室有装饰品，充满了生活乐趣，说明她和贾母有共同点，就是都很会享受生活；探春那儿也是一样，它有很多具体描写，但是薛宝钗这儿，"一色玩器全无"。

贾母细看，"案上只一个土定瓶"，土定瓶属于瓷器当中低档次的东西，比较粗糙，瓶里面供着数枝菊花，还有两部书，然后就是她的茶奁、茶杯而已。再一看床，"床上只吊着青纱帐幔"，这个帐子上一点图案都没有，就是青纱的，非常素净，"衾褥也十分朴素"。

前面写秋爽斋，写到探春她的拔步床的床帐，当时刘姥姥不是带着板儿去的吗？板儿跑进去指点说这是蝈蝈，那是蚂蚱，上面绣着很多精致的草虫图案，可见探春她虽是一个庶出的贵族家庭小姐，她那个帐子却非常的讲究。薛宝钗呢？她是薛姨妈的嫡出独女，她父亲虽然没了，可哥哥还做着皇商，家里非常的富有，虽然是借住在荣国府，借住在大观园，借住在蘅芜苑，那也不至于说你这个床帐子就是什么图案、什么装饰都没有的一个青纱帐幔啊！

读到这个地方的时候，我的年轻的"红迷"朋友也跟我进行了讨论。他说蘅芜苑之所以布置成这个样子，是薛宝钗成心的。他说薛宝钗原来可能也比较朴素，但是应该没达到这个地步，但是，她预计贾母可能会来，因为前面见刘姥姥的时候她就发现贾母兴致非常之高，而且贾母说进园子去看，也是预定的计划，所以，她就临时费了一番心思，怎么讨贾母喜欢，她心想我得把林黛玉比下去。林黛玉由着性子生活，不伦不类，小姐就是小姐，公子就是公子，你一个小姐的屋子怎么能像公子的书房呢？探春跟她并非竞争者，姑且不论。宝钗心想，我现在就一定要博一个大彩，让贾母强烈地感受到，我是一个崇尚俭朴的女子，绝不追求奢华，屋里素淡到极点，我最符合封建礼教的规范，难道老太太您还不欣赏，不赞叹吗？哪儿找这么一个孙子媳妇去啊？今后一块儿过日子，这勤俭持家、遵守妇道，还会有问题吗？结果，她万没想到，这次和贾母短兵相接，竟发生了激烈冲突，这是始料未及的。

对青年"红迷"朋友的这个分析，我基本同意，只是不同意一点——我说薛宝钗不是在这一天故意再撤掉一些东西，比如说本来这帐子上还有点简单的花纹，就把那个也撤了。我认为薛宝钗不至于做作到这个地步，因为薛宝钗本身她一贯是这样的。前面不就写了嘛，周瑞家的问她吃什么药，她就说吃一种冷香丸。那冷香丸所需要的原料，非常复杂，要求非常苛刻。这个冷香丸是什么含义啊？就是说薛宝钗她本身也是青春勃发的女子，她内心时时会有对情爱的热望旋转生发，上一讲我讲到绣鸳鸯，就透露出了她那青春女性内心的秘密，她也可以暂时抛开意识形态、礼教规范，来爱一个活生生的青年男子，但是，她拼命压抑自己这种本原的青春热情，她要吞冷香丸，一年三百六十五日，她不断地要吞食，把自己内心的本来是正常的青春热情冷却下去。因此，她在自己房间的布置上，就追求这样一种风格，就是我压抑自己的欲望，我要一冷再冷，我要超标地达到你们那些封建道德的规定，纵使内心的情爱欲望会涟漪难平，起码从外部形态上，让任何人都会觉得屋如其人，人如其屋——分明是一个心如古井的"冷美人"。

薛宝钗本来应该是很自信的，估计贾母进了她屋子以后，会表扬她的俭朴素淡，所有人都在等待贾母的反应，薛宝钗当然更有特别的期待。但结果怎么样呢？万万没想到的是，贾母一看以后，竟然非常不高兴，贾母先说："这孩子太老实了。你没有陈设，何妨和你姨娘要些，我也不理论。也没想到，你们的东西自然在家里没带了来。"贾母表示，我可以给你一些啊！贾母是一个非常有审美品位的贵族老太太，当时她就命令鸳鸯去取一些古玩来。你不是喜欢那个素雅风格的嘛，我给你取素雅风格的呀！在审美上是有不同流派的，有华贵派，比如说秦可卿的那个卧室，这个人虽然已经死了很久，在故事里已经消失了，但是我们回忆以前的描写，她的卧室布置得很夸张，那是一种风格；林黛玉又是一种风格；每个人可以有不同的风格。你可以钟情另一种——我就是要素淡，我爱白、灰、青的色调，可以，但那你也得讲究啊！所以，贾母让鸳鸯取些什么来呢？"你把那石头盆景儿和那架纱桌屏，还有个墨烟冻石鼎，再把那水墨字画、白绫帐子拿来，把这帐子也换了"。贾母一开头嗔怪凤姐，说你也不送一些摆设给你的妹妹，凤姐解释，说给过，她退回来了。薛姨妈当时就没摸清贾母究竟是一个什么想法，就在旁边赔笑，说她在家里不大弄这个东西——娘儿俩以为雪洞般的屋子绝对能胜出，这不就把其他小姐比下去了嘛，尤其把林黛玉就比下去了，这多勤俭，多朴素，多贞静，多老实啊！没有想到，贾母这个时候会发这么大的火。你看小说，它几回都写到人物的反常。薛宝钗反常过；宝玉也曾经反常——打小跟史湘云那么好，结果拉靴子准备去见贾雨村时，史湘云说了几句话，他就翻脸了。

贾母在这个情境中也按捺不住心里面的那个怒火，这个一贯蔼然慈祥，一贯在家族政治当中以微笑战斗取胜的人，这个时候不微笑了——贾母这个时候肯定没有微笑，你听她的话，她摆头，这个肢体语言可不得了——说："使不得。虽然省事，倘或来一个亲戚看着不像。"什么叫"看着不像"？就是你这个做派，根据礼教规范，也都太过头了，贵族家庭之间来往时，倘若有人来了看到这个雪洞，会觉得不伦不类，不成体统。这话还其次，底下，贾母越说心里怒火就越往上蹿——这个时候，贾母的表情你可以想象一下，你可以自己对着镜子模仿贾母这时候的表情——她说："二则年轻的姑娘屋里这样素净，也忌讳。我们这老婆子，越发该住马圈去了。"哎呀，这是真心话，但这也很反常，如果不是觉得受到了强刺激，贾母按说不至于把心底里的看法当众说出来，还这么声色俱厉。

贾母当时真动了怒。你年轻姑娘，你就立这么一个标准，说女人应该这样生活，这样生活才符合道德，才高尚，才正常，这太忌讳，你让我来看你这雪洞是什么意思啊？"样板间"吗？"我们这老婆子"，她其实主要说她本人，"越发该住马圈去了"。这话很厉害啊！你琢磨琢磨，比薛宝钗对着靛儿说"你要仔细！"还要厉害。薛宝钗弄巧成拙，她以为她吞冷香丸，她压抑，她超标达到了一个最俭朴的状态，贾母必得夸赞，万没想到却恰恰迎头撞到了贾母的忌讳上，触怒了贾母。

贾母不是一般的封建老太太，像王夫人跟薛姨妈，审美趣味充其量也就达到当时贵族妇女的平均水平，没有什么自己独特的东西，贾母这个人她是破陈腐旧套的，她要过精致生活，过极乐生活，她"福深还祷福"，是这么一个人，所以，她见不得宝钗居然是给她这么一个雪洞般的屋子来看。你看，宝钗这个雪洞，最后就成了把她自己埋葬的一个雪窟窿了。

说句老实话，贾母如果没有去蘅芜苑还好，去了蘅芜苑以后，贾母就更不可能再给宝玉选择正妻的时候去选薛宝钗了。你想啊，贾母她是一个希望自己长寿，也相信自己能够长寿的人，她会眼看着她的孙子娶孙子媳妇，结果，娶来一个孙子媳妇，住雪洞一样的屋子，这不就等于给她一大哄嘛！对贾母的院子屋子，第三回林黛玉进府就有细致描写，书里后来有一笔，说又加盖了一个花厅，专用来摆宴演戏，这说明贾母的屋子与薛宝钗的"雪洞"有着天壤之别。由此可见，贾母跟薛宝钗的冲突不可调和。这看起来是一个审美趣味的冲突，实际上是一个关系到人生态度的根本性的冲突。贾母从此以后，不可能再产生把薛宝钗娶来作为爱孙宝玉的正妻的打算，除非她忽然想自动搬到马圈里去住。

因此，我们再想一想高鹗所续写的那些内容，他写王熙凤设置调包计，让贾宝玉娶薛宝钗，贾母居然支持，而那个时候，林黛玉苦苦哀求贾母给她一点怜悯，贾母竟然毫不留情地让人把林黛玉轰走，致使林黛玉悲惨死去。高鹗笔下的贾母，还是曹雪芹笔下的这个贾母吗？当然，高鹗他有续书的自由，可是，我个人认为，他这样去续，太不符合曹雪芹的原笔原意了。曹雪芹原来明明是这么写的，写得清清楚楚的，贾母是不可能在宝玉的婚配上去选择宝钗的，她内定的就是黛玉，经过这次带刘姥姥逛大观园进入了蘅芜苑，看到一个雪洞般的屋子受刺激之后，她就更坚定了弃宝钗而娶黛玉的信心和决心。

当然，如果我们要是全面来理解薛宝钗的话，还有一个问题就浮出来了，就是薛宝钗她住在一个雪洞般的屋子里，她床上的纱帐连一点装饰的花纹都没有，但是怎么好多宝玉和黛玉都不知道，按她那个年龄、身份也应该不知道的杂七杂八的事情，她偏知道呢？下一讲，咱们一起来讨论。

薛宝钗审黛之谜

根据我前面几讲的分析，薛宝钗爱贾宝玉，她想嫁给贾宝玉做正妻，特别是在她选秀失利以后，她唯一的希望就是实现自己这样一个人生目标，但是她面临的障碍很多，第一个障碍就是贾宝玉本身跟她的思想不合拍。两个人的价值观念不一样，这确实让她也感到很烦恼，但是薛宝钗经过一番自我调节以后，她形成这样一个想法，就是时不时可以劝导一下贾宝玉，即便贾宝玉对她的劝导非常反感，甚至于跟她冲突，她想，这个问题也可以留待在她嫁给贾宝玉以后再去彻底解决。

薛宝钗懂得，要实现跟贾宝玉的"金玉姻缘"，关键是要讨好贾母，让贾母意识到她是宝玉正妻最理想的人选，尽管她在这方面的努力遭遇到挫折，但是她并不灰心，何况贾母毕竟年事已高，总有失去思维能力，甚至仙去的一天，那时，"金玉姻缘"也就水到渠成了。

当然，她还有另外一个障碍，那就是林黛玉。黛玉跟宝玉缠缠绵绵，两人相爱露于行迹，荣国府里上下皆知，根本不是什么秘密。黛玉是明爱宝玉，她是暗恋宝玉，她们两个人的关系里，有情敌的因素。固然实现"金玉姻缘"的关键在家长，但如果她跟黛玉的关系紧张起来，酿成事端，那也可能坏事，所以怎么去对待黛玉，她也有一番琢磨，她得想出妥善的办法。

一种办法就是正面冲突，跟黛玉公开去争夺宝玉，但这既不符合她本人的性格，也会对黛玉造成伤害，毕竟她还是一个心地温良的人。我不直接说她和黛玉是情敌，而只说她们关系里有情敌的因素，就是通过文本细读，你会感觉到钗、黛都是复杂的生命存在，她们的内心和她们的关系都绝不是单一的，而是糅合了很多种复杂的情感，她们之间也有情同手足的一面，宝钗有时真的是欣赏黛玉的才华横溢，黛玉有时也真的是钦佩宝钗的博学多识，她们在诗社的活动中有许多亲密相处的愉快时光。

正面去冲突的方法，宝钗断然不取。侧面冲突呢？在她参加选秀刚刚失利后，她失态了，"借扇机带双敲"，有过一点侧面冲突，但她没多久也就复归原态。黛玉倒总是时不时对她侧面刺激一下，她发挥固有的性格优势，装愚守拙，使得"一个巴掌拍不响"，黛玉也奈何她不得。

最后，她想出了一个绝大多数读者——我避免把话说绝，不说所有读者——都意想不到的方法，解决了问题。这是书中非常精彩的一笔。

这就是第四十二回"蘅芜君兰言解疑语"那一段情节。（这一回回目古本上有"解疑语""解疑癖"两种写法，这里采取周汝昌汇校本的选择。本讲文字凡我引用的《红楼梦》中令一些读者"眼生"的字眼，都采用自周汇本。）

在上一讲最后，我提出的问题是，怎么宝玉、黛玉都不知道，以宝钗那样的年龄、身份按说也不该知道的杂七杂八的事情，她偏知道呢？这一段情节里，就由她自己给予了回答。

细读完这段情节，掩卷默思，我就感觉到，其实在这段情节之前，宝钗她就应该一直在寻找机会，跟黛玉就"我是谁"这个问题摊牌，并以这种超常的坦诚与善意，来卸除黛玉对她的猜忌与防范，从而排除掉她眼前最大的情障。这个机会她终于逮着了。

刘姥姥二进荣国府，贾母带着刘姥姥在荣国府里面足逛足玩，其中一个娱乐项目是斗牙牌，由鸳鸯当宣读牙牌令的人。在"金鸳鸯三宣牙牌令"的过程中，轮到了林黛玉。牙牌令说错了，或者说慢了，就要罚酒，林黛玉不愿意输掉。鸳鸯宣出了上半句，你得立刻接上下半句，林黛玉情急之中，就脱口而出说了两句，按说是不该在那个场合说的。一句是"良辰美景奈何天"，她话一出口，书里就写薛宝钗看着她。因为这一句是汤显祖《牡丹亭》本子里面的词，《牡丹亭》在那个时代，那个社会，那种贵族家庭，被认为是"淫词艳曲"，闺中女子是不能够去读的，你脱口而出，可见你就偷读了。别人都没在意，因为当时大家都各有心思，但是薛宝钗她心很细，她就看着林黛玉，林黛玉顾不得与她理论。

说这一句还不够，底下鸳鸯又让黛玉说，她又说了一句就更糟糕了，叫作"纱窗也没有红娘报"，这是王实甫《西厢记》本子里面的，这句词仅从字面来看的话，也更不符合封建道德规范。什么叫作"纱窗也没有红娘报"啊？就是《西厢记》里面写崔莺莺和张生，他们违反封建家长的意志去偷情，当中帮助他们撮合的就是红娘，红娘会隔着纱窗给两位瞒着家长的恋人报告消息。这样的一句词黛玉在那样的场合就脱口而出了，当时也就混过去了，因为后来别人又说了其他一些话，最后刘姥姥更说出了"花儿落了结个大倭瓜"，逗得大伙儿哄堂大笑，大家就把这事儿忘了。别人忘了，宝钗没忘，宝钗觉得这是一个机会，这是一个协调和林黛玉关系的很好的机会。所以刘姥姥走了之后，有一天吃过早饭，又往贾母处问过安——晚辈每天早、晚都必须要去向家长请安，叫晨省、晚省，有时中午也要去——之后，公子小姐们就散了，钗、黛等散了之后就回大观园，因为蘅芜苑、潇湘馆并不在一个方向，所以钗、黛就要分路，这个时候，黛玉正要回自己的潇湘馆，那么宝钗便叫黛玉道："颦儿跟我来，有一句话问你。"

　　黛玉也没觉得有什么，因为她们俩关系还是挺密切的，就跟着她去了。去了蘅芜苑以后，没想到宝钗就来了一个下马威，笑道："你跪下，我要审你！"黛玉不解何故，因笑道："你们瞧这宝丫头疯了，你审我什么？"宝钗冷笑道："好个不出闺门的女孩儿，好个千金小姐，满嘴里说的都是些什么！"就把"三宣牙牌令"的时候，黛玉说走嘴的事情点出来了。一点出来，黛玉很慌，因为在当时封建礼教的束缚下，一个封建大家庭的闺秀，是不可以在那样的场合张口说出那种词语的，她这个把柄，就被薛宝钗捏住了。

　　薛宝钗这样做，大家想一想，她的目的是什么？她第一个目的还是要震慑住黛玉，就是说咱们俩还是有区别的，我呢，是比较符合封建规范的，我是比较守规矩的；你呢，是很危险的，你当着家长说出这种"淫词艳曲"当中的句子，你是有毛病的；你的毛病我现在看得是一清二楚，你跑不了。她还是有这一面的。黛玉表面上看起来是一个尖酸刻薄的女子，实际上这个人心地还是很纯洁，很善良的，她那个尖酸刻薄都是随机而发的，一般并没有什么预定的目的，很有心计去算计一个人，她没有过；很细心地去保护自己，她也还不能做到。宝钗这回可谓突出奇兵，确实一下子把她震慑住了。黛玉当时就搂着她恳求："好姐姐，原是我不知道，随口说的。你教给我，我再不说了。"

这个时候薛宝钗就厉害在哪儿呢？按一般人的想法，既然这是一个情敌，你又抓住她的"把柄"了，就应该板着脸跟她提条件了，就是说你跟她的关系不可能是朝和解、友好的方向发展，而应该朝着一个你拿捏着她，以后你控制她这个方向发展，但曹雪芹笔下的薛宝钗是一个很睿智、很高明的女子，她采取了一般读者意料不到的办法，什么办法呢？就是在拿住你把柄，你也害怕的情况下，我跟你将心比心，我跟你交底，我把我的把柄也交到你手中，咱们俩从此以后就做好朋友。这招真厉害。曹雪芹真不是一般的作家，这样来写，绝对大手笔。

薛宝钗说什么呢？她说："你当我是谁？"这话乍听好奇怪，从书里头贾府从上到下，一直到书外头众多的读者，开头都觉得薛宝钗是一个从根儿上就遵守封建道德规范的模范闺秀，谁会怀疑她的纯洁性、正统性呢？黛玉也并不曾往那方面去质疑过。没想到薛宝钗把自己底儿一抖落，咱们吓一跳。她说："我也是个淘气的，从小七八岁上也勾个人缠的。"她就说起自己家里以往的情况了——她祖父没了以后，留下了丰富的藏书，除了"四书五经"这种正统书籍以外，各种闲书，乃至于所谓"淫词艳曲"的书都有。除了《牡丹亭》《西厢记》，薛宝钗提到了《琵琶记》，以至《元人百种》，这是一部将元代杂剧"一网打尽"的类书，其中也包括少量明初的戏曲剧本，啊呀，不得了，整整一百部"邪书"呀！当时薛家人丁也比较旺盛，她还有一些兄弟，当然她说的这个兄弟可能包括堂兄弟，都偷着读这些家长不让读的书，男孩子背着女孩子读，她也背着男孩子读，所以要真论读《西厢记》，读《牡丹亭》这些东西，薛宝钗读得比林黛玉早得多，哪里要等到住进大观园才通过贾宝玉开辟鸿蒙、大惊小怪。

其实书里面有些地方老早就透露出来，薛宝钗不仅知道这类书上的东西，还加以引用。在第二十二回，贾母捐资二十两，带头给她过生日，过生日当中演戏，贾母就让她也点一出，她就点了一个《鲁智深大闹五台山》。当时最怕热闹的贾宝玉还说她，你点这个戏干吗？她说这是好戏。其实她之所以点热闹戏，是为了讨好贾母。"鲁智深醉打山门"这出情节既热闹又有趣，贾母看着也许会呵呵发笑。但她自己也确实喜欢这出戏，她说，这出戏里有一段唱词特别好，有一套《点绛唇》，里面有一支曲"寄生草"填得特别好，她就把那个戏词完整地背诵给贾宝玉、林黛玉他们听。

你想，如果她没有读过那个脚本，她怎么能够那么熟练地把那个唱词说出来呢？可见实际上在读杂书方面，她不仅比贾宝玉、林黛玉读得早，而且读得多，还不是一般的多，她知道很多按说她那个年龄那个身份不该知道的杂七杂八的东西。所以我们一定要懂得，曹雪芹笔下的薛宝钗是一个复杂的女性，表面上中规中矩，骨子里却是很古怪的。

说到这儿，有的"红迷"朋友可能会皱眉头了，说他们府里面经常演戏，什么《西厢记》《牡丹亭》都在演嘛，她们作为小姐不是坐在底下看吗？怎么看这个戏没事儿，读那剧本就成了问题呢？这就需要懂得当时社会的一个"游戏规则"。当时就有那么一个不成律文的规矩，就是这封建家庭的女眷，包括小姐丫头，跟着男人一起看戏，或者单是女眷们看戏，什么戏你都可以看，但是跟这个戏有关的那些文字，你却绝对不能读，青年公子都不允许读，闺中女儿更绝对不能沾。作为一个当代人，我原来也不懂当时社会的这个规矩，仔细读《红楼梦》，发现书里第五十一回，"薛小妹新编怀古诗"，它解释了这个现象。当然，这是在"蘅芜君兰言解疑语"后面的情节了。那个时候大观园又增添了一些美丽的女性，其中有薛宝琴。薛宝琴这个人很厉害，她一口气作出十首怀古诗，都是灯谜诗，每首诗既有一个谜底，同时，作者又通过这首诗隐喻书里面某一个或两个人的命运。最后两首，一首是《蒲东寺怀古》，一首是《梅花观怀古》，蒲东寺就是《西厢记》里写到的那个庙宇，梅花观就是《牡丹亭》里面写到的一个道观。所以薛宝琴把她的诗拿出来以后呢，她的堂姐薛宝钗就装傻充愣，说前面八首都是史籍上可考的，我都明白，这后两首史籍上无考，意思这就恐怕是杂书上说的东西，因此，咱们作这种诗，听这种诗不合适，是不是把它删了重作啊？薛宝钗她说这样的话，是因为那次不是她跟黛玉在私室里两个人密谈，而是处在"公众场合"，她必须表明自己清白而且规矩，同时委婉地对薛宝琴提出批评 —— 你薛宝琴拿这两出戏的素材作了两首诗，可见你一个贵族小姐，居然读过这两出戏的本子，这就等于跟林黛玉"三宣牙牌令"时说走嘴一样，穿帮了，露出马脚了。

这时候林黛玉出来打圆场，她这时候懂得自我保护，也意在保护薛宝琴，她说咱们虽然没读过这些东西，难道没看过这两出戏吗？探春表示支持，说戏上都有，咱们都熟悉这个故事，结果李纨出来作结论 —— 李纨青春守寡，她的妇道德行是无可挑剔的，这个人具有立贞节牌坊的资格，所以她出来一作结论，大家就没话说了。李纨的意思是，咱们又没有读那些邪书，这些都是戏上有的，不但戏上有，说书的也讲这些故事，连求签的时候那签上的批注，有时候都说这些东西，所以这个没关系，不是问题，保留了不要再重新作了。

这段情节的安排，就是为了告诉读者，在当时社会里面有一个我们现代人看起来很奇怪的规矩，就是闺中的女子看这类戏不算问题，但是你读那个书，就大错特错了。

回到第四十二回，薛宝钗审黛玉那个情节，大家想想，林黛玉听到薛宝钗跟她交底，七八岁的时候就背着家长兄弟读《元人百种》，她会有多么震惊。书里写得明明白白，直到第二十三回，林黛玉住进了大观园潇湘馆，由于贾宝玉拿着一本《西厢记》在读，被她发现要来，坐在桃花树下阅读，她才知道世界上有这么一本书，里面有那么多令她心醉的文句。那一回末尾，贾宝玉跟她分手了，她自己慢慢地走回潇湘馆，忽然听到梨香院小戏子练唱的声音，才头一次听清楚了《牡丹亭》里面的词句，心动神驰，而那时候，她都已经是一个十多岁的闺中小姐了。薛宝钗居然就跟林黛玉交底，"你当我是谁？"——我读"邪书"不但比你早，而且比你多，所以在你说牙牌令说走嘴的时候，我一听一个准，全知道。林黛玉在震惊之余，应该开始产生感动。不要说在那样的社会，那样的家庭，那样的人际关系中，如此坦诚地公布自己"不洁的前科"是罕见的，就是在今天，人与人之间能如此敞开心扉，自曝隐私，也非同小可。这说明对方确实对你解除了一切武装，把自己并未露出痕迹的把柄，主动交到你的手中，只求今后跟你做一个知心密友，这时候纵使你原来心眼再小，猜忌再多，心理上的防线也必定自动倒塌，两颗原来离得远，并且有隔阂的心，就会仿佛产生磁力般地贴在一起了。

取得了初步效果以后，薛宝钗才开始讲所谓的道理，大意就是说在那个社会里面，男人应该读正经书求上进，不要读这些杂书，男人读书明理以后才能对社会做出贡献，有的男人读了书也不明理，还不如不读书；作为咱们女子就应该以针黹为主，就是做针线，这个做针线是一个象征，意思是女子无才便是德，今后嫁人做一个好妻子，贤妻良母，现在就应该杜绝接触外界那些乱七八糟的杂书，否则如果被这些杂书移了性情，那就不可救了。因为宝钗她先把自己的底儿揭开，然后再讲这番话，所以林黛玉听了以后就无话可说。

这个时候林黛玉心里是什么反应呢？在古本里面有两种写法，一种写法是"心中暗服"，这个"服"就是服气的服；另一种写法是"心中暗伏"，就是让别人占上风，自己占下风，我伏了。"服"与"伏"在含义上是有重大区别的。如果黛玉是"暗服"，就是宝姐姐你说的这一套我完全接受,你那是真理,我承认我自己是谬误,嘴里不肯认错,心里头缴械投降;如果是"暗伏",则是我没办法,我也是个明白人,咱们生活在这么一个环境里面,你告诫我那有多么危险,我甘拜下风,我以后会注意。不管是"服",还是"伏",她都是只存在心里,黛玉她毕竟是一个倔强的人,她当时嘴里没有直接说出听了一番教诲以后,究竟是接受,还是不接受。

我个人认为,在两种写法里面,"暗伏"应该是更符合曹雪芹的原笔原意。因为从书里后面的描写来看,黛玉和宝钗的关系达到了融洽、和谐,她再也不跟宝钗闹别扭了,甚至她和贾宝玉也不再闹别扭了,也再没有在公众场合说走嘴,但是她本身性格的棱角,并没有磨掉,她并没有因此改变自己,她没有失去自我,尤其是在根本的人生理念上,她丝毫没有动摇。

"审黛"这场戏,以短兵相接的紧张气氛开场,最后却化兵戈为玉帛,钗、黛两个人最后成为知心姐妹了。

贾宝玉后来发现她们俩尽弃前嫌,亲密无间,都觉得奇怪,甚至于偷偷地问黛玉:"是几时孟光接了梁鸿案?"这是引用《西厢记》里面的一句词,意思就是说什么时候你们俩的关系变得如此和谐?林黛玉就把那天薛宝钗把她找到蘅芜院去审她的情况讲了。贾宝玉说,哦,原来是从"小孩儿家口没遮拦"引起的 ——"小孩儿家口没遮拦",也是《西厢记》里的词,说明《西厢记》对宝、黛的影响确实太深了。

薛宝钗就这样在她的人生道路上跋涉。我希望大家一定要跳出过去那种"以阶级斗争为纲"的僵硬分析模式,不要把薛宝钗定位为一个自觉遵守封建道德规范，迎合封建家长腐朽意识的负面形象，把"审黛"看成她以封建道德规范去打击黛玉。她也并不是一个在恋爱婚姻上只听凭父母之命、媒妁之言的闺秀，更不是一个损人利己、夺人之爱的阴谋家。过去不少论家多乐于把"主动争取恋爱婚姻自由"的赞词献给黛玉，其实，宝钗又何尝没有在追求自己恋爱婚姻幸福的前景方面，暗暗做出努力呢？你看她绣鸳鸯的时候，默默地坐在袭人坐过的位置上去伺候宝玉，她也有一颗少女的芳心，有她涌动于心臆的青春情爱啊。而且她追求自己个人婚姻的幸福也是无可厚非的，选秀失利以后，静下心来，你替她想一想，在她周围的环境里面，抛开什么和尚预言，抛开金锁和通灵宝玉，贾宝玉是一个多么理想的丈夫啊，以今天的标准衡量，她有权利去追求贾宝玉。

但是她这个追求的过程真是一波三折，也备极辛苦，她遇到的障碍太多，她万没想到，她跟林黛玉和好以后，又出现了一个障碍，这个障碍就比较可怕了。是什么啊？

就是这一年冬天，大观园里面又来了一些青春女性，其中都有谁啊？有李纨寡婶的两个女儿，就是李纨的两个堂妹——李纹、李绮，这还无所谓，还有邢夫人那边一个侄女邢岫烟，这也无所谓，还有一位是谁啊？薛宝琴，薛宝钗的堂妹。薛宝琴一来以后不得了，贾母就喜欢得要命，喜欢到令人目瞪口呆的地步。贾母有一个用野鸭子头上的毛做的、雪天穿的大披风，一直收在箱子里，连贾宝玉都没给，林黛玉来了在贾母身边住，也没给，书里交代史湘云从很小起就经常到贾母这儿来住，更没给，可是一见薛宝琴，嘿，传家宝拿出来了，给了薛宝琴，就喜欢到这个地步。

当时不消说已经有大观园了，居住的空间非常富裕，按说把薛宝琴安排进大观园住不就行了吗？但是薛宝琴是什么待遇啊？贾母说，薛宝琴哪儿都别去住，跟我住，跟当年宝玉、黛玉、湘云的那个待遇一样！甚至逼着王夫人收她为干女儿。薛宝钗她们在大观园里面玩儿的时候，突然丫头就来传话了："老太太说了，叫宝姑娘别管紧了琴姑娘，说他还小呢，让他爱怎么着就由他怎么着……"

这个时候大家注意到了吗？书里写得很巧妙，吃醋的，说尖酸刻薄的那种弯弯绕的话的，并不是林黛玉，而是薛宝钗。薛宝钗听丫头琥珀传老太太的话以后，"忙站起身来答应了，又推宝琴笑道：'你也不知道是那里来的这段福气，你到去罢，仔细我们委曲着你。我就不信，我那些儿不如你'"。

而且更有一个情节值得玩味，很多读者没有读懂，我个人也是一读再读，变换过几次理解，今天我把我的最新心得告诉大家。就是贾母喜欢薛宝琴发展到什么地步呢？有一天下大雪以后，薛宝琴从拢翠庵讨来了梅花，出现在山坡上，身后她的丫头小螺抱着一个瓶子，里面插着红梅，贾母一看就觉得太美了，问旁边的人，你们说说，这比画上人怎么样？贾母屋子里挂了一幅很大的明代画家仇十洲的《艳雪图》，贾母就说，眼前这个情景比画上还漂亮。所以后来逮着一个机会，贾母就开始问薛姨妈，薛宝琴的生辰八字是什么？家内景况如何？贾母是一个你必须要佩服的人，过去有种简单的理解说，她是封建社会宝塔尖上的一个昏聩的老太太，每天就知道吃喝玩乐，不是这样的，我在前几讲里面已经一再地告诉你，贾母在家庭政治的较量当中总是占上风的。

书里是这么写的：薛姨妈一听，就觉得贾母的用意是想把薛宝琴要来嫁给贾宝玉。薛姨妈当然还是高兴的啊，我亲女儿宝钗实在嫁不了宝玉，宝琴能嫁也不错啊。当时宝琴的父亲已经过世，母亲得了痰症——在那个时代痰症就是不治之症，随时就能背过去。你想，薛宝琴如果父母双亡之后，谁是她的监护人呢？就是薛姨妈。而薛姨妈之所以要把女儿也好，她自己的侄女儿也好，嫁给贾宝玉，她更多的不是从这个女孩子本身的爱情、幸福上去着想，她更多的是从怎么使薛家振兴上考虑的。因为贾家当时状况比薛家要强，从书里描写大家也看到了，就拿不动产来说，单是荣国府，多大的一个府第啊，就从王熙凤、贾琏两个人管这个府里的事务过手的银子来说，多大的数目啊，所以如果要是薛家的女儿嫁给了贾宝玉，贾宝玉是荣国府的几乎无可争议的继承人，更何况亲家母便是自己的亲姐姐，你想，这是多么大的一个胜利果实啊！虽然心里愿意，可是薛姨妈又不得不跟贾母说实话，说薛宝琴已经有了人家了，订了婚了。在过去那个时代，已经订了婚了，双方履行了比如说互相交换庚帖什么的，这个就在法律上、道德上就都站住了，如果你去把他拆散，或者破坏的话，既有违法律规定，更有违道德规范，所以薛姨妈就只好半吞半吐跟贾母说，宝琴已经许给梅翰林家了。

说到这儿以后，书里写得很巧妙——贾母并没有接着说什么，王熙凤却突然插一嘴："偏不巧，我正要做个媒呢，又已经许了人家。"贾母笑道："你给谁说媒？"王熙凤就说："老祖宗别管，我心里看准了，他们两个却是一对。如今已许了人家，说也无益，不如不说罢了。"而贾母已知凤姐之意，也就不提了。

话说到这儿不说了，曹雪芹他就让读者去猜。所以为什么说《红楼梦》需要揭秘呢？不是我自己突然来了兴致，想揭秘就揭秘，而是曹雪芹他在文本里就使用了这种笔法，烟云模糊，话里有话，一波三折，一石数鸟，他经常故意不说透，点到为止，留下余地，让你去琢磨。

于是这段情节就流过去了。历代的读者多数都认为，贾母就是打算把薛宝琴说给贾宝玉，但是你看我自己讲了那么多讲，我的逻辑链发展到今天，我个人就认为贾母不可能改变她原来对贾宝玉婚事的基本态度，仅仅因为来了一个薛宝琴很可爱，在山坡上站着，后面小螺抱着一个梅瓶十分的美丽，她就决定既不要黛玉，也不要宝钗了，而把这样一个宝琴去嫁给贾宝玉？我觉得不是这样的。

那么，究竟贾母当时是一个什么心思呢？王熙凤当时所说的"他们两个却是一对"，那个可以成为薛宝琴丈夫的男子究竟是谁呢？为什么贾母能听出王熙凤所指呢？我个人认为，这一笔也绝不是曹雪芹随便那么一写，在八十回后，他应该有所交代。我估计，贾母和王熙凤她们当时心中想到的，是甄宝玉。甄宝玉这个角色虽然没有在前八十回正面出场，但是在贾宝玉的梦境当中是出过场的。第五十六回，甄夫人带着她家的三姑娘到京城来的时候，是派了四个女人先到贾府来请安的，女人们转达甄家对贾家照看他们在京的大姑娘、二姑娘的谢意，贾母当时就说："什么照看，原是世交，又是老亲，原应当的。你们二姑娘又更好，竟不自尊自贵，所以我们才走的亲密。"而且贾母也老早知道，甄家有一个青年公子年龄和宝玉相仿，所以从四大家族历来联络有亲的角度来看的话，虽然甄家没有列在四大家族之内，但它是贾氏的一个影子，所以我个人认为，贾母和王熙凤当时想到的是，把薛宝琴许给甄宝玉多好啊。当然这也仅是我的一己之见，仅供参考。

现在我要回到薛宝钗的问题上。你想，当时大家都以为贾母要把才到没几天的薛宝琴要来配给贾宝玉，在这个情况下，薛宝钗的心情是不是就更复杂了？你想想，为了实现"金玉姻缘"，求取她的个人幸福，她要逾越的障碍真是太多了，万没想到把林黛玉算是给稳住了，林黛玉不闹了，突然又来了一个堂妹，这个堂妹就越过她去了。你看后来在大观园里面座席，你注意到曹雪芹他那个写法吗？宝琴就跟贾母、宝玉一桌了，宝钗呢，就跟迎春、探春、惜春一桌了。我就觉得，贾母是故意的。

贾母通过去问薛宝琴的年庚八字和家内景况，她是在传递一个信息，传递一个模糊信息。什么信息最可怕？准确的信息未必可怕，模糊信息最具有杀伤力。好比接到一个电话，说某亲人在医院，问怎么了？你来吧，来了就知道了——这样的信息太恐怖了！然而，模糊信息有时候却又极具诱惑性，可以让人顿生奇想。比如也是大老晚的接到一个熟人电话，说你怎么那么大的喜事还瞒着大家啊？说完就断线，怎么也打不过去了，于是你可能一夜难眠，等着天亮后去坐实那个喜事。贾母她就搞这个。她问薛姨妈，好像要给薛宝琴定一个丈夫，许一个人家，凤姐说了话以后，她又反问凤姐，你给谁说媒？她这样搞，有扰乱薛姨妈思绪的一面，也有能够稳住薛姨妈的一面。因为薛姨妈和王夫人在清虚观打醮前后，就不断在那儿跟她明争暗斗，此时她就用一个模糊信息震住薛姨妈，使薛姨妈一会儿觉得贾母对"金玉姻缘"更加蔑视，一会儿又觉得贾母未必是要把黛玉配给宝玉，对他们薛家的女孩儿，还是很有兴趣的。所以贾母真是一个很会智斗的贵族老太太。因此说，薛宝钗她真的是要越过千山万水，才能够达到嫁给贾宝玉的目的，从这个角度来说，她的命运也是很令人嗟叹的。所以你的同情心完全给予林黛玉，我也不反对，但是我现在希望，你跟我一起讨论薛宝钗以后，也能够把你的同情心分一部分给这个美丽的女子。生活在那个时代，主流意识形态是那样，主流的价值取向是那样，她去受那个东西影响，行为举止要符合这个东西，这个责任不在她，而在当时的主流政治和主流意识形态本身。她只是一个十几岁的女孩子，更何况她的灵魂当中，善美的人性并没有泯灭，她对宝玉的爱，有超越意识形态，超越主流政治，超越价值取向的一面。她针对自己的前途采取的各种手段，也都谈不到卑鄙无耻，比如她讨好贾母时说，哎呀，都说凤姐姐嘴巧，可我看来嘴巧巧不过我们老太太啊，这当然是一个奉承，但这样的奉承有多么恶劣呢？也谈不到。更何况她"审黛"这一招，她握着黛玉的把柄了，但是她高高举起，轻轻放下，她采取跟黛玉交底、交心、和好的办法，脂砚斋说钗、黛由此合一了，这些都说明，确实不能够简单地把她加以否定，认为她是一个顺从封建规范的负面形象。薛宝钗她是一个复杂的形象，她身上有正面东西，有负面东西，也有说不清道不明的东西，是这样一个活生生的存在。

　　那么，这样一个女性，最后她嫁给贾宝玉了吗，她跟贾宝玉生儿子了吗？她后来一直活着，还是死去了呢？如果她死了，是怎么死去的呢？这些都应该是在八十回后，在曹雪芹的生花妙笔下一一展现。在下一讲里面，我就会把我自己对八十回后，关于薛宝钗命运的探佚心得向大家作一个汇报。

薛宝钗结局大揭秘

薛宝钗的结局，和《红楼梦》中其他角色的结局一样，是可以通过探佚的方式明白个七八分的。

当然，我讲述这个问题的前提，是先否定掉程伟元、高鹗他们弄出的那个一百二十回的本子。一百二十回通行本，前八十回，经过程、高的改篡，已经有若干不符合，甚至背离曹雪芹原笔原意的地方，后四十回呢，则整个儿违背了曹雪芹的原笔原意。

一百二十回的通行本，后四十回究竟是不是高鹗续写的，红学界有争论。这里不去进行枝蔓性讨论。周汝昌先生坚持认为，那绝不是曹雪芹的文笔，也不是根据一些曹雪芹的残稿，补缀起来的东西。我认同周老的这一重要判断。

附带在这里说明，我的"揭秘"系列，在《百家讲坛》录制的节目也好，整理成书也好，都引用、引申、发挥了周汝昌先生研红成果中的一些基本观点，我有弘扬周老研红成果的用意，我对周老研红观点的引用，都是取得他的同意的。实际上，我这些年来的研红，也是在周老的鼎力支持和耐心指导下进行的。当然，我有自己独家的东西，比如关于秦可卿原型的诠释，对太虚幻境四仙姑命名用意的揭示，对李纨形象中有真实生活中曹頫遗孀马氏影子的判断，认为林黛玉的葬花和沉湖实际上都具有行为艺术色彩，等等。在一些问题上，我跟周老的见解不同，较大的，如我们对林黛玉、史湘云与贾宝玉的情感关系上的看法；次大的，如关于妙玉"无瑕美玉遭泥陷"这一结局的具体推测；较小的，如问薛宝钗是否藏了扇子的那个丫头，古本上有"靓儿""靛儿"两种写法，周老取前而我择后，等等。通行本里，薛宝钗的结局是，贾母支持王熙凤搞"掉包计"，实现了"金玉姻缘"，贾家虽被抄家，但不久就沐皇恩，延世泽，宝钗在宝玉出家后生下了儿子贾桂，贾兰与贾桂先后中举，贾氏"兰桂齐芳"。我认为这样一些内容，是违背曹雪芹原笔原意的。

要知道曹雪芹的原笔原意，我们应该而且必须进行探佚。

什么叫探佚？佚就是丢掉的东西，探佚就是把那个丢掉的东西尽可能地找回来。这就牵扯到一个根本性的问题，就是曹雪芹究竟写没写完《红楼梦》？那么我再一次告诉你，曹雪芹是把《红楼梦》写完了的，不是写到第八十回，曹雪芹就去世了，就停笔了，后面就没有了。曹雪芹对《红楼梦》不但有一个完整的构思，也大体上完成了全书的书稿，只是还来不及进行最后的统稿，一些前后矛盾的地方还没有加以统一，一些毛刺还有待剔除而已。可惜曹雪芹写成的八十回后的文稿,很蹊跷地全部被"借阅者迷失",至今未能浮出水面。

我们进行探佚,起码有三方面的资源可以利用。首先是古本《红楼梦》前八十回(严格来说,不足八十回,大概是七十六回或七十八回的样子)中的伏笔。其次,是数量不少的脂砚斋批语。批书的人最初并没有意识到,八十回后会"迷失无稿",所以,只是在前八十回的批语里,兴之所至,提及一些八十回后的人物命运、情节发展、场景细节,指出是"草蛇灰线,伏延千里",偶尔还引用回目、文句,发出一些感慨。尽管这些批语没有系统地透露八十回后的内容,有时涉及的话语也过分简约,却是相当可靠的探佚线索。此外,《红楼梦》文本、批语以外的一些文献,特别是与曹雪芹生活时空有所重叠的某些人士留下的诗文,也成为我们探佚的珍贵资源。

在乾隆时期,有一位满族人富察明义,也算得是贵族血统,但他一生职务不高,就是在上驷院——皇帝的御马苑——做一个给御马执鞭的小官。这个人他喜欢读书,也喜欢作诗,他留下一部诗集《绿烟琐窗集》,手稿现在还保存在北京图书馆里。《绿烟琐窗集》里面有二十首《题红楼梦》,很珍贵。这二十首就诗论诗,艺术水平不高,但是,它却是研究曹雪芹和《红楼梦》的宝贵资料。

这二十首《题红楼梦》诗前面,有一个小序,太重要了!因为它一开头就说:"曹子雪芹出所撰红楼梦一部,备记风月繁华之盛。"面对这个句子,关于曹雪芹究竟是不是《红楼梦》的作者,我觉得争议可以止息了。明义大约生活在乾隆初年到乾隆中期,他年龄虽然比曹雪芹小一些,但生命存在的时间,和曹雪芹有相当一段是重叠的,他们也都长期生活在北京这个空间里。他这二十首《题红楼梦》写在曹雪芹去世几年之后，他这个话是可信的。"曹子雪芹"，说明曹雪芹是一个男子，明义对他非常尊重。"出所撰红楼梦一部"，这个"撰"没有别的解释，就是著，就是独创，也就是著作权属于曹雪芹。那么，"出所撰红楼梦一部"，"出"是"拿出"的意思，是谁拿出那书稿给明义看的呢？如果不是曹雪芹本人，也应该是跟曹雪芹很亲近的人。因为明义接下去说："惜其书未传，世鲜知者。""未传"，就是还没有流行于世，没有被广泛地抄写、印刷，只在很小的圈子里被人看到，"世鲜知者"，一般社会上的人士简直就不知道有这么一部书。明义说："余见其钞本焉。"他看到的虽然不是曹雪芹的原稿，是一个抄本，但应该不是隔了好几道手的，抄出来打算拿到庙会里去售卖的那种有商业意图的抄本，很可能是脂砚斋的抄阅加评本。我们现在都知道曹雪芹最好的朋友敦敏、敦诚兄弟，也是满洲贵胄的后代，在乾隆时地位也不高，跟明仁、明义兄弟一样，相对于炙手可热的权贵圈子，属于较为边缘的一种社会存在。敦敏的《懋斋诗抄》里有一首诗题目非常之长：《芹圃曹君别来已一载余矣，偶过明君琳养石轩，隔院闻高谈声，疑是曹君，急就相访，惊喜意外，因呼酒话旧事，感成长句》，这里不引他的诗，只提醒大家注意，曹雪芹和明琳交往很深，而这位明琳，是明义的堂兄弟，既然曹雪芹可以在明琳家高谈阔论到声播墙外的程度，那么，曹雪芹跟明义有直接交往的可能性很大，明义看到的那部《红楼梦》如非曹雪芹亲予，也该来自明琳养石轩，其珍贵性，也就不言而喻了。特别值得注意的是，现在传世的古本，书名多叫《石头记》，而明义却把他看到的那部书稿叫作《红楼梦》。

  通过细读明义的二十首《题红楼梦》诗，我感觉到，他所看到的抄本，应该是一个不止八十回的本子。

比如第十九首，是这样写的："莫问金姻与玉缘，聚如春梦散如烟。石归山下无灵气，总使能言也枉然。"这就说明他看到全书的结尾了。"莫问金姻与玉缘"，就说明"金玉姻缘"即便已经完成了，最后也是个悲剧，不堪回首。"聚如春梦"，就是贾宝玉和薛宝钗后来果然聚在一起成为夫妻了，但也不过是一场春梦，"散如烟"，最后像烟一样湮灭消散。更何况他写到"石归山下无灵气"，这分明是全书的结尾。因为书的一开头就告诉你了，一僧一道在天界看见一块大石头是女娲补天剩余石，后来，就由仙僧大施幻术，把这个大石头变成了一个通灵宝玉，最后在贾宝玉 —— 贾宝玉原来在天界是神瑛侍者 —— 降落到人间的时候，就把通灵宝玉衔在他嘴里，夹带到了人间。第一回中交代，"不知又过了几世几劫" —— 故意用了一个模糊的时间概念 —— 最后这个石头又出现在天界，又出现在大荒山无稽崖青埂峰下，就来了一个空空道人，发现这个石头上写满了字，空空道人跟石头还有一番对话，最后抄录下来，就是《石头记》，空空道人把它改名为《情僧录》。可见，到了全书结尾时候，就要写到通灵宝玉又怎么回到天界，明义的诗就已经写到这个地步了 —— "石归山下无灵气"：女娲补天剩余石到了人间，它是一个通灵宝玉；回到了仙界，就成为一块不再挪窝的大石头，没有灵气了。虽然它上面写满了《石头记》的文字，但是富察明义他发出咏叹，"总使能言也枉然"，就是你把这些事情历历叙述下来，但是，最后还是让人觉得很无奈。富察明义他对《红楼梦》的理解水平、欣赏水平不是很高，《红楼梦》当中的那种深邃的意蕴他可能还不是完全理解，但是他所看到的就是一个有最后大收束的全本。这第十九首，你说能有别的解释吗？

　　第二十首也使人感觉到他看到的是全本。他说："馔玉炊金未几春，王孙瘦损骨嶙峋。青娥红粉归何处？惭愧当年石季伦。"石季伦，就是石崇，这是一个西晋人，他名崇，字季伦。关于他的记载里，最有名的就是那一段——他是个大富豪，在洛阳建造了一个很大的园林叫金谷园，他经常跟别人斗富。在当时的权力斗争当中，他被赵王司马伦杀了，他的爱妾叫绿珠，听说他被杀，不堪被他的政治对手掠去，就跳楼自杀了。"绿珠坠楼"成为一个感恩报主的典故。很显然，富察明义所看到的是一个全本的《红楼梦》，他看到了"馔玉炊金未几春"，这个"馔玉炊金"指的"风月繁华之盛"，当然它也隐含"金玉姻缘"的意蕴在里边，如果他看到的只有八十回，只有"馔玉炊金"的情节，他不会有"未几春"的感叹，可见他已经看到了八十回后"三春去后诸芳尽，各自须寻各自门"的败象。"王孙瘦损骨嶙峋"，八十回里还没写到这个程度嘛，虽然抄检大观园已经使贾宝玉精神上受到重创，但从生理上他还并没有"瘦损骨嶙峋"，第七十八回还特别有一笔写到宝玉的形象，是借丫头秋纹之口道出的："这裤子配着松花色袄儿、石青靴子，越显出这靛青的头、雪白的脸来了。"这里所说的裤子是红色的，是晴雯的针线，而晴雯那时已经夭亡，宝玉痛不欲生，外貌却依然还丰满秀丽。富察明义一定是看到了八十回以后，看见贾宝玉沦落到"寒冬噎酸齑，雪夜围破毡"的描写，那时候冻饿成皮包骨头，自然要用"骨嶙峋"来形容了。而"青娥红粉归何处"，这和书里第八回那首诗里所说的"白骨累累忘姓氏，无非公子与红妆"是相呼应的，是一个绝大的悲剧结局。这些诗句都不可能是看了一百二十回那个本子得出的结论，更何况一查时间，在程、高印制一百二十回本通行本之前，这些诗早就存在了，所以明义看到的就是曹雪芹的那个全本，一直看到大结局。至于什么叫作"惭愧当年石季伦"？红学界对这一句诗的理解是有争议的。我个人看法是这样的，意思就是说，《红楼梦》的结局太悲惨了，比历史上那个石崇被杀、绿珠坠楼的事情还要悲惨。当时，石崇被杀，还总归有绿珠通过坠楼进行了一次抗议，表达了一种另外的声音，但是，《红楼梦》里面呢，贾府"忽喇喇似大厦倾""家亡人散各奔腾"，却连绿珠坠楼式的抗议也没出现，最后"落了片白茫茫大地真干净"。所以，倘若石崇阴灵知道，他会感到惭愧——我算老几啊！我一贯炫富争霸，德行有限，临到被政敌扳倒，死于非命，倒有一个绿珠替我跳楼，再一看《红楼梦》里的这些人物，比我好的太多，"树倒猢狲散"以后，却没有一个感恩的奴仆以刚烈赴死来表达忠诚和抗议。富察明义写出这样一句诗，内心应该是非常悲凉的。值得注意的是，《红楼梦》第六十四回黛玉"悲题五美吟"，所吟的第四个历史上的美人，就是绿珠。

曹雪芹在八十回后，还写了二十八回。在后二十八回里，薛宝钗是一个什么样的结局呢？她嫁给贾宝玉了吗？答案是肯定的。虽然高鹗也写薛宝钗嫁给了贾宝玉，但他是把这件事写成在贾母和林黛玉都还活着的情况下发生的，他写贾母同意王熙凤设计的"调包计"，对黛玉拉下脸绝情，而黛玉在绝望中就"焚稿断痴情，魂归离恨天"。虽然那是高鹗续书中文笔最好的部分，但我还是要郑重指出，高鹗所写完全不符合曹雪芹的原笔原意。

对曹雪芹的前八十回进行文本细读，我已经跟大家分析过，在宝玉婚配问题上，贾母持有的基本立场是为二玉这一对"冤家"的"木石姻缘"保驾护航。在前面我还告诉大家,经过在蘅芜苑发生的"雪洞事件"后,贾母就更不可能改变一贯的主意,去让二宝结成"金玉姻缘"了。

根据我的探佚,在后二十八回里面,会首先写到贾母的去世。贾母的去世,才为薛宝钗嫁给贾宝玉解除了一个最大的障碍。

贾母死后,黛玉没了靠山,她不仅一直被王夫人暗中嫌厌排斥,更一直被赵姨娘算计——通过贿赂,唆使贾菖、贾菱配制慢性毒药,使得她病情加重难以支撑——而最关键的是,绛珠仙草为神瑛侍者的还泪之旅抵达终点,黛玉泪尽,就沉湖仙遁了。黛玉自动消失,也就为家长包办"金玉姻缘"除去了一个麻烦。

贾母死了,贾政、王夫人上面就没有另外的家长了,贾政又不太管事儿,王夫人和薛姨妈的话语权就放大了;黛玉也去了,薛宝钗心理上的情障也消除了,"金玉姻缘"可谓水到渠成。当然,因为是在祖母的丧期,这桩婚事也不能办得太急,王夫人会择时向贾政进言,提出一些冠冕堂皇的理由,比如家事日衰,夜长梦多,早些给宝玉完婚,也可告慰老太太在天之灵什么的;贾政点头,宣示一切从俭,一桩包办婚姻也便告成。

那么,二宝成婚以后,曹雪芹笔下会有些什么情节呢?脂砚斋在前八十回的批语里——那条批语,具体来说,在第二十一回前面——明确地告诉我们,八十回后有一回的回目是"薛宝钗借词含讽谏 王熙凤知命强英雄",前半回将写到宝钗嫁给宝玉以后,对宝玉实行讽谏。这个回目为程伟元、高鹗所不取,他们弄出的那个本子里也没有相关的情节。究竟是他们没见到过脂评本,还是见到过故意背离呢?值得探究。

我在前面几讲说了，关于薛宝钗劝贾宝玉读书上进，在前八十回里，曹雪芹他有侧写，有明写，有暗写，但是并没有什么正写。有一个听众朋友来找我问，说怎么可能呢？曹雪芹他写这部大书，宝玉和宝钗在人生观上的这一重大冲突，非常重要啊，他怎么能不正写呢？我劝她把前八十回再细读一下，不管是哪种版本，确实没有那么一段正写的文字。曹雪芹他很聪明，他什么时候正写啊？他搁在后二十八回里面去写。薛宝钗已经嫁给贾宝玉了，她具有正妻身份了，她把自己和家族的一切希望都寄托在这个丈夫身上了，她就要毫无顾忌地正面来规劝贾宝玉了，曹雪芹也就把她规劝贾宝玉，作为一个很重要的情节、场面给写出来了。

前面，在第二十一回，他写了"贤袭人娇嗔箴宝玉"，他还写了平儿，贾琏与多姑娘乱搞之后留下了一缕青丝，被平儿发现，平儿对他进行掩护，躲过了凤姐的盘查，叫作"俏平儿软语救贾琏"。针对这一回的回目，脂砚斋就有一个批语，她说，"此回'娇嗔箴宝玉 软语救贾琏'""后回'薛宝钗借词含讽谏 王熙凤知命强英雄'""今从二婢说起 后则直指其主"。可见，她把全书都看了。从第一回到第八十回，有一个回目叫作"薛宝钗借词含讽谏 王熙凤知命强英雄"吗？是没有的。可见，"后直指其主"的那个"后"，是指八十回之后。脂砚斋当时她没有估计到曹雪芹所写的后面的文稿会"迷失无稿"，所以她可以说是很轻松地进行了这么一个透露，意思就是说你看这一回是写两个仆人，她们跟主子的关系；到了后面，就直接地写相关的主子跟主子之间的矛盾了。她是在赞叹曹雪芹全书布局之巧妙，认为在结构安排上，前后照应，冲突递进，真是大手笔。如果脂砚斋能预知曹雪芹书稿的命运是前八十回能始终传布，后二十八回会神秘"迷失",她可能会在前八十回批语里有更多关于后二十八回的透露、引用,那该多好啊!

虽然"薛宝钗借词含讽谏　王熙凤知命强英雄"这一回的具体文字"迷失"了,但对于那前半回的内容,我们今天还不难想象,一定是宝玉说了句什么话,话里有个什么敏感的词,被宝钗逮住不放,就"借词"敲打他,而且采取的是讽刺的口吻,目的呢,当然是劝谏他"毋荒唐,走正路"。那么,宝玉究竟说的什么话,哪个词让宝钗敏感难忍呢?我以为,应该是一句关于黛玉的话。第二十回有条批语说:"凡宝玉、宝钗正闲相遇时,非黛玉来,即湘云来……若不如此,则宝玉久坐忘情,必被宝钗见弃,杜绝后文成其夫妇时无可谈旧之情,有何趣味哉?"宝玉婚后"空对着,山中高士晶莹雪;终不忘,世外仙姝寂寞林",尽管他会尊重宝钗,除了人生价值取向方面无法对话以外,也还不是毫无共同语言,特别是"谈旧",应该构成他们的一个话题,昔日大观园内外,诗社雅集也好,长辈跟前的团聚也好,有多少值得咀嚼回味的赏心乐事呀!宝玉可能是在"谈旧"正处于"得趣"状态时,忽然就被宝钗抓住了他的"走嘴",于是语含讥讽,对他痛下针砭。那时贾家风雨飘摇,凭借"祖德"享受"皇恩"的机会已经丧失殆尽,唯一的出路,就是通过科举考试去获取功名,宝钗为此一定焦虑不堪,为保障整个家族,其中也包括她本人的利益,她一定会跟宝玉正面冲突,尽管宝玉冥顽不化,她还是要做最后的努力。

可想而知,宝钗"借词"也好,不"借词"也好,"含讽谏"也好,"含慰勉"也好,不管她好说歹说,宝玉一概听不进去,并且会进行反抗。那么,宝玉会反抗到什么程度呢?这也是可以探佚出来的。

第二十一回的一条脂砚斋批语，又透露了后二十八回里面的一些重要情节。这条批语说："宝玉有此世人莫忍为之毒，故后文方能'悬崖撒手'一回，若他人得宝钗之妻，麝月之婢，岂能弃而成僧哉？玉一生偏僻处。"这什么意思呢？就是说后来贾家越来越败落，在那个情况下，最后，贾宝玉身边的丫头纷纷流散，其中袭人的命运就更奇特——忠顺王府来点名强索，袭人为了保全贾府，就牺牲自己，去了；去了以后，经过一番曲折，成为忠顺王府的戏子蒋玉菡的妻子，蒋玉菡、袭人两口子后来在贾家经济拮据的情况下，救济了贾宝玉和薛宝钗——袭人临走的时候留下一句话，这也是脂砚斋批语透露的，叫作"好歹留着麝月"。当时贾府全面衰败，贾宝玉这一房，到最后只能留一个丫头，留哪一个？当时虽然晴雯死了，还有一些别的丫头在，袭人就预嘱"好歹留着麝月"。所以，最后贾宝玉身边是一妻一婢。

脂砚斋批语告诉我们说，要是一般的男人，妻子是薛宝钗，大美人，又那么有道德，而身边的唯一的丫头，甚至可以成为自己的妾的，又是一个麝月，麝月虽然长相可能平平，但是，麝月的表现怎么样呢？书里前面有一段描写，宝玉屋里别的丫头都出去玩了，贾宝玉发现麝月独自在屋，就问她怎么不出去玩儿啊？麝月就说这么多灯火，不能都去，得有人照看着啊！这个时候，宝玉就有一个心理反应——公然又是一个袭人，因为袭人对宝玉的照顾叫作"小心伺候、色色精细"，其他那些丫头就难说了。好比晴雯，平常她是横针不拿，竖线不取，很任性，很懒惰，只是在宝玉雀金裘烧了一个洞以后，才出于对贾宝玉的一种爱，带病挣扎着勇补雀金裘。其他一些丫头也都有这样那样的毛病，都不周到，唯独麝月，等于是袭人的替身。所以，袭人走的时候才对宝玉说，别人都可以不留，如果留一个的话，你好歹留着麝月。在八十回以后，果然是把麝月留下来了。在那一段情节里，虽然贾府的政治地位摇摇欲坠，经济状况濒于崩溃，但是宝玉身边毕竟有宝钗这样一个妻子，有麝月这样一个侍妾，应该很满足，可是，宝玉却悬崖撒手。什么叫悬崖撒手？说俗了，就是离家出走，当和尚去。所以，脂砚斋就说，宝玉有所谓世人莫为之的一种"情极之毒"，宝玉的行为实在太偏僻，太罕见，性格真是太古怪了。

贾宝玉一共出过几次家呢？在前八十回里面是有伏线的，曹雪芹的笔法就是这样。有人老不信，说那样写小说多累得慌啊？曹雪芹这部小说他就是写得很累，他自己说了，"十年辛苦不寻常""字字看来皆是血"，他是呕心沥血地写。有些作者写作很轻松，有不呕心沥血的作品，天下之大，各种各样的东西都有，不是所有小说都得这么去分析，但是曹雪芹的《红楼梦》，他就是这么写的，它大量、细密地使用伏线。

第三十一回，林黛玉到了贾宝玉那儿，宝玉、袭人、晴雯，他们在那儿斗嘴，话来话去，袭人赌气说死了倒也罢了，黛玉顺口说你死了我会哭死，宝玉跟着说，你死了我当和尚去。这个时候，黛玉就把两个指头一伸，抿嘴笑道："做了两个和尚了。我从今以后，都记着你做和尚的遭数儿。"这就是伏笔，就说明后来宝玉两次出家。第一次就应该是在薛宝钗"借词含讽谏"之后，因为这个冲突太大了，你虽然是我的妻子，你也挺贤惠的，举案齐眉，但是到底"意难平"——要说爱，宝玉心里仍是只爱黛玉一个，宝玉所向往的婚姻，就是娶黛玉为正妻，他对黛玉的永恒之爱和对其他女性作为妻子的排拒，达到"毒"的地步——你宝钗虽然有所谓"停机之德"，我除了叹息，还是排拒。什么叫"停机之德"啊？古代有个乐羊子，他跟妻子情爱甚笃，他出外求学，因为想念妻子，就半途回家了。一进门，妻子正在那儿织布，妻子看他忽然回来，非常生气，妻子认为他应该坚持读书上进，争取为官做宰，怎么可以半途而废，回到家里来呢？这个乐羊子妻当时就拿出刀，一下子把织成的布彻底划开，断帛了。什么意思？就是我跟你一刀两断。据古籍记载，乐羊子当时就很感动，赶紧接着外出读书，后来，果然当了官。薛宝钗就具有乐羊子妻的"停机之德"，可是，宝玉最厌恶的就是这种封建正统的东西，就跟她冲突，离家出走，应该是往五台山那边走，这是宝玉第一次"悬崖撒手"。

宝玉这次悬崖撒手以后，没多久又回到荣国府了。这样说有没有根据呢？是有的。在前八十回里面，第十八回写到了元妃省亲。元妃省亲时点了四出戏，其中有一出是《仙缘》，针对《仙缘》这出戏，脂砚斋有一个批语，说"伏甄宝玉送玉"，她说得非常简约。后代的研究者对这一句话有不同的解释，有的说可能是贾宝玉把通灵宝玉丢了，甄宝玉发现了通灵宝玉，就把通灵宝玉给贾宝玉送回来了，这也不失为一种合理的猜测。我个人的看法是，贾宝玉第一次悬崖撒手去当和尚，在这过程当中，他碰到了甄宝玉。甄宝玉此时已经历过了一番风雨飘摇，命运打击。甄家受打击比贾家早，第七十五回一开头就写到，尤氏在荣国府帮着办事，说要到王夫人上房去，跟从的人就说你别去。为什么别去？说甄家来了几个女人，气色不成气色，说还带了一些东西来。尤氏说贾珍看到邸报，甄家被皇帝查抄的事已经公布出来了，甄家显然是派人到荣国府来寄顿财物，这是有违王法的，荣国府也已经卷进是非里去了。甄家被查抄书里是直截了当写出来的，王夫人她再不好张口也得跟贾母汇报，贾母不爱听，最后贾母意思就是说咱不管别人的事，咱们该怎么乐怎么乐。甄宝玉家庭破落在前，颠沛流离也应该是在贾宝玉之前。结果，宝玉在去往五台山出家的路上，就碰见了甄宝玉。甄宝玉告诉他，真正的大彻大悟不在形式上，不在离家出走去当一个形式上的和尚，因此"甄宝玉送玉"，送的"玉"就是贾宝玉，就是把宝玉又送回了京城，送回到了荣国府。

在前八十回里，甄宝玉只是在第二回贾雨村跟冷子兴乡村酒店聊天时被提到过，还有就是在第五十六回被提到，并且在贾宝玉梦境里出现，有的人就觉得那不过是作者设置的一个贾宝玉的影子，并不是一个具体的艺术形象，但是脂砚斋她看到了八十回后，她清楚一切，在第二回她就告诉我们"甄家之宝玉乃上半部不写者"，可见下半部里写了。甄、贾宝玉的人物设置固然有互为表里影像的用意，但是判定甄宝玉始终只是一个"影子"，却并不符合曹雪芹的构思，甄宝玉在八十回后肯定正式登场，而关于他的核心情节，就是"送玉"。

贾宝玉心里只有"木石姻缘"，排拒"金玉姻缘"，但毕竟黛玉已然沉湖仙遁，宝钗已经成为他的妻子，那么，一个很重要的问题就出现了，他们两个生孩子了吗？高鹗的续书说，宝玉虽然出家不归，但宝钗在他失踪前已经怀孕，后来生了一个儿子叫贾桂，这个贾桂长大后参加科举，像贾兰一样考中了，尽管贾兰、贾桂年龄差很多，但他们都是荣国府贾政的孙子，贾家荣国府这一支就"兰桂齐芳"了。高鹗这个写法显然是荒唐的，因为从《红楼梦》的总体设计来说，它是非常有条理的，那就是贾家的老一辈宁国公、荣国公是代字辈，贾代化、贾代善；他们衍生的儿子是文字辈，荣国府是贾赦、贾政，宁国府是贾敬，还有一个死去的贾敷，甚至他们的女儿也按文字辈取名，黛玉的母亲就叫贾敏；文字辈再生儿子是玉字辈，贾宝玉因为他直接用了玉，就无所谓玉字边了，其他都是一个玉字边——现在有人习惯把它说成王字边，因为那一点省略了，也说得通——贾珍、贾琏、贾环、贾琮和死去的贾珠是直系的，旁系的如贾瑞、贾璜、贾琼，等等；再往下一辈就是草字头辈，那就很多了，首先是贾蓉和贾兰（注意："兰"是繁体字"蘭"的简化），其次贾蔷、贾菖、贾菱、贾萍……可以列出一大串来。因此，按贾氏宗族立下的规矩，如果宝玉和宝钗生出一个儿子的话，也应该是取一个草字头的名字，就算宝玉出家割断俗缘不闻不问，那么，你想想，薛宝钗她可是一个最遵守封建道德规范的人，她怎么能够嫁给贾家以后，去把贾家这个族谱上的规定破坏掉，不给儿子取草字头名字，而去取个木字边的名字呢？高鹗写得真是太荒唐了，他为了去符合"兰桂齐芳"这个意味着家族后代俱得富贵的典故，就公然置曹雪芹前面一直贯穿着的贾氏宗族排行规则而不顾。

其实，宝玉、宝钗由家长包办成婚后，他们两个人究竟有没有正常的性生活，是更加值得探佚的一个问题。如果曹雪芹的后二十八回里，根本就写的是他们属于无性婚姻，那高鹗捏造出一个"遗腹子"贾桂，就更属无稽了。

我前面提到的富察明义，他那二十首《题红楼梦》诗里，其中第十七首是这样写的："锦衣公子茁兰芽，红粉佳人未破瓜。少小不妨同室榻，梦魂多个帐儿纱。"对这首诗的内容的解释，历来争议很大。一种解释是，"兰芽"形容青年男子身材外貌美好，"茁兰芽"就是那样一个公子在茁壮成长；"破瓜"呢，是指女孩子越过了十六岁，

"未破瓜"就是还没有到十六岁（这样解释的前提，是"瓜"字由"十""六"两个字组成）；跟后两句合起来呢，是在形容第十九回里，宝玉到黛玉屋里去，两个人躺在卧榻上说话，"意绵绵静日玉生香"。但是，第十九回那段情节发生时，黛玉还很小，应该连十二岁都未到，何必用"未破瓜"来形容她呢？像那样一个还很稚幼的小姑娘，根本没有"开脸"（过去时代女子出嫁前要用细线绞去脸上汗毛），又怎么能说成是"红粉佳人"呢？"红粉佳人"应该是对新娘子的一种变称。这样的解释，我不认同。现在我提出个人的看法供大家参考。"锦衣公子茁兰芽"，我认为"兰芽"就是男性生殖器的雅称，"茁兰芽"就表示性器官已经成熟了，"锦衣公子"说的当然就是贾宝玉，宝玉他结婚了，他的性能力不存在问题，可是，他们夫妻之间怎么样呢？他们没有过正常的夫妻生活，使得"红粉佳人未破瓜"。"红粉佳人"是指当了新娘子、新媳妇的薛宝钗，"未破瓜"就是她还是个处女。"破瓜"在过去有这样的含义。"兰芽""破瓜"用在性事上是一种婉辞，当然有些人可能还是觉得粗鄙，认为写诗怎么能取这种词汇入句呢？但过去文人写诗，以这样的词语入诗的例子并不鲜见。那么后两句的意思跟着也就清楚了，就是说这对小夫妻他们达成默契，虽然无性，却也无妨同床共枕，他们还是相敬如宾的，当然，他们又难免同床异梦，他们以前也往往做梦，但是如今却关在同一个帐子里，梦魂也被帐子网住了。我认为富察明义他是看了后二十八回以后，在这首诗里概括出二宝婚后的状况，他等于在告诉你，宝玉最后虽然娶了如此美貌的佳人，但是他却没有那方面的欲望；宝钗虽然实现了自己的愿望，嫁给自己所爱的男人，但是也只能忍受活寡般的处境。当然，你也可以理解成当时还处在贾母的丧期，根据封建道德规范，他们可成就婚事，但是暂不圆房。二宝之间既然并无性生活，哪里会生出孩子来呢？

再往细里琢磨，"梦魂多个帐儿纱"，也可能是形容宝玉虽然跟宝钗睡在一个帐子里，但他梦牵魂绕的还是潇湘馆里的林妹妹，他在梦中经常回到潇湘馆，多出一个里面有林妹妹合目安睡的"帐儿纱"来。

在后二十八回里，宝玉不仅梦萦潇湘馆，他也身体力行地回到潇湘馆去缅怀黛玉，这也是可以找到根据的。第二十六回，曹雪芹通过宝玉的眼光，用了八个字来形容潇湘馆"凤尾森森，龙吟细细"。在这个地方，脂砚斋就有一个批语，她说"与后文'叶萧萧落，寒烟漠漠'一对"——前后各八个字，构成一个对子——"可伤可叹"。"叶萧萧落，寒烟漠漠"应该就是后二十八回里，贾宝玉再到荒废的潇湘馆时，目击到的惨状。那应该构成一段凄楚的情节。

薛宝钗嫁给了贾宝玉，却没有正常的夫妻生活，更不要说宝玉心里总怀念着黛玉。宝钗在许多方面都算得一个达观的人，没有性生活，也罢，今后可以过继一个儿子好好抚养；宝玉思念黛玉，理解——其实她对黛玉何尝没有思念之情呢？她可以舍弃很多，但有一条万万不可舍弃，那就是效法乐羊子妻，发扬"停机之德"，劝贾宝玉读书上进，为家族，为她，去通过科举考试谋求到功名。但是，她"借词含讽谏"，宝玉竟一跺脚，出家去了，虽然被甄宝玉劝解，送回来了，两个人依然貌合神离。那么，薛宝钗最后究竟怎么样了呢？她应该是在绝望中，在抑郁中，悲惨地死去。她死去后贾府彻底崩溃，宝玉被逮入狱，又经过许多曲折的经历，终于第二次悬崖撒手，真正在心灵里达到了出世的顿悟。

对于宝钗的这个结局，我不知道你是什么样的心情，我想起来心里还是很难过的。你不要去责备她，说她一生忠于封建规范。大家知道贾宝玉有一次过生日，那是第六十三回，"寿怡红群芳开夜宴"，大家玩抽签的游戏，薛宝钗抽了一支什么签呢？"任是无情也动人"，说她艳冠群芳，是一朵牡丹花。她确实称得上是牡丹花啊，华美、富丽；她无情，是被那个社会压抑成的，因为那个社会的主流意识形态、主流价值观念，要求闺中女子只能够去做针线活，不能读"邪书"，要听家长的指示，不能够感情外露，她吞食冷香丸，拼命熄灭灵魂深处本原的爱欲热情。她那牡丹之美，宝玉并不是无动于衷，看到她面若银盘、眼如水杏，是动过心的；看到她娇羞怯怯摆弄衣带，也是动过心的；见到她雪白的酥臂，更是动过心的。这样一个美艳的女子，她努力追求幸福，她克服了很多的障碍，终于嫁给了宝玉这个公子，完成了"金玉姻缘"，但是她最后什么都没有得到，没有得到宝玉的心，更丧失了宝玉的身。

在贾府大崩溃前，薛宝钗抑郁而亡，这在第五回的判词里面是有明确交代的。"金陵十二钗"正册的那个册页第一页上，林黛玉怎么画的我们不去说了，现在咱们讲的是薛宝钗，"金簪雪里埋"。有的"红迷"朋友跟我讨论过，说为什么不写"金钗雪里埋"呢？簪跟钗有什么区别呢？簪跟钗是同一种东西，都是过去古代妇女用来别头发的装饰品，单股的叫簪，双股称钗。金簪就是用一根金子做成的针状或者条状的簪子；把两根金子、两根金针，或者两根金条并列在一起，或者把它们麻花一般地拧在一起，作为头上的插饰，叫作钗。所以，这个地方曹雪芹他是故意要这样写的。什么叫作"金簪雪里埋"？多悲惨啊！她一生希望自己能够成就"金玉姻缘"，可是她最后是孤零零死去的。钗还是两股，簪却只是一根，她应该是死在一个大雪纷飞的日子，贾宝玉显然并不在她身边。请记住，在册页里面，曹雪芹故意要写成"金簪雪里埋"。这朵牡丹花就如此凄惨地告别了人世。

　　我曾在前面亮明一个观点，就是贾宝玉一生当中有四个女子对他是最重要的。我已经在"红楼梦"系列讲座中讲过了其中的妙玉，前面我又讲过了林黛玉，又讲完了薛宝钗，还剩一位是谁呢？就是史湘云。下面，我会给大家讲史湘云。我将从哪里讲起呢？我现在就提出一个问题，《红楼梦》里面对林黛玉的出场，它是有很多铺垫，很多交代的；对薛宝钗的出场，也是这样做的；妙玉的出场，虽然是暗出，是通过一个仆人向王夫人介绍她的情况说出来的，但是交代得也很详细，那么，史湘云的出场是怎么写的呢？关于她，有些什么交代呢？下一讲，咱们就从这个问题开始讨论。

史湘云之谜

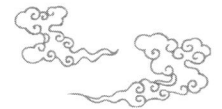

史湘云出场之谜

《红楼梦》里"金陵十二钗"正册第五钗史湘云，是一个给所有读者留下鲜明印象的角色，但是细读《红楼梦》文本，你会有一个发现，就是"金陵十二钗"正册其他十一钗，出场前后都有对这一钗的家庭背景、来龙去脉，乃至于性格特征的一段具体交代，但是，你想一想，书里写史湘云，是不是也有这样的交代呢？

应该也有吧！——一位跟我讨论的朋友表示，他一时想不起来，急着让我告诉他是在哪一回哪一段，我就说，别急，咱们先回顾一下，书里对其他十一钗，有过哪些具体的交代。

林黛玉，读者在第二回就得到了她的信息，那个时候虽然没有出现她的名字，但是贾雨村跟冷子兴在乡村酒店里喝酒聊天，贾雨村就提到,他在丢官赋闲的时候,到扬州盐政林如海家里去当了西宾,就是家庭教师。他的任务很轻松,学生就是一个女孩儿,林如海的独女,后来我们知道那就是林黛玉。林黛玉在第二回里就被提到,而且贾雨村还用一个例子来说明黛玉的早慧——他说这女学生把"敏"字故意读成"密",写"敏"时又故意少一两笔。这是怎么回事啊?因为在那个时代,要避讳,就是人们在读书写字的时候碰到皇帝的名字,或者自己父母的名字、祖先的名字,不能直接读出那个音,写的时候一定要省去一两笔,特别是最后一笔,一定不能写。这个例子就说明林如海这个女儿年龄虽小,却非常懂事,对她的母亲非常尊重,因为她母亲叫贾敏。那么贾敏是谁的女儿呢?就是荣国府贾母的亲生女儿,这样就全面地交代出了林黛玉的血缘。到第三回林黛玉正式登场,就有更多交代,她的长相啊,她的性格啊,都涉及了。薛宝钗出场前后,相关的交代也很多,第四回就交代了她的家庭背景,以及跟着哥哥薛蟠进京准备参加选秀;第五回一开头,就概括她的性格与人际关系,还拿她跟黛玉作了比照;第七回她正式亮相,有很大一段文字交代这个女孩子天生胎里带来一股热毒,因此每天要吃一种特殊的药叫冷香丸;薛宝钗在第八回更是光彩照人地呈现,通过她和贾宝玉交换佩戴物仔细观看,又透露出有个和尚预言了"金玉姻缘"。林、薛是"金陵十二钗"正册中并列于卷首的两位,对她们有这些交代当然是十分必要的。贾府的四位小姐元、迎、探、惜,第二回冷子兴演说荣国府的时候,就都有所交代,元春已经选到宫中做女史了,迎春是贾赦前妻所生,探春是贾政的妾所生,惜春是宁国府贾珍的胞妹。冷子兴演说时,还特别介绍了王熙凤,明确其出身地位,说她"模样又极标致,言谈又爽利,心机又极深细，竟是男人万不及一的"，到第三回王熙凤人未到声先到风风火火登场，果然应验了冷子兴的评价。交代了王熙凤，等于也交代了巧姐。李纨呢，在林黛玉进府的时候就已经有所交代，第四回开头又特别写了一段文字，对她的出身背景、现实处境和性格特点一一道明。秦可卿在第五回绚丽登场，然后在第八回末尾又有关于她出身的一个打补丁式的说明。妙玉正式出场要等到第四十一回，但是在第十七回，通过一个仆人向王夫人汇报，已经对她有了一个非常详尽的介绍，除了她的真实姓名没有提及，她各个方面的情况可以说都给读者留下了清晰的印象。这样算来，"金陵十二钗"正册中提到的十一钗，无一例外，都是在其出场前后，有一段甚至数段文字来交代她们的家庭身世、外貌性格的。

那么史湘云她出场是在哪一回呢？在那前后，是不是也像写其他各钗一样，有一段文字集中交代：她是谁的女儿？她和贾府究竟是一个什么样的关系？她究竟是怎么样一个生存状态？她的性格特点是什么？有没有这样的交代啊？那位跟我讨论的朋友，他说想必是有的，因为曹雪芹写别的十一钗都是那么一个方法嘛，怎么能把史湘云例外呢？

但是，"想必"是不行的，必须面对《红楼梦》的文本实况。你去细读就会发现，确实奇怪，对史湘云这么一个重要的人物，书里竟然并没有一段文字，来交代上面那些最基本的问题。

难道，在曹雪芹最初的构思里，他那"金陵十二钗"正册的人物设置，会没有史湘云吗？

为探究这个问题，我们来讨论一下第七回。

曹雪芹写《红楼梦》这部书，并不是一气呵成的，他的构思在不断进行调整，回目来回变动，列在前面的某些回，可能较晚才写，而列在后面的某些回，却可能先期完成，第七回就可能是写在第五回前头。

第七回很重要。第七回前半回写的是周瑞家的送宫花。早在清代就有论家指出，这一回写送宫花，实际是对"金陵十二钗"正册中诸钗的一次大扫描。

薛家是皇家的买办，宫里面用的花都是由他们家给采买的。这种买办，往往是买来给宫里送去时，留下一部分自己享受，所以薛姨妈就拿出一匣子宫花，送给贾府的小姐们以及王熙凤去佩戴。当时王夫人正跟薛姨妈在一起，王夫人客气，说好好的花留给宝姑娘戴吧，薛姨妈就说我们这宝姑娘不爱这些花儿粉儿的。虽然薛宝钗不要自己家的宫花，但这一笔，就扫描到她了。

然后周瑞家的就拿着个花匣子在荣国府里面走动，这段描写非常重要，对荣国府的建筑结构、房屋布局做了一个非常自然而详尽的交代。周瑞家的从哪儿出发呢？从整个荣国府东北角的梨香院，薛姨妈他们来了以后一开始居住的那个空间出发，走出来以后呢，就路过了荣国府的中轴线主建筑群的正房后面，当时迎春、探春、惜春她们都被安排在王夫人正房后面的三间抱厦里居住，薛姨妈说给她们一人两枝花，周瑞家的到了那儿，先碰见了迎春和探春在下棋，各给了两枝，后来又找到了惜春，给了惜春两枝。这样，就把三个贾府的小姐扫描到了。然后呢，请注意，曹雪芹的文笔真是非常细腻，叫作细如牛毛——他写周瑞家的捧着花匣子继续往西走，就路过了李纨住的那间屋子的窗户底下。薛姨妈为什么没嘱咐给李纨送花？因为李纨是一个寡妇，在那个时代，寡妇是不能够戴花的。但是曹雪芹他写周瑞家的送宫花,有意识地点到李纨,有一种古本上写着,周瑞家的捧着花匣子路过李纨住的房子时,隔着窗户看见李纨歪在炕上睡觉。李纨住在那儿,是为了就近照顾迎、探、惜三姐妹。

周瑞家的捧着花匣子继续往西走,过了穿堂过了过道,见着一个粉油的影壁,后面是一个院子,这个小院子谁住呢?王熙凤住。这段描写很精彩,他使用了一种特殊的笔法,叫作"柳藏鹦鹉语方知"——猛看是一株大柳树,就是翠绿的柳枝柳叶,忽然听见有声音,哦,原来树冠深处藏了一只鹦鹉 —— 周瑞家的拿着花匣子进院以后,直奔王熙凤的正房,因为她要给王熙凤送花,而且薛姨妈当时还有一个特别的嘱咐,给王熙凤的花特别多,要给她四枝,所以她就往正房走,结果看正房门槛上坐着谁呢?坐着王熙凤的丫头丰儿,朝她摆手,周瑞家的是王夫人的陪房,在荣国府混久了特别懂事,立刻蹑手蹑脚改往东房去 —— 注意这一笔非常要紧 —— 东房里奶妈子哄着一个小姑娘在睡觉呢,叫大姐,就是巧姐,那个时候还没起名字呢,巧姐这个名字是刘姥姥第二次到荣国府快离开的时候,王熙凤求她给起的,巧姐可是"金陵十二钗"正册当中的一钗啊,所以在送宫花的过程中,特别要扫描到她。看见大姐在午睡,周瑞家的又出来了,这时候看见平儿从正房里拿了一个大盆出来,让丰儿去舀水,在这过程当中听到屋子里面有笑的声音,还不是一个人笑,其中还有贾琏的声音,就说明这两口子干吗呢?大中午的,我就不点破了 —— 柳藏鹦鹉语方知 —— 而且他们还很讲究这方面的卫生,所以事儿完以后要拿大盆来舀水以备清洗。这个时候周瑞家的就跟平儿汇报了,说姨奶奶让我把四枝花给二奶奶。平儿把花送进去,过一会儿出来了,传达王熙凤的命令,匀出两枝,让给东府的小蓉大奶奶送去。小蓉大奶奶是谁啊？就是秦可卿。这一笔也不是很无所谓地写上去的，曹雪芹他就是在对"金陵十二钗"正册当中各钗进行扫描。平儿使唤谁给送过去啊？是让彩明给送去。有的读者一直以为彩明是凤姐的一个小丫头，不对，彩明是一个未成年的男孩，他读书认字，会算账、记账，是王熙凤手下的一个秘书，王熙凤身边不能用成年的男仆，但是用这种未弱冠的小童是可以的。平儿让彩明把两枝花给东府的小蓉大奶奶送去，为什么要加个"小"字？因为贾蓉的媳妇秦可卿辈分比王熙凤低，所以要称之为"小"。可是在宁国府呢，贾蓉是贾珍的大儿子，有人说贾珍不就这么一个儿子吗？但是贾珍还很强壮啊，当时年纪也不是很大，而且除了尤氏以外他还有好几个小老婆，所以如果贾珍再有儿子的话，一定是老二，老大就是这个贾蓉，所以贾蓉媳妇就是大奶奶。

这些写法都是很符合当时社会风俗的，也很符合小说里面人物关系的设计。周瑞家的出了凤姐住的院子，继续往西走，就到了贾母那个院落，贾母所居住的院落在整个荣国府的最西边，这一点请大家一定要记清楚，所以周瑞家的不是故意要怠慢跟贾母一起住的林黛玉，她不敢有这个心，也没有必要那样做，但是从梨香院要把花送给林黛玉，必须先路过其他那些人的住处，最后才能到达贾母这个院子。当时宝玉和黛玉跟着贾母一块儿住，俩人在那儿一块儿玩儿，周瑞家的就把最后两枝花给了林黛玉，林黛玉很不高兴。那么你再算一算，扫描到多少钗了？从薛宝钗他们家开始，宝钗、迎春、探春、惜春、李纨、大姐（就是巧姐）、王熙凤，又提到秦可卿，然后又有林黛玉，九钗了。早在清代就有人指出，实际上呢，他通过宫花这个"宫"字，也就影射到了元春；又通过送宫花遇到惜春的时候,惜春跟水月庵的智能儿在一块儿玩儿呢,出现了小尼姑,因此认为也影射到了妙玉,这种说法不算太牵强。那么你看,这就把"金陵十二钗"正册当中的十一钗,要么正式扫描到,要么影射到了,唯独没有谁啊?唯独没有史湘云!哎,这算怎么回事啊?这就是一种文本现象。

我的论证其实都分为三个阶段,第一阶段我先进行文本细读,读得很仔细,然后我把一个文本的现象描述一遍,说书里是这样写的;第二阶段我就提出问题了,怎么会写成这个样子呢?第三阶段我进行分析,提出我个人的看法供参考,进行揭秘、解谜。现在讨论史湘云,我也是分三个阶段。

第七回通过送宫花对"金陵十二钗"正册中的各钗进行扫描和影射,唯独没有涉及史湘云,那会不会是因为曹雪芹写第七回的时候,他还没拿定主意,究竟把哪十二个女子确定为"金陵十二钗"正册里的人物呢?

还有一个文本现象更值得注意,就是元妃省亲那么大的一桩家族盛事,却没有史湘云出现。如果曹雪芹存心要安排史湘云出场,应该很容易找出理由,史湘云打小就经常住到荣国府贾母屋里,她和林黛玉、薛宝钗一样,也是贾元春的表妹,或者写成她在省亲以前就住进了荣国府,或者写成贾母特为此家族盛事将她接来,都绝不牵强。何况,元妃省亲当中的一个重要情节,就是赋诗记盛,连李纨、迎春、惜春都写了诗,湘云诗才横溢,把她写进去不仅可以使场面增彩,也可以让她的形象更加活跳。在第十七回至十八回中,当写到仆人向王熙凤汇报妙玉的情况时,脂砚斋先写下了一条颇长的批语，细算十二钗究竟都包括谁，后来又补充说："前处引十二钗总未的确，皆系漫拟也。至末回警幻'情榜'，方知正、副、再副及三、四副芳讳。"补充的这一条虽然署名为"畸笏叟"，但我认同周汝昌先生的考证判断，畸笏叟就是脂砚斋后来换用的署名，从补充的口气上，也看得出是同一个人在调整自己的表述。这两条相连的批语，告诉我们曹雪芹关于"金陵十二钗"的设计有一个从"总未的确"到列榜明示的发展过程。那么，是不是曹雪芹原来并没有把史湘云的原型写进书里的计划，经过一番考虑，最后才不仅将其写出，还使她成为一个能和黛、钗争奇斗艳的艺术形象呢？

史湘云直到第二十回才正式出场。她出场得很突然。"且说宝玉正和宝钗顽笑，忽见人说：'史大姑娘来了。'"——这史大姑娘是谁啊？你往这前头看，没有一段话集中地介绍一下史大姑娘，你再往后看，看到第八十回，也没有一段话找补告诉你史大姑娘是谁。但是听说史大姑娘来了以后，宝玉、宝钗反应怎么样呢？宝玉听了抬身就走。宝钗呢？笑道："等着，咱们两个一起走，瞧瞧她去。"可见宝玉跟史大姑娘关系很不一般，而宝钗对她也很熟悉。——"说着下了炕，同宝玉一同来至贾母这边。只见史湘云大说大笑的，见他两个来了，忙问好厮见。"史湘云在第二十回就这样很突兀地出场了。那么想一想其他十一钗，出场前后都有交代的呀！这实在让人纳闷儿——怎么写到史湘云出场，会写成这个样子？怎么这之前这之后，都没有一段文字来把她究竟是谁家的姑娘、跟荣国府是怎么个关系，向读者交代一下呀？

有的"红迷"朋友可能会说，书里没有一段文字来概括地介绍史湘云，可是我们对她非常清楚呀！仿佛我们在读这本书以前，就认识她了，既是熟人，不用再介绍也罢！

　　许多人之所以对史湘云"自来熟"，往往并不是因为精读了《红楼梦》的文本，而是比如看过电视连续剧，看过电影，看过舞台演出，看过小人书，听别人讲述过她的故事，看过一些单幅的图画，比如史湘云醉卧芍药什么的，所以呢，就觉得不用再有什么介绍了。但是如果一个人完全没有过那样的熏陶，他直接来读《红楼梦》，读到第二十回，他就可能纳闷儿——这史大姑娘是谁啊？2000年，我曾经应邀到英国，讲过两次《红楼梦》，其中一次是在伦敦大学小范围里讲，我不能用英语讲《红楼梦》，用中文讲，不设口译，听的人必须得懂中文，是在伦敦大学东亚语言文学系，跟那些汉学家，教汉语的教授、副教授、讲师，还有研究生、博士生，跟他们讲我自己研究《红楼梦》的心得。讲完又有个别交谈，就有一位洋教授告诉我，他最早读的《红楼梦》是大卫·霍克斯英译的八十回的本子，英文名字取的是《石头记》，他先通过这个译本来熟悉《红楼梦》，后来因为他汉语学得很好，会说中国话，能读中国书，就读中文的《红楼梦》。他说无论是读译本，还是读中文本，读到第二十回"史大姑娘来了"这儿，心里就很纳闷，因为前面那些人物出场前后都有个"他（或她）是谁"的交代，怎么"史大姑娘"这么重要一个人物来了，惊动了宝玉跟宝钗，都急着要去看，而且她在贾母面前居然就无拘无束，大说大笑，她是谁呀？连刘姥姥那么个人物，都有很具体的交代，让他知道为什么会出现在荣国府里，这个"史大姑娘"却让他"丈二和尚摸不着头脑"。他问我："会不会是原本上，在这前后，脱漏了一段文字呢？"当时我来不及深思，无法回答他。回国以后，我就对这个问题进行了专门的研究，现在向大家汇报的就是我研究的心得。

可能有人要跟我叫阵了，他会说："我看的本子上，史湘云第二十回之前就出过场的呀，在第十三回啊！"有的通行本上，确实是那么印的——第十三回写秦可卿死了，很多人来奔丧，其中有这样的描写："接着又听喝道之声，原来是忠靖侯史鼎的夫人来了。"来了一个侯爵夫人，很有气派，写其他人来，都没有喝道的描写。什么叫喝道？就是轿子或者车马没过来之前，先有前导，大声吆喝，或者是大声宣布谁谁谁谁驾到，或者高声命令闲散人等回避。那么底下一句呢，就说史湘云、王夫人、邢夫人、凤姐等迎了上去。现在我要告诉大家，这个地方史湘云的名字，是通行本愣给添上去的，在所有的古本里，迎接忠靖侯史鼎夫人的几个人里，都没有史湘云的名字，也不可能有。你想，是谁家办丧事啊？贾家办丧事，宁国府办丧事，贾珍的夫人尤氏声称胃疼旧疾发作，卧床不起，撂挑子不管了，那么荣国府一房的夫人们，王夫人、邢夫人、王熙凤，她们理应来帮着照应，听到喝道之声，侯爵夫人来了，当然会迎上去尽到礼数。按那个时代的礼数，荣国府因为是王夫人住着，邢夫人虽然是贾母的大儿媳妇，但她不是荣国府的第一夫人，所以，当需要荣国府的夫人们代替宁国府出面迎接女客时，邢夫人就谦让一步，王夫人就打了头，王熙凤即便年轻能干、步履矫捷，但她辈分低，绝不能越过王、邢二夫人的秩序，跑到最前面去，因此我们退一万步想，就算当时史湘云也在宁国府里，她也去迎接史鼎夫人，在叙述上,怎么能把她排第一位呢?她再天真活泼,又怎么能不懂规矩到那样荒唐的地步,跑在王夫人前头去呢?显然,通行本里硬加上她,是因为史鼎夫人是史湘云的婶婶——但这一层关系,需要通过前后许多分散的文字推敲出来,实际上尽管有的通行本在第十三回这里硬添上一个史湘云的名字,对于事先不熟悉《红楼梦》内容的读者来说,还是莫名其妙。

那么还有细心的"红迷"朋友跟我说,史湘云在第二十回之前没有出现,但是提到过她。这个说法对不对啊?这个说法非常准确,我非常佩服这位"红迷"朋友。第十九回写到袭人和宝玉两个人说私房话,袭人有一段话就涉及了史湘云,她说,其实我也不过是个最平常的人,比我强的有,而且多。先服侍了史大姑娘几年,服侍得好是分内应当的。所有古本里面都有这句话,出现了"史大姑娘",只不过因为这个人物没有正式出现,好多人忽略了。这个文本现象就更奇怪了。作者写这么一个人物,好像所有人天生知道她,不必像其他人物一样加以说明。袭人在第十九回突然提到这么回事,读者要读到后面,而且要读得很仔细,才能弄明白——袭人原来是贾母身边的丫头,贾母曾经把史湘云接到荣国府来住,就住在她身边的一处空房里,贾母拨出一个丫头来伺候史湘云,就是袭人,但当时被叫作珍珠,袭人这个名字是又被分派去服侍宝玉的时候,宝玉给她取的。

曹雪芹在八十回里对史湘云并没有一次集中的、明晰的交代,这么重要的一个人物,他不设那样一段文字,却又零零星星地布下一些或明或晦的信息,这确实令人怪讶。清代有的读者就很苦闷,从一些晚清评点本里就能看到，有的人他非常喜欢史湘云这个角色，他最不理解的是为什么元妃省亲居然把史湘云排除在外。元妃省亲是《红楼梦》当中最夸张的一段，离真实生活距离最远的一段，也就是说是虚构成分最多的一段，在清代真实的生活当中并不曾有过，只是一个妃子就可以如此这般地回到父母家去。当然，早有红学家指出，曹雪芹写元妃省亲，实际上是对康熙朝曹家在江南四次接驾南巡的康熙皇帝那一段盛事加以了艺术升华。不管怎么样，那是一段虚构成分最浓的情节，既然是抡圆了胳膊虚构，史湘云又是你那么钟爱的一个角色，你把她写进去不就完了吗？元妃省亲当中很重要的一个环节是作诗，史湘云思维敏捷，才华横溢，怎么不写她参与作诗呢？省亲盛事，此人缺席，怎么解释？

当然，有一种很粗糙的解释，他会说，哎，曹雪芹写的是小说嘛，他就是随手那么一写，你跟这儿讲文本细读，老觉得他有人物原型，有一个完整的计划，情节上有一系列预设，有许许多多的伏线，写成这样或那样都能探究出一个道理，其实人家就是兴之所至，写到第二十回，忽然觉得，哎哟，何不添个角色呢？于是大笔一挥，突然有人宣布史大姑娘来了，立刻贾宝玉、薛宝钗就往贾母那儿去，出现一个大说大笑的人……这有什么好研究的？人家就这么写！这种解释我也很尊重，对各种不同意见我都很尊重，因为阅读一个文学作品属于审美范畴的事情，这跟研究自然科学很不一样，审美感受上的分歧很难说谁对谁错，就是各自表述，互相参考，激发出对民族经典文本的欣赏热情，带动更多的人来阅读它们，能产生这样的效应就挺好。

我一再表明自己的看法，曹雪芹写《红楼梦》可不是随便那么一写，他笔下的人物大多有原型，对全书的结构有严密的设计，对人物的设置更有通盘的考虑，对情节的推进、细节的安排非常精心，他特别善于设置伏笔，看似无意随手，到头来都有勾连照应。

如果说他先写了第七回，在那时候还没有完全排定"金陵十二钗"正册中的全部金钗，等到第五回写成，他的整体构思显然就已经非常成熟。我说他对史湘云没有设一段文字来对她的来历、身世进行具体交代，指的是叙述文字，如果不算叙述文字的话，那么，在第五回里面他已经通过册页判词和曲词对史湘云的身世、性格、品质、命运有所交代，很明确地给她定了位。贾宝玉在太虚幻境薄命司中看了"金陵十二钗"的册页，副册、又副册没看全，正册可是翻遍了，其中第五钗说的就是史湘云，又有画又有诗，那个诗又叫判词。后来又听《红楼梦》套曲，说十二支曲，其实加上头尾是十四支。我个人有一个独特的观点，认为《枉凝眉》曲里面有一部分是说史湘云的，引出很大争议，有些"红迷"朋友坚决不同意，他坚决不同意，我坚决支持他不同意，因为各人理解不同，不必统一见解。这里抛开《枉凝眉》不去说它，那么，《乐中悲》曲说的是史湘云，这个咱们没争议吧？而且，我早就指出,第五回写到太虚幻境四仙姑，她们的名字痴梦仙姑、种情大士、引愁金女、度恨菩提，分别影射着贾宝玉一生中最重要的四个女性——林黛玉、史湘云、薛宝钗和妙玉。（古本中"种情大士"又有写成"钟情大士"的，我认同周汝昌先生的判断："种情"更符合曹雪芹原笔原意。）第五回可能写在第七回之后，并且可能经过一再调整、润色，才形成定稿。脂砚斋说曹雪芹没把第二十二回写完就溘然而逝，他为什么到最后才去写第二十二回？这个问题我们以后再讨论。现在我要说的是，第五回他不可能写得很晚，因为第五回给"金陵十二钗"正册各钗定了盘子，不仅确定了究竟是哪十二个女子，也给她们排定了座次，史湘云排在第五位，通过第二十回以后对她的大量描写，仔细想想，她的位置排在第五都有点委屈，实在不能再往后挪了。

按说，通过第五回的定稿，史湘云已经稳在"金陵十二钗"第五位了，那么，在以后的写作中，无论在哪一回，给史湘云补上一段如同介绍其他十一钗，以及介绍其余许多人物一样的文字，不是轻而易举的事情吗？那为什么通读八十回，还是没有呢？这究竟应该如何解释呢？

我认为，最大的可能，就是这个人物从原型到艺术形象，其间几乎没有什么距离，也就是这个人物的真实性超过了其他所有人物，作者对她非常之熟悉，非常之珍爱，因此在写她的时候不愿意为她虚构任何情节，就是秉笔直书，写出自己最熟悉的这样一个女性形象。如果说林黛玉、薛宝钗，从原型升华为艺术形象的过程里，都有所夸张渲染，有不少虚构成分的话，那么史湘云这个角色，他就根据原型白描。除了姓氏名字有所变通，这个人物简直就是摄像般地嵌入到了书里。既然是这样来写一个生活中的真实人物，那么，凡是纯虚构的情节里面，我就都不让她出现，比如说元春省亲，生活中本来并无其事，其他生活中有的人，作为原型，我都可以把他们彻底地艺术化，想象他们如果真的遇上贵妃省亲这样的事，会是怎么样，去虚拟出他们在那种场合里的心理反应和行为状态，但史湘云这个角色，我写她就只写生活里真有的，生活里的她天然浑成就是一个艺术形象，我无须再去舍真虚拟。曹雪芹写第七回周瑞家的送宫花，肯定有生活依据，但是那样地铺排，显然是将生活的原生态，根据他要扫描"金陵十二钗"的主观用意，加以重组了。写送宫花和元妃省亲那两段故事时，因为虚拟的内容较多，他就不想把真实的史湘云掺和进去。为了保持关于史湘云的一切情节全是原生态的描摹，凡会派生出使得史湘云也必须加以虚构性处理的段落，他就宁愿让史湘云缺席，而伴随着这样一种写作心理，他也就觉得无须再去专门设置一段文字，来交代这个人物的来历，因为任何一种这类的交代，其实都含有将生活原型加以转化、掩饰、虚拟的因素。这是我对关于史湘云的特殊文本现象的一个解释。

当然，这样一个解释，还不足以说明这个蹊跷的文本现象。那么可能就有第二个原因，就是他试着交代过，他不满意，他没定稿；或者呢，就像七十五回缺《中秋诗》一样，他先空着，待补，后来始终没能补上；甚至于是写了，而被他的合作者脂砚斋删去了，脂砚斋怎么会要删这个东西呢？这个问题我们要放在下几讲里面来探究。一位"红迷"朋友说，其实，通过前后很多人物对话，以及零碎透露、逗漏，我们都能大体上替曹雪芹写出一个关于史湘云的叙述性的交代。我们都可以写出来，他为什么偏不写？我认为，曹雪芹他可能有某种心理上的障碍。有时候，对你最亲近的人、最挚爱的人，反而觉得不好下笔，尤其概括性地来叙述，点明她的背景，公开她的隐痛，实在不忍、不愿。这又是一个解释。

还有一个解释，就是因为我们现在所看到的古本《红楼梦》只有八十回，八十回以后没有了，八十回后还有多少回？有人说有三十回，有人说是二十八回，其实说三十回和二十八回没有多大差别，因为有些人认为现存的《红楼梦》的前八十回的后两回（第七十九回和第八十回）也不是曹雪芹写的，那么从第七十八回往后算，说"后三十回"不也很对吗？我们现在看见的是一个不完整的文本，前面没有关于史湘云的概括性交代，并不等于说后面也一定没有。曹雪芹他写人物，有时候他会在很晚的时候再交代这个人究竟是怎么回事，比如说晴雯，晴雯出场很早啊，第八回一亮相就活跳出来，性格鲜明、娇憨可爱，后面她戏份极多，但是她究竟是怎么个来历，直到第七十七回她已经被撵逐夭亡后，曹雪芹才补充交代——她原是贾府大管家赖大的母亲赖嬷嬷花钱买来的小丫头，这个赖嬷嬷因为她服侍过贾府老一辈的主子，所以很有脸面，经常带着小丫头进府来请安、游玩，一次来玩儿的时候，贾母一看见她带来的那个小丫头标致伶俐，就很喜欢，赖嬷嬷为了讨好贾母，当即就把这个小生命当作一个小玩物，奉送给贾母了。前面曹雪芹交代了不少丫头的来历，有的如鸳鸯，是所谓家生家养的，上一辈，乃至好几辈都是贾家的奴仆；有的是花钱买来的，如袭人就是当年家里穷，把她卖给了贾府。晴雯的出身比她们更卑贱，不读到第七十七回，我们不会知道晴雯原来是这样的一种来历。这使得我们对晴雯这样一个刚烈而又脆弱的生命所遭受的摧残戕害，产生出更强烈的悲悯与义愤。

附带我要澄清一个问题。讲到这里我提到了赖嬷嬷，我把嬷嬷读成"妈妈"，我在前面还讲到李嬷嬷、赵嬷嬷，也都是把嬷嬷读成

"妈妈",有的人提出批评,认为读得不对,他们认为嬷嬷应该读成"摸摸",根据是看了一些翻译成中文的西方小说,特别是一些外国电影电视剧,修道院里的资深修女,不都写成嬷嬷而读作"摸摸"吗?借用"嬷嬷"两个字,发"摸摸"的音,以称呼修女,那是20世纪"五四运动"前后,新文化运动带来的一种新的表达方式。在过去汉语里,"嬷嬷"这两个字是老年妇女的意思,读音只有一个,就读成"妈妈",现在我们使用的字典、词典里,也都还这样规定。但是这种复杂的文字现象确实值得注意,在白话文发展过程当中,翻译西方一些作品时,会借用一些字形成一些新的音,还有一个最明显的例子就是"茜"这个字,《红楼梦》里面有个丫头叫茜雪,发音一定要读作"欠雪"。但是有一部许多人都很熟悉的外国电影《茜茜公主》,人们都约定俗成地读成"西西公主",一些翻译过来的西方小说里,女性名称印成"丽茜"也读作"丽西",不过你去查字典词典,它只承认"茜"读作"欠"。也许把"嬷嬷"读成"摸摸",把"茜"读成"西",经过长久的约定俗成,会终于被字典、词典承认,但现在我还是必须要根据《现代汉语词典》的规范来发音[①]。

那么,虽然我们现在还无法确切地知道,究竟曹雪芹他为什么在"金陵十二钗"正册各钗的描写当中,起码在前八十回里,唯独对史湘云不留下一段明确的叙述性介绍,可是,我们通过书里有关史湘云的文字,还是可以对史湘云形成一个非常清晰的印象。首先我

---

① 《现代汉语词典》(第七版)已收录嬷(mó)嬷(mo)、茜(xī)。——编注

们知道史湘云是一个父母双亡的孤女,她由两个叔叔家轮流来抚养,一个叔叔是忠靖侯史鼎,另一个叔叔是保龄侯史鼐。于是我就提出一个问题:这两个叔叔,哪个是哥哥?哪个是弟弟?这可是一个关系到史湘云原型究竟是谁的问题,下一讲我们就将从这个问题讨论起。

史湘云寄养之谜

我们已经知道，史湘云是由她的两个叔叔轮流来抚养的。书里面出现了她两个叔叔，一个是忠靖侯史鼎，在第十三回，这位侯爵本人没有出现，他的夫人出现了，排场很大，先有喝道之声，然后驾到。到第四十九回又有一笔——关于史湘云，在前八十回里始终没有整段的明确交代，都是顺手给出一些十分零碎的信息——"谁知保龄侯史鼐又迁委了外任大员，不日要带了家眷去上任。贾母因舍不得湘云，便留下他了，接到家中"。那么可见，史湘云那一段时间里，主要住在她另外一个叔叔保龄侯史鼐家里。那个时代，封了爵位不一定有具体的官位，但是有时候皇帝也会给他一个具体的官职，让他到外地比较长久地驻扎下来，去管理某个方面的事务，叫作外迁。外迁一般要带着自己的全部家眷去走马上任，史湘云既然寄养在保龄侯家，保龄侯待她应当跟亲生的女儿一样，一块儿把她带到任上，可是呢，书里说贾母舍不得史湘云，放话把她留下。按当时家族伦理规范，贾母只是保龄侯史鼐的姑妈、史湘云的祖姑，嫁到贾家已经属于外姓，应该称她为贾史氏，她留下史湘云，史鼐是轻易不能答应的，因为作为叔叔，他有抚养史湘云的责任，用今天的概念来说，就是史鼐是史湘云的监护人，既然举家外迁，就应该把史湘云一起带走，或者至少跟忠靖侯史鼎商量一下，再把史湘云转移到史鼎家去，但是这个史鼐居然一听贾母来挽留史湘云，他就算了，就同意让史湘云暂留在贾母身边了。

那么史湘云的这两位叔叔，一位忠靖侯史鼎——他的名字在书中出现于前，一位保龄侯史鼐，哪位是哥哥，哪位是弟弟呢？是不是先提到的就是哥哥，后说起的就是弟弟呢？不是的。在第四回，写到"护官符"的时候，在古本《石头记》里面，对四大家族的每一个家族，除了用一句俗谚概括，还分别附有一个小注，这小注不应该视为批语，它是曹雪芹写下来的，属于正文的一部分，但是后来的各种通行本里，都把每句俗谚旁关于所涉及的那个家族的小注，给删去了。周汇本也没有保留，是个缺憾。"护官符"里涉及史家的那句俗谚是："阿房宫，三百里，住不下金陵一个史。"所附小注是："保龄侯尚书令史公之后，房分共十八。都中现住者十房，原籍现居八房。"如果你看到这个小注，并且稍一琢磨，史鼎、史鼐谁是哥哥，谁是弟弟的问题，应该迎刃而解。为什么呢？在封建社会，特别是在清朝，皇帝如果给一个人封了一个爵位，而且允许他这个爵位世袭，往下传递，那么第一代既然封的是保龄侯，往下传一定要传给长房长子,既然是史鼐得袭了保龄侯,他一定是史家长房长子,是哥哥,忠靖侯史鼎一定是他的弟弟。当然这个史鼎弟弟也很神气,一定是为皇帝立了新功,所以皇帝给史家锦上添花,又另外给史鼎封了一个忠靖侯。

说到这里,可能又有人不耐烦了,会说:"讨论这个问题有什么必要呀?史鼎、史鼐,在书里只不过偶尔提到一下,根本没有构成一个具体的艺术形象,难道他们也有原型?难道这对理解史湘云也有帮助?鼐呀,鼎呀,曹雪芹不过随便那么一写罢了,您文本细读,连名字叫鼎、鼐的两个人谁大谁小都去细抠,是不是太烦琐,太无聊了呀?"

我一再强调,《红楼梦》虽然是小说,但其文本里含有家族史的因素,曹雪芹采取的是"真事隐"而又"假语存"的非常特殊的写法。书中的贾母(史太君)这个形象,其原型就是康熙朝苏州织造李煦的一个妹妹,她嫁给了曹寅,曹寅是当时的江宁织造,是曹雪芹的祖父,嫁给曹寅的李氏,就是曹雪芹的祖母。那么从生活真实升华为艺术形象,曹雪芹就给他的祖母这家的姓氏,由李变成了史,于是以他祖母家族为原型的小说里的四大家族之一,他就写成保龄侯尚书令史公之后的金陵史家,这个家族系统中的所有角色他都虚构为姓史,书里除了贾母(史太君)以外,更重要的史家形象就是史湘云,可见史湘云的原型应该姓李。现在我要郑重地告诉你,在真实的历史档案当中,可以查到,康熙朝苏州织造李煦的儿子,老大就叫李鼐,老二就叫李鼎,书里把史鼐设定为哥哥,史鼎设定为弟弟,完全是依照真实生活中的伦常秩序。如果曹雪芹是完全虚构,"鼎"这个字眼,应该给哥哥命名,"鼎"字上头添加个"乃",应该是弟弟,把保龄侯写成史鼎不就结了吗，但他偏写成箫兄鼎弟，这说明曹雪芹虽然在写小说，但真实的生活一直横亘在他的胸臆，即使是这么两个背景人物，改了姓氏却坚决不改名字，并尊重原有的排序。

一位"红迷"朋友跟我讨论，他说，既然说史箫、史鼎都是史湘云的叔叔，可见史湘云的父亲比箫、鼎都大，那袭保龄侯的，不就应该是她的父亲吗？第四回"护官符"里关于史家的小注说得很清楚，这个家族一共有十八房之多，光在京城的就有十房，史湘云的父亲，应该只是箫、鼎的堂兄，而且史湘云还在襁褓中的时候，她父母就双双死掉了。其实《红楼梦》里另外一个角色在这一点上跟她类似，就是贾蔷。贾蔷辈分当然比她低了一级，书里交代，贾蔷从血缘上说，"亦系宁府中之正派玄孙，父母亡之后，从小儿跟着贾珍过活"。这种情形在那个时代那种社会里，是常有的，就是家族鼎盛时期分支很多，却未必每一房人丁都一直旺盛，有的房最后可能就只剩下孤身一男或一女，只能由其他房来抚养照顾，而且首先负有责任的是长房，如书里的保龄侯史箫对史湘云，威烈将军贾珍对贾蔷，就必须承担起抚养、监护的责任来。

通过对史鼎、史箫谁是哥哥，谁是弟弟的探讨，进一步证明了我在上一讲里得出的结论：史湘云这个角色从原型到艺术形象之间的距离最小，她的逼真性，可能超过了"金陵十二钗"正册中的其他各钗，作者就是如实地写出他生活当中这样一位表妹的种种情况。

在现存的曹雪芹古本《红楼梦》里，尽管没有一段集中的叙述性文字来交代史湘云的来龙去脉，但是经过我上面的一番探究，其实完全可以做出一个明确的概括：从原型角度来说，就是康熙朝苏州织造李煦，他一个妹妹嫁给了江宁织造曹寅；李煦有两个儿子都很成材，大儿子叫李萧，二儿子叫李鼎；李家有很多房，李煦一辈的兄弟也不止一个，其中一个兄弟生下一个儿子，娶了妻子，生下了一个女儿，但女孩还在襁褓中的时候，李煦的这个侄子和他的妻子就双双亡故了，于是那个女孩就由李萧、李鼎两家轮流抚养，而李萧负主要的责任。李煦在世时，当然也会亲自过问这个女孩的事情，曹寅、李煦相继故去后，曹寅的遗孀，也就是李萧、李鼎的姑妈、那个襁褓中父母双亡的女孩的祖姑，对这个女孩很疼爱，经常把她接到曹家来住上一段。这一组人物关系，转化到小说里，就是金陵四大家族里的史家，祖上被皇帝封为了保龄侯，保龄侯这个封号，有"保护孩子年龄增长"的含义，当然是曹雪芹的杜撰，清代并无这样一个爵位名称，但之所以这样虚构，也并非没有生活依据，那依据就是，真实生活中的李家和曹家，李煦的母亲和曹寅的母亲，都在康熙皇帝小时候当过他的保母。在《红楼梦》第五十三回写到贾府宗祠里的对联："肝脑涂地，兆姓赖保育之恩；功名贯天，百代蒸仰尝之盛"。其中上联的写法，就比"保龄侯"更明确地点出了小说中贾家的原型，就是出过"保育"皇帝的"教养嬷嬷"的曹家。当然曹雪芹将真事隐于假语中时，使用了夸张的艺术手法，小说里的贾家封了公爵——宁国公和荣国公，史家封了侯爵，虽然侯爵比公爵低一级，但是贾家第一代的那个公爵头衔并不能世袭，后辈的贵族头衔在不断降级，宁国公一支传到贾敬，贾敬让给儿子贾珍去袭，只是一个三等威烈将军的头衔，荣国公传到贾赦，也只不过是一等将军，而史家的那个侯爵封号，却是可以"世袭罔替"的，传到史萧那一辈，没有降格，仍是保龄侯。更有趣的是，曹雪芹还把史鼎也写成一个侯爵，杜撰出一个"忠靖侯"的封号，"忠"不用多说了，"靖"

有平定动乱的意思，清代皇帝不断地去平定各处的反叛反抗，于是就有奴才去为他们忠心耿耿地平靖叛乱，小说里的史鼎因为有那样的战功，皇帝就又给他们史家封了一个忠靖侯。"吃老本"的保龄侯史萧和"立新功"的忠靖侯史鼎，轮流抚养他们的一个孤堂侄女，而他们的姑妈史太君，也就是这个孤女的祖姑，还常把这个叫史湘云的女孩接到荣国府去居住。史湘云身体里，流淌着史家的血脉，贾母对这个娘家的孤女非常爱怜，不过跟林黛玉比较起来，林黛玉是贾母亲生女儿的亲生女儿，而史湘云只是贾母堂兄弟的儿子的一个女儿，血缘上要远几层。

史湘云一出场，就被称为"史大姑娘"，林黛玉没被称为"林大姑娘"，薛宝钗没被称为"薛大姑娘"，这应该也是由于史湘云的原型，她在其家族中被习惯地称为"李大姑娘"，那可能是由于她的父亲虽然并非李家那一代的长房长子，但结婚、生育比李萧早，这位李家小姐是那一辈里年龄最大的一个。曹雪芹写《红楼梦》，尽管他以"假语"来写，人物的身份往往与生活中的身份有了某些变化，但他却不愿意放弃家族中对那个人物的习惯性称呼，最明显的例子是他把王熙凤设定为荣国府长房长子的媳妇，却又让书里其他人物称她为"二奶奶"，可见这个人物的原型是家族里的"二奶奶"，他是按照真实生活里的实际称呼来写这个人物的。上一讲我分析过"小蓉大奶奶"的叫法，现在再告诉你"史大姑娘"的叫法，也有文本背后的依据。

小说里的史家，发展到故事的那个阶段，社会地位比贾家还高，拥有两个侯爷，他们都是史湘云的叔叔，史湘云从小寄养在侯爷府里，按说应该是很幸福的，小说里尽管没有对她的寄养状况作总体性的交代，但有若干零碎的笔触，透露、逗漏出史湘云处境中很不如意的一面。

　　史湘云在这两个侯爷府里，不可能经常见到她的叔叔，就像林黛玉在荣国府里一样。大家回想一下，书里林黛玉和贾政直接见面的时候多不多？即使在同一个家族聚会中能够见到，彼此也极少有话语交流，甚至互相是否有目光的对视，都很难说。林黛玉一天到晚，除了外祖母，见到最多的长辈，是舅母王夫人。史湘云也是一样，所谓寄养在她叔叔家里面，说穿了，其实就是寄养在她婶婶家里面，她一天到晚接触最多的，是婶婶。那么，两位婶婶对她怎么样呢？竟是非常的苛刻。在第三十二回，通过薛宝钗跟袭人对话，从薛宝钗嘴里透露——实际上也就是曹雪芹通过薛宝钗这个人物向读者透露——"我近来看着云丫头的神情，再风里言风里语的听起来，那云丫头的家里竟是一点儿作不得主。他们家嫌费用大，竟不用那些针线上的，差不多的东西，都是他们娘儿们动手。为什么这几次他来了，他和我说话儿，见没人在跟前，他就说家里累的狠。我再问他两句家常过日子的话，他就连眼圈都红了，口里含含糊糊，待说不说的。想其形景来，自然从小儿没爹娘的苦。我看着他，也不觉伤起心来"。有的"红迷"朋友可能有些纳闷，那可是侯爵府里啊，想想史鼎夫人到宁国府参与秦可卿丧事的气派，人未到，先有喝道之声，这样的婶婶，难道还会嫌家里费用大，供不起做针线活计的丫头婆子以及裁缝，竟都是"娘儿们动手"，吝啬到那样的地步吗？那是完全可能的，有的富贵人家就是那样，财富越多越抠门儿。另外，你要看懂这个话，所谓"娘儿们动手"，并不是侯爵夫人自己也做针线活计，贾府里的王夫人就没见她自己也做针线活计，但赵姨娘是要做针线活计的，书里有相关描写，赵姨娘就属于"娘儿们"。可想而知，史湘云的婶婶，是把史湘云跟她丈夫的那些姨娘放到一起，派定针线活计，而且是有定额，并且限时完成的，而婶婶却未必也让自己的亲生女儿那么样地做针线活计，所以薛宝钗说起来，感叹史湘云"从小儿没爹娘的苦"。

书里写薛宝钗在家里做针线活，也写到林黛玉做香袋，裁衣服什么的，还写到探春做了一双鞋，送给哥哥宝玉，但她们并没有被规定数额，需要牺牲休息去赶工。史湘云在两个侯爵夫人的婶婶家里，却是超负荷地忙于针线活计，这连最主张女子以针黹为正业的薛宝钗知道了也于心不忍，所以史湘云总是盼望贾母接她到荣国府去住，起码在贾母身边用不着熬夜做针线活计了。书里写她一出场，就在贾母面前大说大笑，那真有脱出樊笼获得解放的味道。有位年轻的朋友问我："既然贾母那么疼爱她，就干脆借史鼐外迁的机会，把对她的抚养权明确地接收过来，让她永远留在自己身边，过上舒心的日子，问题不就解决了吗？"贾母就算有那个心，也不能那样做，当时社会的伦理规范横亘在那里，史湘云是史家的姑娘，父母双亡后只能在史家寄养，除非她跟林黛玉一样，父亲一死就没有亲支嫡派的本家伯父叔叔了，可以由外祖母收养，史湘云偏有两个有权有势的富贵叔叔，他们纵使满心觉得这个大侄女儿是个累赘，也只能是收来抚养，没有把她完全丢给姑妈去抚养的道理，就是保龄侯委了外迁阖家赴任，贾母将史湘云留在身边一段，也只意味着史湘云到亲戚家暂住一时而已，史鼐夫妇仍是她的监护人。

史湘云的婶婶对她骨子里很啬刻，但表面却维系着富贵家族的排场风光，书里面有不少这方面的描写，比如第三十一回，写她又来到荣国府，说有人回："史大姑娘来了！"一时果然见到史湘云带领众多丫头、媳妇走进院来。她的婶婶就是要给亲戚们留下一个深刻印象：谁说史大姑娘寄养在我们家受委屈啊？你看我们待她怎样？丫头、媳妇围随着来串亲戚，不俨然是一位侯门小姐吗？接着有一个细节，说天气热起来了，史湘云还穿着好几层衣服，看上去当然体面，实际上很不舒服，贾母让她赶紧把外头大衣服脱了，连王夫人都说："也没见你穿上这些作什么！"史湘云就说是二婶婶要求她那样穿的，她自己可不愿意穿那么些，可见她二婶婶所关心的并不是史湘云自身舒服与否，而是亲戚们的"观瞻"——二婶婶是希望人们通过史湘云去做客的排场与行头，来显示她对大侄女的照顾是多么的周到细致。来时要求表面堂皇，回去的时候呢？第三十六回末尾写到，宝玉、黛玉等"忽见史湘云穿的齐齐整整走来辞说，家里打发人来接他"，那"齐齐整整"显然是奉婶婶严命，必须得有的面貌，其实她会感觉很不畅快。"那史湘云只是眼泪汪汪的，见有他家人在眼前，又不敢十分委曲。少时宝钗赶来，愈觉缱绻难舍。还是宝钗心内明白，他家人若回去告诉了他婶娘们，待他家去，又恐他受气，因此倒催他走了。众人送至二门前，宝玉还往外送，到是史湘云拦住了，一时回身又叫宝玉到跟前，悄悄嘱咐道：'老太太想不起我来，你时常提着些，打发人接我去。'"一些读者读《红楼梦》读得比较粗，往往只记得史湘云醉卧芍药、脂粉香娃割腥啖膻、偶填《柳絮词》，只觉得她是个无忧无虑的活泼女郎，其实她还有非常悲苦的一面，她寄养在叔叔婶婶家的生活，借用贾珍说过的一句话，叫作"黄柏木作磬槌子——外头体面里头苦"。只是她命运中的这一面，曹雪芹点到为止，写得相对含蓄些罢了。

史湘云在叔叔家里，每月应该领到一定数额的零用钱，究竟是多少，书里没有很明确的交代，但通过她和薛宝钗讨论怎么在大观园的诗社做东，读者就知道她手头其实十分拮据，薛宝钗就对她说，你家里你又做不得主，一个月统共那几吊钱，你还不够盘缠，你要在这儿的诗社做东，你哪来钱啊？难道去问叔叔家要吗？你婶娘们听见了，越发抱怨你了。书里交代，荣国府的小姐们，包括林黛玉，一个月的月例是二两银子，连鸳鸯那样的大丫头一个月也能领一两银子，而史湘云在叔叔家一个月却只有几吊钱。清代到了道光时期，一两银子略等于一吊钱，但是在曹雪芹所处的乾隆时代，你看他笔下的写法，他说王夫人给袭人的特殊津贴，是二两银子一吊钱，可见那时候一两银子比一吊钱大许多，否则就写成三两银子不是更明快吗？那时候，一两银子约等于两吊钱，钱是指中间方孔、外缘浑圆的铜板，又叫制钱，调侃的说法是"孔方兄"，一千个铜板用绳子穿过中间方孔扎好叫作一吊。史湘云每月的零花钱估计是三吊，比起林黛玉等贾府的小姐，少了约四分之一。

史湘云，那么一个纯真、聪慧、娇憨的姑娘，喷溢着生命中最美好的原创力，呈现出生命奇葩的光艳芬芳，但是，她寄养到叔婶家的生活，却非常暗淡。正如《乐中悲》曲所说："襁褓中，父母叹双亡。纵居那绮罗丛，谁知娇养？"

在叔婶家的拘束、艰辛与无味，与被祖姑贾母接去后的放松、享受、任性，形成鲜明的对比。在荣国府、大观园，在贾母身边，在宝玉和众姐妹，加上凤姐、李纨这些人组成的亲族圈里，史湘云身心获得大解放，她得到了很多温暖，也充分地把自己天性当中最美好的一面呈现出来，温暖别人。她跟荣国府的大丫头们相处得也很好，视为自己的朋友，第三十一回写她又来做客，她特地带来一些绛纹石的戒指，分赠给熟悉的大丫头。

书里面有许多斑点式的文笔，写到她的过去，读者应该注意。她很小的时候，就被贾母接到荣国府来住着玩过，贾母当时派丫头珍珠来服侍她，这个珍珠就是后来的袭人，她跟珍珠相处得很好，珍珠年龄应该比她略大一点，两个小女孩有时会在一起说悄悄话，这些隐秘构成她们美好的回忆，在第三十二回就透露出来。那时候史湘云又到了荣国府，袭人问起她定亲的事，她红了脸，吃茶不答，袭人就提起往事，说你还记得十年前咱们在西边暖阁住着，晚上你同我说的话吗？那会子不害臊，这会子怎么又害臊呢？书里没有接着写袭人把那晚上史湘云说过的话明挑出来，留下一个空间，让读者自己去想象。你能想象出来吗？依我想来，那时候她们说的悄悄话，跟结婚有关。十年前，史湘云大概只有四岁多，四岁多的小姑娘怎么会说起结婚的事？那样小的孩子当然不会懂得什么叫结婚，但看到了结婚的场面，会觉得非常有意思，于是年幼的小姑娘，也可能生出一个想法，想当穿戴得很漂亮的新娘子，而且悄悄地跟另一个小姑娘说出来。我坦率承认，我在小的时候，就跟胡同里面的小男孩、小女孩玩儿过结婚游戏，我扮过新郎，邻居家小姑娘扮新娘，一群孩子围着我们起哄，非常高兴。那种儿童游戏里完全没有色情因素，参与的孩子都绝没有邪念，是对成人生活里那些美好表象的一种羡慕与模仿，一派天籁，无限欢悦。那时候当然不懂得害臊，长大一提这事，哟，你不能提，我已婆妻生子，当年扮新娘的也早已名花有主，但小时候玩过的那种游戏，或者仅仅是说过想当新郎或新娘的悄悄话，回想起来，还是甜蜜而有趣的。书里这类斑点式透露角色"前史"的文字，细心的读者应该不要忽略，其值得慢品。

在叔婶家里，史湘云必须按刻板的规范生活，包括穿衣打扮，到了荣国府，她可以非常随便，由着性子去塑造自己，她经常女扮男装，这在她叔婶家是绝对不可能的，但是祖姑贾母是一个很开通的人，又很溺爱她，就由着她玩闹。有一回她女扮男装，离贾母比较远，贾母老眼昏花看不清，以为是宝玉——因为她穿的正是宝玉的衣服——就说"宝玉你过来，仔细头上挂的那灯穗子，招下灰来迷了眼"。这句话非常生动，如果是一部纯虚构的小说，我认为不太可能出现这样的句子，就是因为作者在那样的家庭生活过，所以他写富贵家庭的景象，写得很真实，如果光凭想象，会把富贵家庭写成四面光，亮堂堂，灯穗子一律洁净鲜丽，怎么会不经意地就写出灯穗子上有灰呢？这和曹雪芹他写王夫人屋里面椅子上的靠垫是半旧的一样，肯定都源于真实的生活素材。这样的生活状态并不是不富贵，再富贵的家庭，东西也得用，用到一定程度以后才能够更新，都会在一段时间里呈现出一种半新不旧的状态，那么灯穗子上也可能积灰，这灰可能会在某个节庆之前进行打扫，可是没打扫的时候上面就有灰，而且灯穗子很长，女扮男装之后呢，头上还有冠，不慎碰到灯穗子，就可能招下灰来迷了眼——别小看这些文句，这些细微处也证明着曹雪芹写实的功力。当然后来贾母知道是认错了，灯穗子下不是宝玉而是史大姑娘，贾母绝无责备，大家都很开心。

第四十九回，史湘云又有一个出格的打扮，这个时候林黛玉就笑对大家说："你们瞧瞧，孙行者来了。他一般的也拿着雪褂子，故意妆出一个小骚达子来。""达子"又写作"鞑子"，是过去汉人对满人的一种戏称，当然含有不尊重的意味，20世纪初一些主张把《红楼梦》主旨诠释为"反清复明"的人士，会把这个地方黛玉的这句话，也当成一个证据，黛玉不光使用了"鞑子"这个语汇，还说成"骚鞑子"，似乎更具侮辱性，但我认为这里写黛玉这个话，"小骚鞑子"并不具有否定性，更没有污蔑性，只是私下调侃，甚至还含有赞叹的意思。有些满族人士不太愿意听到外族人使用"鞑子"这个语汇，可是满族人互相之间说说没事儿，我们非满族人在生活里使用这个语汇时应该特别小心。总之，史湘云在荣国府不仅是一般性地女扮男装，她有时候是扮成儒雅的汉族男子，有时候是扮成剽悍的满族男子，真是尽性撒欢。下雪天，她还把贾母又长又大的大红猩猩的斗篷裹在身上，腰里系一条汗巾子，和丫头们到后院里面扑雪人——注意一定是在雪下得很厚的时候才能扑，薄的时候可别扑。

我讲到的这些，在书里往往都是一带而过的文字，曹雪芹对这些内容仿佛完全用不着刻意去想象去虚构，他随手拈来，皆成趣文，想必都是湘云原型李大姑娘的实有之事，他记忆里库藏极其丰富，写来比刻画其他角色更得心应手。

史湘云在贾母身边享受到了那么多的温暖和乐趣，但是，前八十回正文里，并没有一句话明点贾母是她祖姑，只在第三十八回，曹雪芹暗写了贾母跟她之间有不寻常的血缘关系。当时贾母也到大观园里面去玩儿，到了藕香榭，藕香榭有竹桥，榭中有竹案，贾母看见榭内柱子上挂着黑漆嵌蚌的对子，让人念给她听，可以给她念对子的人很多，但曹雪芹特意写是湘云来念"芙蓉影破归兰桨，菱藕香深写竹桥"（有的古本里"写"又写作"泻"）。有的人可能会问，由湘云来念对子，难道也有什么深意吗？曹雪芹他也许是随便那么一写吧，这跟写由黛玉、宝钗来念，又有什么区别呢？是有区别的。贾母看到眼前景象，有所回忆，大意说我们史家当年的老宅子里，也有这么一个类似的园林景点,叫枕霞阁,当年她跟眼前这些小姐们差不多大的时候,在枕霞阁玩耍,一不小心掉到水里面,被救上来的时候碰到了木钉子,结果鬓角这儿碰出一个窝,现在还留下指头大这么一个凹槽。曹雪芹这样写,他也是有真实生活依据的,史家的原型是李家,李家在康熙朝住在苏州,苏州有园林,园林里就有竹桥,贾母原型的哥哥李煦受父辈影响,特别爱竹,他取了个别号就叫竹村,因此,转化到小说里,贾母到了以竹为材的藕香榭,过了竹桥,就特别兴奋,就怀旧,就感叹,而跟她有血缘关系的史湘云,就让其来念藕香榭的对联。我觉得,枕霞阁这个名称,可能跟第五十四回,贾母提到的《续琵琶》的戏名一样,是生活里真有的,《续琵琶》的作者就是曹寅,而枕霞阁就存在于李家的老宅之中。

书里有不少史湘云的重头戏,仿佛大幅工笔细绘的中国画,或西方写实派的油画,历来的论家多有涉及,我这里反而从略,我强调的,是那些分散在各处的斑点式笔触,也借用一个绘画方面的比喻,就如同西方绘画史里早期印象派中的点彩派,那样一种手法。点彩派的画,你近看觉得一片模糊,离远一点,斑斑点点使人产生很多联想,于是在你心中,就可能产生出一种超越真实的特殊美感。对史湘云这个角色,曹雪芹就使用了"点彩"技法,对于她的身份来历,乃至性格外貌,没有一个完整的叙述性交代,但是他通过斑斑点点的分散笔触,最后使我们整合出一个异常鲜明的人物形象。有不少《红楼梦》的读者表示,如要他们选出书里一个最喜爱的角色,那非史湘云莫属。这是曹雪芹对她采取"点彩派"描绘手法的伟大胜利。

曹雪芹在书里并没有直接写到过史湘云的相貌。他很具体地写到过林黛玉的眉毛和眼睛,多次描写薛宝钗的容貌,但是对史湘云,他始终没有肖像描写，对史湘云的身材，在第四十九回有过一笔很抽象的形容，说她经过一番特殊的打扮后，"越显得蜂腰猿背，鹤势螂形"。他倒是写到过史湘云的睡相，在第二十一回，他是对比着写的，说林黛玉是严严密密裹着一幅杏子红绫被，安稳合目而睡，史湘云呢，"却一把青丝拖于枕畔，被只半胸，一湾雪白的膀子撂于被外"，写到了头发，还是没有写出面容，但他对史湘云这种点到为止，语不及脸的写法，并没有使读者觉得她的形象比黛、钗逊色。一位"红迷"朋友跟我说，他读过《红楼梦》总感觉把握不住黛玉的面容身形，但是对湘云，就觉得仿佛邻家姑娘，"闭着眼也能把她画出来"。

恶俗的写家写美人，总是尽量地完美化，一点缺点不能有，曹雪芹却精确地把握分寸，当然他有艺术升华，但首先是尊重生活的真实，写史湘云，尤其如此。正如我前面所说，史湘云这个艺术形象，和生活当中的原型之间的距离，是最小的，几乎就是生活当中的真实人物的白描。他写到史湘云大舌头，咬字不清，黛玉就讥笑过湘云，说连个"二哥哥"也叫不来，只是"爱哥哥""爱哥哥"的，回来赶围棋，又该你闹着"幺爱三四五"了。他写史湘云话多，多到有时候让人腻烦，贾迎春沉默寡言，尤其不喜欢褒贬人，可是在第三十一回，迎春就忍不住说湘云："淘气也罢了，我就嫌他爱说话，也没见睡在被里还叽叽呱呱，笑一阵，说一阵，也不知道那里来的那些谎话。"这里的"谎话"不是说她故意撒谎，是指她说些天真烂漫、没边没沿的憨话，对贾迎春那样一个安静守矩的小姐来说，史湘云的那些话都是一些没必要的瞎说。

曹雪芹写的是真美人、活美人，而不是概念美人、灯笼美人，于是在第五十九回，就有更出人意料的妙笔，说早上起来，下过点微雨，这个时候史湘云怎么样啊？她两腮做痒，"恐又犯了杏癜癣"。《红楼梦》里的美女是生癣的！一般的俗手敢这么写吗？但是曹雪芹他就这么写，读来非常真实。当时即使是贵族家庭的小姐，也长杏癜癣，首先史湘云觉得两腮犯痒，发作了，然后她就问宝钗要蔷薇硝——一种具有治癣功能的高级化妆品——宝钗就说，她配的给了宝琴她们，听说黛玉那儿配了很多，让湘云到黛玉那儿拿去，可见这些美女脸上全有癣。曹雪芹写得很有意思。尽管他明写这些姑娘脸上会长杏癜癣，可是我们想起她们来，一个个还是觉得很美。真实是美的本质，你写得越真实，读者就越觉得美，曹雪芹他深谙这个美学原则。

　　史湘云是一个寄养在叔婶家的孤女，那种寄养生活对她来说是一种囚禁，令她窒息，唯有来到荣国府祖姑家做客，才使她如获大赦，神采飞扬，才华四溢，但这种任性快乐的日子，终究有限。我们需要总结一下，在前八十回书里面，她究竟到过荣国府几次？第一次是在第二十回，忽然有人报告说史大姑娘来了，她就在贾母跟前大说大笑的。那她什么时候离开的呢？没有明确交代，但是你如果进行文本细读，会发现第二十二回她还在荣国府，但到第二十三回就没她的事了。到第三十一回，她又突然出现，第三十六回末尾说叔婶家来人把她接走了，这是故事里她第二次到荣国府。第三十七回，大观园里成立了海棠诗社，恰巧袭人派了一个宋妈，去送一些鲜荔枝给史湘云，史湘云顺便一问，他们干吗呢？宋妈也不懂，说他们好像起什么诗社，作诗呢，史湘云一听就急了，作诗怎么把她忘了呢？宋妈回来这么一说，贾宝玉立刻催着贾母，说把她再接来，贾母说天太晚了，因为两个侯爵府第可能离荣国府都比较远，书里没交代当时史湘云是住在忠靖侯家，还是住在保龄侯家，总之一定都比较远，所以等到第二天才把她接来，这就是她第三次来到荣国府，一直到第四十二回都有她的身影出现，但是她什么时候又离开了没有再说。到了第四十九回，则有一个很明确的交代，就是保龄侯史鼐外迁了，应该把全家都带到外地去，贾母舍不得史湘云，就把她留下来了，这是故事里她第四次到荣国府，一直到第八十回她都在荣国府，当然也只是作为一个长客，早晚还是要送回到她叔婶家的，因为所谓寄养，对于她那样一个女孩子来说，长大了，叔婶把她嫁出去，才算完成了任务。

　　那么通过上一讲和这一讲，我得出这样一个结论供大家参考，就是如果史湘云是一个纯虚构人物，是不可能采取这种写法的，也写不成这个样子。因为我自己写过长篇小说，我写一个人物，必须设计他的家庭、他的来龙、他的去脉，如果那是一个生活依据比较少，接近完全虚构的角色，我就得特别提起精神，小心翼翼地下笔，以使前后照应不留漏洞，尽量去让这个角色活起来。只有把我最熟悉的真实生命写进去时，才可以放松，因为大量的场景、细节、语言都是现成的，随手拈来，皆成文章，反而不必去殚精竭虑、细针密缝。当然我自知绝不能跟大师相比，但写实性质的长篇小说，其写作规律大体相通，就像苔花和牡丹的开放，都有相同的过程，最后把花冠张圆一样。根据我自己的写作经验和我的阅读经验，我坚持认为，史湘云这个角色，相对于书里其他角色，艺术形象和原型之间的距离最短，所以曹雪芹不给她设置一些偏于理性的、叙述性的文字，而采用了一种斑点式的和摄像实录般的写法，如元妃省亲这场大虚构的戏里，曹雪芹对她不愿有任何假设性想象，就不写她，一有她出现，必是真有其人、真有其事、真有其景、真有其语。

史湘云的寄养生活，会结束在出嫁之时。第五回里的《乐中悲》曲透露，她"厮配得才貌仙郎，博得个地久天长，准折得幼年时坎坷形状"，就是说她后来嫁了一个很不错的丈夫，是一个"才貌仙郎"，而且她和这个丈夫关系非常好，他们要争取白头偕老，博得个地久天长，一这样就能把她早年的坎坷全给抵消了，也就是把她襁褓中父母双亡以后寄养在两个叔叔家里面的不快乐、不幸福全都弥补了。当然现在我们能看到的曹雪芹的八十回书里，还没有相关的情节出现，但八十回后肯定会写到。于是新的问题就逼近到我们面前，史湘云嫁给的这个"才貌仙郎"是谁呢？有的人可能会笑，这还有什么可讨论的，不就是贾宝玉吗？您别急，下一讲咱们一块儿细讨论。

史湘云定亲之谜

上一讲最后，我提出一个问题，就是第五回的《乐中悲》曲预言，史湘云她"厮配得才貌仙郎"，这个才貌仙郎究竟是谁呢？是贾宝玉吗？需要探讨。

第三十一回，史湘云第二次到荣国府，王夫人见了她，有这样的话："只怕如今好了。前日有人家来相看，眼见就有婆婆家了。"这句话里"有人家来"，"人家"不构成一个词语，是"有人——到家里——来"的意思，就是说王夫人她们都知道，有人到了史湘云叔叔家，来为她相亲，而且相亲有了结果，她"眼见就有婆婆家了"。第三十二回袭人见了她，更明确地说："大姑娘，我听见前儿你大喜了。"她红了脸，吃茶不答。可见史湘云真是定亲了。袭人小时候服侍过她，跟她无话不说，但也不能乱开玩笑，只有小姐真的定亲了，丫头才可以公开道喜。

有位"红迷"朋友曾经跟我提过这样的问题，史湘云那时候究竟多大？如果拿贾宝玉做一个标准，我们都知道，薛宝钗比他大，"宝姐姐"这个称呼深入人心；林黛玉比贾宝玉小，"林妹妹"成了她的代号。史湘云叫宝玉叫什么？爱（二）哥哥，宝玉叫她呢？云妹妹，可见宝玉比她大。那么到小说故事发展到第三十一回、三十二回的时候，你仔细想想，大观园诗社里的小姐们，别人都没定亲，宝钗比史湘云大，没有定亲，迎春应该更大，也还没有定亲，探春、黛玉跟她差不多大，没定亲，惜春小些，当然更没有定亲，可是一个被宝玉叫作云妹妹的姑娘，她却定亲了，这是不是早点？但是通过上一讲，大家应该明白，史湘云她在襁褓中就父母双亡，虽然寄养在侯门之家，居住在"绮罗丛"中，但叔叔婶婶们"谁知娇养"？她婶婶一天到晚让她做针线活计，仿佛是要从她的劳作中捞回些抚养她的费用，所以叔叔婶婶早点给她定亲，早点把她打发出去，是可以理解的。当然她叔叔婶婶也不能做得太过分，像这样侯门的小姐，十二三岁以前就送给人家去当童养媳，那是说不过去的，但是到了十三四岁，就立刻为其定亲，各方面也没闲话可说。

跟我讨论的那位"红迷"朋友很困惑，他说"云妹妹"这个称谓没有深入人心，现在一般读者提起这个角色，就是叫史湘云，不像林黛玉，书里书外人都叫她林妹妹。他非要我精确地说出史湘云在故事那个阶段是多少岁。我提醒他，曹雪芹在第四十九回，特别写下了一段话，告诉读者对书里那些哥哥、弟弟、姐姐、妹妹的称呼别太较真。第四十九回是最热闹的一回，那时候大观园达到了美女云集的一个状态,除了原有的美女以外,又增加了四个,有薛宝钗的堂妹薛宝琴,邢夫人的一个侄女儿邢岫烟,还有李纨寡婶带来她两个堂妹李纹、李绮,连眼光非常挑剔的晴雯看到了都说"到像一把子四根水葱"。曹雪芹的那段话是这样的:"此时大观园中比先更热闹了多少。李纨为首,余者迎春、探春、惜春、宝钗、黛玉、湘云、李纹、李绮、宝琴、岫烟,再添上凤姐合宝玉,一共十二三个。叙起年庚,除李纨年纪最长,这十二个皆不过是十五六七岁,或有这三个同年,或有那五个共岁,或有这两个同月同日,或有那两个同刻同时,所差者大半是时刻月分而已,连他们自己也不能记清谁长谁幼了。一并贾母、王夫人及家中丫鬟也不能细细分别。不过是姊妹弟兄四个字随便乱叫。"第二十九回,癞头和尚说跟通灵宝玉青埂峰一别十三载,也就是说贾宝玉衔着通灵宝玉落生十三年了,按我们现在的算法就是贾宝玉十三周岁了,但以往说人的岁数,习惯说虚岁,通灵宝玉没有虚岁,贾宝玉得论虚岁,他虚岁得说十四了。故事从那个地方往下流动,虽然还在一年里头,可是第四十九回已经是冬天了,快过年了,论虚岁宝玉也就差不多十五了,所以这段话概括这群人"皆不过十五六七岁",当然凤姐应该不止十七岁,大约二十出头了。这段话给我们的启发就是,这些人物即使有的比有的大一点,大得也有限,小的其实也未必真小了多少,而且,过去和现在都有这种现象,就是如果一男一女年龄差不多的话,一般来说,总是女方叫男方哥哥,男方叫女方妹妹,没人硬去查他们的年庚。上一讲已经揭示了,在书里面没有一段叙述性文字,对史湘云作明确的介绍,所以她的年龄尤其模糊,她应该和宝玉相差无几,或者只小一点点,甚至于她不一定比宝玉小,她叫爱(二)哥哥,宝玉叫她云妹妹,不过是像曹雪芹在第四十九回所说的那样,为了亲热,随便那么一叫而已。

那位"红迷"朋友特别喜欢史湘云,而且他从书里也看到,史湘云和贾母有着血缘关系,贾母也很疼爱史湘云,于是他又提出一个问题:史湘云叔叔婶婶对她不好,贾母不可能完全不知道,她叔叔婶婶急着给她定亲的信息,贾母更应该率先得悉,那贾母为什么不把史湘云要来嫁给宝玉呢?

我的看法是这样的。第一,前面讲林黛玉的时候我已经论证了,贾母是一心一意想让宝玉和黛玉结为夫妻的,她公开宣布宝、黛"不是冤家不聚头",只要她还有一口气,就要为二玉的婚配保驾护航,在这个前提下,贾母虽然疼爱湘云,却不会有将她要来配给宝玉的想法。那个时代那个社会虽然是一夫多妻制,但是像黛、钗、湘这样的贵族小姐,她们定亲出嫁,应该都是成为正妻,而正妻只能有一个,贾母既然为宝玉确定了娶黛玉做正妻,那么钗、湘当然都不会再加考虑。第二,按当时封建伦理的处世规则,贾母是不能去干预湘云婚事的,虽然姓史,但是她已经嫁到贾家了,"嫁出去的姑娘泼出去的水",史家的事情她就没有决定权了。再加上无论是史鼐也好,史鼎也好,跟她的血缘也不是最贴近的,不是她的儿子,只是侄子,所以对湘云的婚事她可以关注,却不仅不能包办,也不便于插嘴。即便贾母真想让湘云嫁给宝玉,她也难以开口,因为荣国府当时的地位已经不高了,府主贾政并没有爵位,只是一个员外郎,宝玉只不过是员外郎的儿子,人家保龄侯、忠靖侯可都是侯爵,史湘云虽然是寄养的,身份毕竟是侯爵家的小姐,人家叔婶如果考虑门当户对,给湘云选婆家,起码得是有爵位的家庭,你眼前的这个宝玉，你认为是金凤凰，人家可能还觉得不够格。更何况那时候，像湘云叔婶那样的人，尽管平时对她并不好，却会在给她找婆家时，希望能攀附上更有地位财富的家庭，比如说把她嫁给一个公爵的公子，那他们岂不是多了一个往上发展的台阶？所以贾母无论从哪个角度，都不会去跟她那两个位居侯爵的侄子或侄媳妇提出来，让湘云嫁给宝玉。当然这两个理由，第一个是决定性的，贾母就是认定了二玉的结合。贾母疼湘云，但女大当婚，父母没了，她叔婶就相当于父母，两处叔婶做事，大面上一直是过得去的，上一讲我提到，史湘云到荣国府来串亲戚，衣服穿得整整齐齐，一群丫头婆子围随，侯府小姐的气派还是给足了的，那么叔婶给她定亲，大路子也肯定不会错到哪里去，贾母听其自然，是可以理解的。

史湘云定亲，是通过人物对话让读者知道的，没有一段叙述性交代告诉读者她究竟是怎么定的亲，定的究竟是哪门子亲。这确实是个谜。

为了把这个谜解开，我们可以先捋一遍，看《红楼梦》里都写到了哪几种贵族家庭的婚配模式，也许，通过比照，我们能够分析出史湘云定亲属于其中哪一种。《红楼梦》里面写到了很多跟婚姻有关的事情，把那个时代一般富裕家庭直到贵族家庭的小姐定亲出嫁的方式，通过不同的人物，进行了多种多样的展示。当然书里也写到了丫头的婚配，最常见的情况就是"好不好，拉出去配一个小子"，但丫头的婚配咱们这次不作讨论，咱们讨论的范畴只在有小姐身份的人物之内，当然，有的小姐是富豪千金，有的家境差一些。

贵族家庭的小姐，如果有参与选秀的资格，被选中了，而且被皇帝、王爷，再或被王子、世子看中，加以接纳，给予封号，即使不能成为正妻，按那个时代那种社会的价值标准，无论是对其本人，还是对其家族，当然都是一种幸运与荣耀，荣国府的贾元春就先被选入宫中做女史，后来得到皇帝宠幸，"才选凤藻宫，加封贤德妃"。这是最高级的一种婚配模式。

还有一种，就是由皇家指婚。书里写到元春通过端午节颁赐节礼，表达了她对宝玉和宝钗的一种指婚的意向，当然，由于意向还不等于正式的谕旨，贾母就装糊涂，进行巧妙的抵制，使这个指婚没有能够化为现实，但这种指婚在当时的社会里面，确实是一种婚姻模式，也是很多贵族家庭和贵族小姐自己所企盼的事情。如果是皇帝亲自指婚，那是天大的荣耀，康熙朝江宁织造曹寅的一个女儿，也就是曹雪芹的一个姑妈，就由康熙皇帝指婚，到京城嫁给平郡王的儿子为福晋（又可以写成"福金"，满语正妻的意思）。她的丈夫后来接袭了平郡王，她也就成了王妃，而且还给小平郡王生下世子，取名福彭，后来成为乾隆皇帝小时候的伴读，乾隆继位后福彭一度得到重用，成为曹家的一大骄傲。那时候即便不是由皇帝本人指婚，比如说由重要的妃嫔给指婚，也是无上光荣的。书里的贾母居然抵制元春的指婚，对于王夫人和薛姨妈来说是沉重的打击，对于薛宝钗来说，也使得她内心波澜迭起，饱受煎熬。

第三种模式，就是贵族家庭之间互相婚配，这应该是最常态的一种模式。第四回讲到"护官符"的时候，就告诉读者贾、史、薛、王四大家族皆联络有亲，从书里人物关系来看，贾母由史家嫁到贾家，王夫人和王熙凤都由王家嫁到贾家，王夫人的妹妹又由王家嫁到了薛家，到了第七十回，似乎不经意，其实却很有意味，曹雪芹写下这样一句话："偏生近日王子腾之女许与保宁侯之子为妻，择日于五月初十日过门,凤姐又忙着张罗,常三五日不在家。"从"偏生"起句的口气,这个地方"保宁侯"应该就是保龄侯,那么"四大家族"又一次进行婚配。即使"保宁侯"是另外的一个侯爷,也同样说明贵族家庭之间,"门当户对"的婚配是最普遍的。

紧跟着上面"偏生近日"那句话,后面就又写到,这日王子腾夫人又来接凤姐,一并请甥男甥女闲乐一日,于是贾母和王夫人就命宝玉、探春、黛玉、宝钗四人同凤姐去。那么在第七十回,故事的那个阶段,史湘云在不在贾府啊?她在,第七十回情节的重点是填《柳絮词》,《柳絮词》怎么填起来的?谁填的第一首?史湘云啊。可是这个往王家赴会的名单里没有史湘云。有的读者就很纳闷,为什么不让史湘云一起去呢?如果说史湘云跟王子腾家血缘离得远,可是黛玉离得难道近吗?当然,也可以理解为王家不知道她正好在荣国府,没有特别提出来请她去,可即便王家没请,贾母、王夫人也可以命她一起去啊,按亲戚算她也是甥女辈之一啊。难道又是曹雪芹随便那么一写,忘了把她名字列上?一位"红迷"朋友跟我说,他觉得史湘云最应该去了,因为王子腾的一个女儿要嫁给谁呢?嫁给保宁(龄)侯的儿子是不是?保宁(龄)侯儿子是谁呢?就是史湘云的堂兄啊!这个王子腾之女,就是史湘云未来的堂嫂啊,她们关系很近呀!我把我的意见告诉他,可见古本里这个地方的"保宁侯"就是保龄侯史鼐,曹雪芹写的时候,他的文笔非常细腻,他为什么这样写呢?道理很简单,就是无论是宝钗,还是黛玉,当然包括迎春、探春,都还没有定亲,没有定亲的小姐在这种社交活动当中行为比较自由,可是史湘云却已经定亲了,一个定亲的堂妹和另一个定亲的堂兄之间就不能够再见面了,就不方便了,当然如果她也去,是去王子腾家，王子腾的女儿即将成为她的堂嫂，按当时封建伦理规范，史湘云就不方便去了。可见曹雪芹不仅写得很细，也写得很准确。这里插进来讲这么一段，意在提醒大家，《红楼梦》既是一部小说，也是一部关于中国封建社会的百科全书，从中我们可以对一些封建伦理道德规范有所了解。

第四种模式呢，就是父母包办。当然上面讲的那种模式也往往属于父母包办，不过前提是"护官符"上豪族之间的"门当户对"，公子小姐到了适婚年龄，族长就会首先从一贯联络有亲的家族里进行扫描，如果正好有现成的一对，就可以"偏生"又缔结出一桩姻缘，当年王夫人嫁贾政、贾琏娶王熙凤，应该都是那么一回事。在那种情况下，豪族间既然有默契，父母出面表态只是个形式。这里说的第四种模式指的是纯粹由父母意志形成的婚姻，门未必当户未必对，但父母执意要把女儿嫁给某人，女儿只能认命，书里最典型的例子就是迎春。所谓父母包办，其实就是父亲包办，邢夫人在贾赦跟前是一个很软弱的存在，贾赦在邢夫人面前是绝对权威，没有什么夫妻共同商量的余地，贾赦做主把迎春许给了孙绍祖，就是第五回提到的"中山狼"，迎春最后就被这匹色狼蹂躏吞噬了。孙家和贾家并不门当户对，虽然当时孙绍祖也比较发达了，但是从根儿上说，没法和贾家相比。那为什么贾赦非要把迎春许给孙绍祖啊？孙绍祖后来打骂迎春，意思就是说你等于是我用五千两银子买来的丫头，怎么回事啊？就是贾赦曾经问他们家挪用过五千两银子，到那时候还没还，等于把闺女给了人家去抵债了。迎春大不幸。但这是当时的一种也并不少见的婚姻模式：并非门当户对，而且其中还有某种隐情，父母就把女儿硬给嫁出去了。

那么还有一种情况，就是由世交或者朋友做媒提亲，这在当时社会里面也是一种婚配模式。比如在清虚观打醮的时候，张道士就为贾宝玉提亲，他是世交，更进一步说他是荣国公的替身——这是一个非常重要的身份，所以他有资格在贾母面前为宝玉提亲，不想被贾母拒绝了。书里还写到贾琏作为柳湘莲的朋友，把自己的小姨子尤三姐介绍给柳湘莲，柳湘莲一开始还挺高兴，把珍藏的鸳鸯剑拿来作为信物，让贾琏带给尤三姐。当然最后是一个悲剧，如果成功的话，那就是当时社会中也很正常的一种婚配。书里写贾母作保，凤姐为媒，撮合成薛蝌与邢岫烟的婚事，有点第三种模式的味道，但邢家不属于"四大家族"，邢夫人虽然是贾赦正妻，娘家却已经衰落，因此，也可以把蝌、岫的这桩婚事，划归亲朋提亲促成这一模式。

还有一种形式你要注意，就是当时有官媒婆，媒婆不都是私家的，官府本身有一个媒婆组织，其中有很多官养媒婆，她们专门为达到一定社会地位的家庭里的公子、小姐做媒，到这些家庭里去走动。多数情况下是带着男方的意思——某一个家庭的公子到了年龄需要择偶，但是没有现成的线索，就委托官媒婆到相应的家庭里面去，找年龄相当、八字相合的小姐来说媒，只要家长同意，通过官媒婆的撮合，也能形成一桩婚姻。这在清代是很流行的一种做法。《红楼梦》里有没有这方面的描写？展开的描写不多，但是有这方面的笔墨。比如第七十二回，就说有官媒婆朱大娘，天天弄个帖子来到荣国府，为孙大人家里求亲，这个孙大人家看来不像是孙绍祖家，可能是另外姓孙的，比较有钱有势的家庭。第七十七回，那个时候王夫人抄检了大观园，又处置了一些丫头，在繁乱当中，有一笔写到，王夫人为官媒婆来为探春说媒，心绪甚繁。孙大人家来求亲，没说盯准了哪位小姐，但第七十七回来的那个官媒婆，就是冲着贾探春来的，可能查阅了有关的户籍，知道这个女孩子到年龄了，而且可能生辰八字也符合男方要求，于是就来活动了。王夫人当然得管这事——现在的年轻人一定要懂得，探春虽然是赵姨娘生的，但按封建伦理，她母亲是王夫人，她的婚事是由父亲贾政和母亲王夫人来决定来操办的。官媒婆来，首先要见的是王夫人，王夫人如果有了主意，再跟贾政汇报、商量，贾政点头通过，就可以进入具体的订婚程序，贾政如果不点头，那王夫人自己愿意也没用。至于赵姨娘，她不仅没有任何决定权，连正式的发言权也没有，书里写探春只认王夫人是母亲，对生母就叫姨娘，认为属于奴仆一类，或者仅比奴仆略高一点，是符合那个时代那种社会的封建伦理秩序的。当然故事发展到第七十七回的时候，王夫人处置丫头，心绪甚繁——注意曹雪芹写的不是"烦"字，而是"繁"字，就是说王夫人要处理很多事情，线头很多，忙不过来。她作为府第的第一夫人，本来很多事情都委托给王熙凤去管，现在她亲自出马，心里头盘算的事情非常繁杂，但是她并不一定感觉烦恼，她反倒觉得经过她亲自出马，一番整顿清理，荣国府、大观园都更"纯净"了。官媒婆偏这个时候跑来为探春说媒，她一时难以应付，所以探春直到第八十回也还没有定亲。曹雪芹这样写，当然也是为八十回后探春的远嫁留下余地。尽管书里没有通过官媒结成婚姻的正面情节，但穿插点染出官媒婆的活动，也就让我们知道，这是当时贵族家庭小姐出嫁的又一种模式。

还有一种，《红楼梦》里也写到了，就是攀附求亲。两家本来门不当户不对，互相之间原来也没关系，但是有一家现在有点发达，就想攀附到一个世代簪缨之族、钟鸣鼎食之家，通过联姻，进一步带动自己的发达。书里写到一个叫傅试的人——这名字不消说谐音寓意，点明是个趋炎附势的小人——他的官职是通判，不大不小，当然他希望能够变得更大。他有一个妹子叫傅秋芳，他把傅秋芳当作自己进一步发达的一个砝码，到处去攀附，看哪家有钱有势，他就挨家去试，看能不能把妹子嫁给那家的公子，但是傅试拿他妹子攀附豪门的计划总未落实，把他妹妹耽误到二十四岁还没有嫁出去。二十四岁呀，即使在今天，二十四岁的女子也可以谈婚论嫁了，在那个社会，绝对是一个奇怪的高龄小姐。你想想史湘云，才十三四岁，都已经定亲了，傅秋芳二十四岁还待字闺中，可想而知，她这哥哥"人心不足蛇吞象"，抱定非豪门之家绝不将她嫁出去的主意。傅秋芳应该是父母双亡了，那么"长兄如父"，她的婚姻只能由哥哥做主，自己是完全处于无奈的状态。可能傅试最早都还没考虑到员外郎的公子贾宝玉，现在妹子这么老大了，也就只能退而求其次，何况贾宝玉从他祖父上算，也还称得上是"王孙公子"，于是他就竭力想把他妹妹推销给荣国府，嫁给贾宝玉，哪怕贾宝玉比他妹子小十来岁也无所谓，他就总打发一些婆子到荣国府去请安，每次去了还提出来要见贾宝玉。荣国府里的任何一位家长对傅秋芳都不可能感兴趣，只是不好驳傅家的面子，勉强接待，宝玉呢，本来是最厌恶那些蠢妇的，只因傅秋芳"也是个琼闺秀玉，常闻人传说才貌双全，虽未亲睹，然遐思遥爱之心十分敬诚"，于是破例接见了从傅家来的婆子。贾宝玉的"遥爱之心"里的那个"爱"当然并非爱情，更不是想娶傅秋芳为妻，贾宝玉认为闺中女子都是水做的骨肉，都尊重爱惜，他的这一表现，再次体现出他"情不情"的性格特征。根据我的探佚，傅秋芳这个人物在八十回后会正式出场，那时候她已经嫁了出去，给忠顺王当了填房。她哥哥傅试当然会非常满意，因为终于通过妹子达到了攀附权贵的目的。傅秋芳在贾府崩溃，贾宝玉落难后，对贾宝玉有所救助。攀附求亲构成婚事也是当时社会的一种婚姻现象，当然不是所有期望攀附的人最后都能如愿以偿，但成功的例子也不少，只是攀附式的婚配，女方往往都是去给男子填房，像邢家把邢小姐嫁给贾赦填房，尤家把尤小姐嫁给贾珍填房，都属于这一类婚配模式。

还有一种，就是指腹为婚。一般大富大贵的公侯之家，不会采取这种方式，但是从贫寒百姓到小康之家，都会把指腹为婚作为一种婚姻形式。什么叫指腹为婚？就是两对夫妻，妻子都怀孕了，还没生下来呢，那么双方的父母——其实主要是父亲——就有一个约定，如果都生男孩子，就让他们结拜为兄弟，如果都生女孩子，就让她们结拜为姊妹，如果正好一男一女，就让他们结为夫妻。那时候父母双方会很认真地履行这个诺言。书里面就写到尤二姐跟张华是指腹为婚。尤氏她家看来是越来越走下坡路，她父亲死了妻子，娶来一个寡妇填房，就是书里的尤老娘，这尤老娘把跟前夫生的两个姑娘带到尤家来，就是尤二姐和尤三姐——旧社会把这种随母亲改嫁的孩子叫"拖油瓶"。尤老娘前夫在世的时候，应该是她怀着尤二姐那阵子，她丈夫跟一位姓张的朋友就指腹为婚，后来两家果然生下一男一女，张家的男孩就是张华。那个时代那个社会指腹为婚是具有法律效力的，不可随意改弦更张，退婚需要双方同意，并履行一定的手续。后来张家衰落得更快，张华无力迎娶尤二姐，虽然尤老娘死了丈夫带着两个闺女改嫁到尤家，但从法律上说，尤二姐还要算张华的人，这就在尤二姐后来的命运中埋下了一个"地雷"，成为她悲剧人生中的"爆破点"。

还有一种模式，就是女孩子去给男家当童养媳。一般富贵家庭很少这样做，但也并非完全没有。小说里面的巧姐，她在贾府败落之后被刘姥姥解救，解救出来时年龄还很小，刘姥姥把她带回家，后来成为刘姥姥外孙子板儿的媳妇，那么在她和板儿正式成婚之前，就是一个童养媳。巧姐的命运在第五回"金陵十二钗"正册中的判词，以及《留余庆》曲里，都有预言，在第四十一回里，曹雪芹还特意埋下一个伏笔：刘姥姥二进大观园，带着外孙子板儿，板儿当时拿着一个佛手，这个佛手是从探春那屋里要来的，结果大姐儿——那时候刘姥姥还没有给她取出巧姐的名字——看见板儿的佛手就想要，板儿开始不愿意给，后来经过大人劝说，佛手就归了大姐儿，大姐儿原来抱着一个香橼，就是大柚子，这个大柚子后来归了板儿，板儿觉得大柚子可以当球踢，很高兴，也就不再去要那个佛手了。在这个地方，脂砚斋有一条批语："小儿常情，遂成千里伏线。"实际上就是告诉你，佛手和香橼的置换，就说明他们两个最后在一种佛力的保佑下，能够结成一个圆满的姻缘，是一个伏笔。

当然也有另外一种婚姻模式，就是有的富裕家庭、贵族家庭的公子，他自己看中某一个女子，自己回家跟父母说，就娶这个，而父母通过了解和商量，也可能答应他。这种婚配在当时那样一个男权社会里，也是经常出现的。薛蟠娶夏金桂就属于这种模式。

咱们这么捋一遍，书里面小姐定亲、婚配的模式，多少种了？我这儿算了算，已经有十种之多了，可能还有别的情况，您还可以从书里面去翻查。《红楼梦》的文本，确实是封建社会的一个百科全书。那么不管是哪种方式，看起来差别很大，有一点是共同的，就是作为闺中小姐，作为一个春情萌动的女性，即使你贵为侯府的千金、公府的千金，你本身没有择偶的自由，在婚配上，完全处于被动的状态。相对来说，贵族家庭的公子，还多少有那么点选择的自由，当然也只是非常有限的那么一点选择权。

我们梳理这些个婚配模式，目的是什么啊？是为了探讨史湘云的定亲，属于其中哪一种。您觉得是哪一种呢？这好像是个简单的问题，可是回答起来又不那么简单，书里面没有明写，但是书里扇面般地展现了这么多种小姐定亲、婚配的模式，我们可以作为参照系，来破解史湘云的定亲之谜。

从王夫人的口气："只怕如今好了。前日有人家来相看，眼见就有婆婆家了。"我个人认为，这就意味着，是官媒婆到了她叔婶家，这官媒婆之所以到史家去，未必是有男方点名来说亲，多半是她叔婶急着想把湘云打发出去，主动跟官媒通了气，说我们这儿有个小姐，年岁到了准备出嫁，看能不能给找个门当户对的人家，官媒婆于是就摇摇晃晃地来了，来了以后就相看，当然史湘云的面貌体态、举止修养都很中看，官媒婆拿上她的生辰八字，去为她寻一个门第相当的公子，绝非难事，很快就有了反馈，她的叔婶一听，很不错，于是就给她定了亲。史湘云自己完全没有办法掌握自己的婚姻命运，只能听天由命。有个"红迷"朋友跟我讨论，他说从史湘云那性格上看，她可未必是个听天由命的人，她应该主动争取嫁给贾宝玉呀！我告诉他，从前八十回书里的描写来分析，湘云、宝玉他们两个相处得非常好，但是所流溢出来的，应该只是一种兄妹之情，或者叫作同龄男女之间的天真烂漫的友情，在他们两个人的接触当中没有出现什么爱情因素，而且曹雪芹还有意识地写到他们两个思想上的差距与抵牾。薛宝钗不断劝贾宝玉读书上进，林黛玉从来不说那样的"混账话"，史湘云介乎薛宝钗和林黛玉之间，有时候她跟着薛宝钗学舌，有时候她跟林黛玉一样无视封建礼教规范，甚至有过之而无不及。对于宝玉和黛玉之间的特殊情感关系，她是非常清楚的，像第二十二回，当时宝、黛、钗、湘他们发生了一些微妙的情况，后来贾宝玉就在湘云面前发誓，说"我要有外心，立刻化成灰，叫外人践踏"——贾宝玉的誓言都是古古怪怪的——这个时候湘云就说："大正月里少信嘴胡说。这些没要紧的恶誓、散话、歪话，说给那些小性儿、行动爱恼的人，会辖治你的人听去，别叫我啐你。"真是快人快语，给林黛玉定位定得那个准啊，当然同时也给宝玉定了位，她就知道，在整个府第里，只有一个人能辖治宝玉。谁啊？就是黛玉，她知道他们俩关系不一般，当然宝钗也知道二玉关系不一般，但宝钗装愚守拙、不动声色，湘云却心胸坦荡，不怕大声说出来，这就是因为她对宝玉并无情爱需求，也不认为黛玉是个情敌，自己也绝对无意充当"第三者"。湘云和宝玉既然并不构成一对恋人关系，她内心里当然不会有争取嫁给宝玉的自主意识，行为上就更不可能有相关的表现。前八十回里的湘云是个在恋爱、婚姻方面，还完全处于无追求状态的天使般纯净的女孩。你要注意到，书里当王夫人和袭人先后跟史湘云点出来"你定亲了"后，史湘云否认了吗？解释了吗？都没有。这就是史湘云当时的生命状态。

虽然是被动地进入婚姻，史湘云却嫁了个才貌仙郎。有人嫌我絮叨，说你上一讲末尾就提出一个问题，问湘云所嫁的那个才貌仙郎是谁？是不是贾宝玉？您现在说了这么半天，该把答案讲出来了吧？

当然要向大家提供我的答案，但要得出答案实在并非一件简单的事。要讨论清楚这个问题，先得把一个障碍排除，什么障碍啊？就是《红楼梦》第三十一回，故事里边出现了金麒麟，而且回目里有"因麒麟伏白首双星"的预言。可见，史湘云所嫁的那个才貌仙郎，一定跟金麒麟有关。很抱歉，这一回的末尾我还不能告诉你这个才貌仙郎究竟是谁。那么请听我下一回从金麒麟说起，把这个谜彻底揭开。

史湘云金麒麟之谜

要把史湘云"厮配得才貌仙郎"和她之后的命运搞清楚，绕不过金麒麟这件事情。

金麒麟怎么回事呢？大家都记得在清虚观打醮那回故事里，张道士当时拿着一个托盘出来，说想把贾宝玉的通灵宝玉请下来，托着给他的徒子徒孙见识一下，因为这是一个很稀罕的东西，是生下来就衔在嘴里的，而且上面还镌着吉利词语，值得让道观里的众道士开开眼，同时也接收些吉祥的气息。贾母同意了，贾宝玉就从脖颈上取下通灵宝玉，张道士就托着拿出去展示了。张道士再回来的时候呢，托盘里不仅有通灵宝玉，还多出好多东西来。原来张道士的那些徒子徒孙看到通灵宝玉以后，为了表示祝贺和尊敬，纷纷把自己的一些珍贵的佩戴物——道士佩戴这些东西不是为了装饰自己，那是些传道的法器，有宗教方面的特殊意义——献出来，放在那个托盘上。贾宝玉把自己的通灵宝玉取回戴上以后，就翻弄那些道士奉献的东西，注意书里是这样写的：那些东西里，有一个赤金点翠的金麒麟，首先是引起了贾母的兴趣，贾母把那金麒麟拿到手里，就产生出一个联想——谁家的孩子也戴着这么一个，谁呢？贾母一时想不起来，于是薛宝钗告诉贾母，史湘云有一个，比这个小一些。贾宝玉就表示惊讶，说她常来住，可是自己从来没有见到过呀。探春在旁边说，宝姐姐心细，什么都记得。这是一句赞扬的话，但是黛玉跟上一句，说她在别的上头心思还有限，唯独对这些人的佩戴物越发留心。这话显然就是讥讽了，宝钗装没听见。事情到这里，本来应该也就一阵风似的过去了，但是，宝玉听说湘云有个金麒麟，一下就增加了对那只金麒麟的兴趣，贾母已经放下了，他却伸手取出揣在了怀里，当然，就被黛玉看见了，于是，引发出黛玉跟他越闹越大的冲突。

曹雪芹为什么要写金麒麟？历来有许多读者、评家进行过热烈的讨论、分析，但分歧不小，难以形成共识。

我们都知道，有一种通行本，书名就叫《金玉缘》。《金玉缘》这个叫法，跟曹雪芹一点关系都没有。在古本里面，曹雪芹列举了许多此书的异名，有《石头记》《情僧录》《红楼梦》《风月宝鉴》《金陵十二钗》，等等，并没有《金玉缘》一说，最后大多称其为《石头记》。程伟元、高鹗他们攒出的一百二十回本子，定名《红楼梦》，《金玉缘》的叫法跟他们也没有关系。作为一种通行本，《金玉缘》出现在晚清，尽管一度流行，但从书名上看，就知道它离曹雪芹的原笔原意已经很远。

当然,《红楼梦》一书里,贾宝玉的通灵宝玉和薛宝钗的金锁,是两个非常重要,而且贯穿始终的道具,但是,抛开高鹗所续的四十回不去理它,单看曹雪芹的前八十回,书里已经很明确地写出,尽管有所谓和尚的预言,有王夫人和薛姨妈的努力,乃至有元春表达指婚意向,而且薛宝钗后来压抑不住也明显流露出了对贾宝玉的爱情,贾宝玉却是坚决抵制"金玉姻缘"的,第三十六回他在梦中大声喊出:"和尚道士的话,如何信得!什么金玉姻缘,我偏说是木石姻缘!"——在程、高弄出的一百二十回通行本里,他们虽然篡改了一些曹雪芹前八十回里的文字,但贾宝玉这些旗帜鲜明的"梦话"他们还是保留的,那种把书名叫作《金玉缘》的通行本里也是有的。从书中贾宝玉这位大主角来说,他的一生,从某种程度上说,就是抵制、摆脱"金玉姻缘"的一生。即使在高鹗那"沐皇恩""延世泽"的续书里,贾宝玉被骗娶薛宝钗后,也还是挣脱"金玉姻缘"的樊笼,出家当了和尚。可见,用"金玉姻缘"来概括这部小说,是不合适的。

书里在第八回,正式写到了通灵宝玉和金锁,有非常细致的描写,还绘出图形。没想到在第二十九回,又出现了一个与通灵宝玉关联的金麒麟,这个金麒麟,到第三十一回更被凸显出来。金锁只是一个,金麒麟却有两个,一个小的,应该是雌的,由史湘云佩戴;一个大的,应该是雄的,由贾宝玉得到。贾宝玉在清虚观将那只金麒麟揣在怀里,为的是拿去送给史湘云,好让一雌一雄的金麒麟凑成一对。

那么,贾宝玉留下金麒麟,并且想把它送给史湘云,是不是意味着贾宝玉想跟史湘云示爱呢?当然不是。书里写得很清楚,这个金麒麟的出现,首先扰乱了黛玉的心,本来宝钗的那个金锁,就时时刺痛着她的心，现在一金未除，又添一金，三角关系，似乎变成了四角关系，加上在清虚观里，张道士又当着众人的面给宝玉提亲，尽管贾母对张道士的提亲加以了回绝，而且话里有话，骨子里是向着"木石姻缘"的，但黛玉并没有听懂，偏那金麒麟又来自张道士那里，使得"金玉姻缘"的阴影变得更加浓酽，黛玉就觉得，钗、湘都有金，可以拿金跟玉相配，自己却没有可以拿来跟玉相配的物件，就跟宝玉闹，说什么别挡了宝玉的好姻缘，宝玉也就急了，赌咒发誓，闹得沸反盈天。书里有这样一段话："原来那宝玉，自幼生成有一种下流痴病，况从小时和林黛玉耳鬓厮磨，心情相对，既如今稍明时事，又看了那些邪书僻传，凡远亲近友之家所见的那些闺英阁秀，皆未有稍及黛玉者，所以早存留一段心事，只不好说出来……"他不好说出来，我们读者可以替他很明快地说出来，就是他爱黛玉，想娶黛玉为正妻，在这一点上，他是绝不考虑宝钗、湘云的。因此，他留下从清虚观里得到的金麒麟，并且打算送给史湘云以凑成一对，绝对与爱情无关，在那个时候，他只是觉得有趣而已。

　　黛玉关注金麒麟，是在清虚观打醮之后，而宝钗早就注意到，湘云是有一只小些的金麒麟的。曹雪芹写得很细，也很准确。贾母对湘云的金麒麟只有个模糊的印象，一来她老眼昏花，二来她也不必关注身边女孩子都佩戴些什么。宝玉长期跟贾母住，以往湘云来了也是跟贾母住，他们在一个空间里玩耍，但金麒麟一般情况下是佩戴在外衣里面的，并不显眼，偶尔露出来，宝玉也不会特别注意。书里没写黛玉早已关注湘云佩戴金麒麟，但写到她俩同床睡觉，林黛玉当然看见过，不过在清虚观出现另一只金麒麟之前，黛玉可能觉得那不过是一件一般的佩戴物罢了，没往意识里镶嵌，她心地确实有单纯的一面。宝钗却是个有城府的人，故事的那个阶段，宝钗还并没有跟湘云同住过，但女孩子间亲密接触，她就注意到湘云大衣服里头，佩戴着一只金麒麟，当清虚观里出现另一只金麒麟后，她立刻会有体积上的比较，这当然并不一定意味着她对湘云身上的金麒麟早有戒备，但至少也说明她对任何小姐身上的金饰物都有超常的敏感性。

第二十九回清虚观打醮，是书里仅次于元妃省亲的大场面，而且故事的空间扩展到了宁、荣两府之外，但这两个大场面里，都没有史湘云出现。我在上几讲里分析过了，元妃省亲虚构性极强，作者写史湘云完全从生活的真实出发，凡虚构性太强的情节里，就不安排她出现；但清虚观打醮这段情节，我觉得却没多少纯虚构的成分，应该是非常之写实，没有史湘云出现，是因为在那次真实的打醮活动里，确实并没有这个人物的原型参与。元妃省亲的那些描写里，既没有史湘云出现，也没有关于她的任何信息，但是清虚观打醮的情节里，史湘云本人没有出现，却通过金麒麟，增加了关于她的信息。

关于金麒麟的事情，并没有就此结束。第三十一回，史湘云又来到了荣国府，她和她的丫头翠缕在大观园里面行走的时候，就有一段论阴阳的对话，翠缕问她什么是阴，什么是阳，她就举出很多例子说明这个问题，说着说着，最后呢，在蔷薇花架底下，发现有一个不知道什么人失落的金麒麟，翠缕捡起来给史湘云看，史湘云一看，哟，文彩辉煌，跟自己佩戴的那个一模一样，只不过更大更好。那么这个金麒麟是谁掉在那里的呢？看过前面一回的读者，不难猜出，那是贾宝玉不慎掉落的。从张道士那儿得到金麒麟以后，贾宝玉把它揣在怀里，后来可能穿上绦绳，佩戴着玩儿；在上一回，就是第三十回，有一场戏，表现他站在蔷薇花架边上，隔着花架，看见一个女孩子蹲在那边，在地上不断地画出"蔷"字，当时宝玉只觉得奇怪，模模糊糊认出来那女孩子是府里养的小戏子——所谓"红楼十二官"之一——但究竟是哪一"官"，无法确定，她为什么反反复复地用簪子画"蔷"字？真是百思不得一解。后来忽然下起雨来，宝玉先劝那女孩子避雨，那边女孩子反过来提醒他，他才觉得被雨淋了，慌慌张张地跑开。曹雪芹没有明写宝玉慌张中掉落了金麒麟，但是读者读到湘云、翠缕在蔷薇花架下发现金麒麟时，应该能够明白，那就是宝玉从清虚观得到的金麒麟。

  为金麒麟的事，黛玉跟宝玉大闹一场，但是通过宝玉"负荆请罪"，两个人有所沟通，基本上和好了。黛玉对金麒麟不那么戒备了，宝玉也不觉得金麒麟构成个什么事端了，就有一搭没一搭地佩戴着它。宝玉为避雨竟将金麒麟失落，说明他是戴着玩儿，并不是特别珍惜它，可能佩戴的绦绳不是特别结实，为躲雨一转身，就挣断了，就掉在那儿了，回到怡红院，他也没发觉。史湘云又来了，他本是准备把那金麒麟送给她的，见到她，也没有马上想起这件事，直到人家已经捡到那金麒麟了，他才想起来，而且还以为在袭人那里收着，袭人说你不是一直带着的吗？宝玉才发觉弄丢了。于是湘云这才知道，捡到的金麒麟是宝玉打算送给自己的，湘云就亮出那个金麒麟，宝玉一看，果然是在清虚观得到的那个。这个情节一直延续到第三十二回开头，有一个细节大家一定要记清楚，就是湘云把捡到的金麒麟亮出来以后，宝玉就伸手接过来了。他不是留着想送给湘云吗？现在正好在湘云手里，他应该说你别还我了，我本来就是要送给你的呀，但是书里这个地方写得有点怪，宝玉并没有实现赠送湘云的初衷，他还是把那金麒麟留下了。当然在这个过程里，宝、湘两个人有一些调侃性的对话，史湘云说，幸而是这个，明儿倘或把印也丢了，难道也就罢了不成？宝玉就说，倒是丢了印平常，若丢了这个，我就该死了。这些话，有些论家就总给上纲上线，说你看宝玉对官印嗤之以鼻，可见是反封建的。湘云呢？却把官印看得那么重要，可见湘云在思想上是落后的。其实大可不必这样看问题，我认为，这不过是少男少女之间在开玩笑。这两句玩笑话过去，前八十回里，就再没有涉及金麒麟的情节了。

关于金麒麟的这些文字，究竟表达着怎样的意思？金麒麟上了回目，第三十一回下半回叫作"因麒麟伏白首双星"——在现存的古本里，除了杨继振藏本，其余的本子在回目里全强调了金麒麟，可见金麒麟至关重要，跟前面比如说第八回贾母送给秦钟的一个金魁星，那种过场戏里一晃而过的道具，不可同日而语。什么叫"双星"？过去多指天上的牛郎星和织女星，引申开去就是指一对恋人、一对夫妻。那么"因麒麟伏白首双星"的意思，分解开来，应该就是"因为一对金麒麟，埋伏下一对白发夫妻"。

这就很费琢磨了。

确实，故事发展到第二十九回到第三十二回，情节里出现了一对金麒麟，一只是史湘云本来就有的，小一些，雌的；一只是贾宝玉从清虚观得到的，大一些，雄的。那么，最现成的解释，就是后来史湘云嫁给了贾宝玉，他们这对夫妻白头偕老，也就是说，史湘云"厮配得才貌仙郎"，那个"才貌仙郎"就是贾宝玉。

但是，恰恰在第二十九回到第三十回，重点写了宝玉对黛玉稳定不变的爱，以及贾母为他们的"木石姻缘"保驾护航，而第三十回和第三十一回，又写到史湘云叔婶已为她定亲，所定的夫君绝对不是贾宝玉。

本来，曹雪芹已经设计出了与贾宝玉那通灵宝玉相对应的，戴在薛宝钗脖子上的金锁，构成了"金玉姻缘"的阴影。把"金玉姻缘"和"木石姻缘"之间的拔河写好已经很不容易，没想到他又写到一对金麒麟，金上添金，构成了关于史湘云命运——也牵扯到贾宝玉——的大团疑云。这样去写，就更不容易了，所谓"何不畏难若此"？脂砚斋把曹雪芹的这种写法，叫作"间色法"。"间色法"本来是中国古典绘画里的一种技法。什么叫间色？大家知道，其实一种颜色是可以细分的，比如红色，红色从浅到深可以形成一个很长的谱系：淡红、微红、浅红、桃红、银红、胭脂红、芍药红、蓼花红、深红、大红、正红、朱红、紫红、金红、黑红……作画的时候，敢于在同一种颜色上再叠加同一谱系的颜色，比如我底子已经是红的，但是我上面还用另外一种红颜色来画，这是很难，很险的，非大画家、大手笔，不敢轻易尝试的。写小说也是这样，你已经设置了一个"金玉姻缘"的阴影了，忽然又再出来一对金麒麟，形成一团疑云，一时间人际关系变得格外复杂，三角、四角，乃至五角，来回扯动，这样展开情节，如果显得很费劲，很混乱，那读者可就读不下去了，但曹雪芹他写得很从容，情节流动仿佛溪水蜿蜒，潺潺有声，尽管一时不知底里结局，但读起来很自然，很舒服。这就是使用"间色法"的胜利。在第三十一回就写到史湘云定亲了，八十回里没写到她成婚，但是第五回里暗示了她的婚姻状况，《乐中悲》曲里说："厮配得才貌仙郎，博得个地久天长，准折得幼年时坎坷形状。"——可见八十回后会写到她由定亲到成亲。仅从这三句看，她是很幸运的，尽管她无法掌握自己的命运,任凭叔婶为她包办,但她所嫁的是个"才貌仙郎",彼此都很满意,打算地久天长地白头偕老,这个婚姻,看来把她早年的坎坷不幸,全都补偿了。但是这个曲子到这里并没有结束,下面几句写的是最终结果:"终久是云散高唐,水涸湘江。这是尘寰中消长数应当,何必枉悲伤?"最后那两句宿命论式的感叹姑且不论,"云散高唐","高唐"用的是战国时代楚国宋玉《高唐赋》的典故,指的是夫妻生活,那么,很显然,他们成婚时的美好愿望落了空,终究还是没有了夫妻生活;"水涸湘江",用的是舜的两个妃子因为舜死于苍梧,最后溺于湘江的典故,那么可见史湘云婚后不仅是与丈夫分离,没有了夫妻生活,而且她丈夫后来根本就死掉了。"云散高唐""水涸湘江",里面嵌进了她的名字,这个原本天真烂漫、爽朗豁达的女子,最后也还是入了"薄命司"里的册页。

史湘云与其定亲,并且最后嫁过去的那个丈夫,也就是那位"才貌仙郎",越细想,越会觉得绝对不是贾宝玉。第三十一回王夫人提到她定亲,用的完全是议论别人家的口气,如果她定的亲是贾宝玉,王夫人怎么会那么跟她说话?王夫人是贾宝玉他妈啊。第三十二回,袭人跟她道喜,用的也是跟贾宝玉无关的口气。既然"才貌仙郎"不是贾宝玉,那么,会是谁呢?前八十回里,有没有这位公子的踪迹?

我们现在无法看到曹雪芹写出的八十回后文字,但是,幸好脂砚斋给我们留下两条可贵的批语,使我们在迷茫当中看到了远方的霞光。一条批语是第三十一回的回后批,说"后数十回,若兰在射圃所配之麒麟,正此麒麟也。提纲伏于此回中,所谓'草蛇灰线在千里之外'"。这就是说,曹雪芹是把《红楼梦》写完了的,脂砚斋看过全部书稿,那么脂砚斋再回过头来读到这个地方时,就加了这样一条批语，赞赏曹雪芹设置伏笔的技巧，透露出来，在八十回之后，有一个射圃的情节，其中有一个人叫若兰，若兰是一个简称，我们进行文本细读就会发现，在前八十回里，在第十四回，写到都有哪些王孙公子来参与秦可卿的丧事，所开列的名单里，出现过卫若兰，若兰显然就指的是卫若兰。这个卫若兰在射圃那段情节里，就佩戴了一个麒麟，这个麒麟，就正好是翠缕捡起来给史湘云看的那个麒麟，也正是贾宝玉从清虚观所得到的那个大的雄麒麟。史湘云一直佩戴着一只小的雌麒麟，这个大的雄麒麟最后不是佩戴在贾宝玉身上，而是佩戴在卫若兰身上，可见史湘云所定亲和嫁过去的那个"才貌仙郎"，不是贾宝玉而是卫若兰。

其实在金麒麟字样出现于正文之前，第二十六回，老早就出现了一条批语，说："惜卫若兰射圃文字迷失无稿，叹叹。"这条批语更短，但没有使用简称，而写全了卫若兰的名字，更可见在八十回后，曹雪芹本已经完整地写出了关于卫若兰射圃的故事，但已经写成的文稿却神秘地"迷失"了，脂砚斋不禁发出无奈的叹息。

那么，一定会有人问："什么叫射圃？"射圃跟习射、校射、射鹄子是一类意思。在清代，满人因为是通过武装夺取到政权的，所以后来历代皇帝，尤其是康熙帝，特别强调文治武功，就是既然已经把全中国统治了，当然要重文治，可是也绝对不能够弃武，所以皇帝带头习武，其中一个重要的项目就是练习射箭，贵族家庭里面也形成一种风气，就是男子经常要练习骑马射箭。当然到清朝后期，文治不行了，武功更是衰退，光绪皇帝弱不禁风，哪里还能骑射？八旗子弟也都只知吃喝玩乐，文不能文，武不能武——这是后话，且不多说。在曹雪芹所生活的时代，皇帝以及满洲八旗的男子，习武之风还是有的。那么这种情况，在《红楼梦》里面有没有反映呢？有的。大家如果回忆一下，在第二十六回里有这样一个细节：宝玉从怡红院出来，"只见那边山坡上两只小鹿箭似的跑了来，宝玉不解是何意，正是纳闷，只见贾兰在后面拿着一张小弓追下来"，宝玉问贾兰："好好的射他作什么？"贾兰就冠冕堂皇地回答："演习演习骑射。"当然宝玉对此很不以为然，说："把牙栽了，那时候才不演习呢。"这就是当时满族习武风气的一种反映，同时也是一个伏笔——后来贾府败落，其他人可谓"全军覆没"，唯独李纨、贾兰得以保全，贾兰参加科举的武举考试，考中后当了武官，李纨母以子贵，却喜极而死。另外就是第七十五回，写到贾珍召集一群贵族子弟，在宁国府天香楼下的箭道立了鹄子，在那里习射——鹄子就是箭靶子。当然贾珍他很荒唐，一开头说练臂力，后来就以"歇臂养力"为名开设赌局，闹得乌烟瘴气。贾赦、贾政没看到贾珍的荒唐面，认为自己家族"在武荫之属"，就是祖上所得到的宁国公、荣国公的封号，都是一种为皇帝在战场冲锋陷阵立下汗马功劳而获得的荣耀，往下传，无论是贾赦的一等将军，还是贾珍的三等威烈将军，都是属于"武"的品级，家族的这种以"武"获宠的光荣传统，应该继承，因此都很支持贾珍组织射鹄子，强迫宝玉也去习射，贾兰当然去了，甚至于最懒惰、最不愿意做正经事的贾环也只好去了。所谓射圃，应该就是类似的习射活动，只不过场地是在"圃"里，这个"圃"可能是"花圃"，也可能是"菜圃"。卫若兰和一些人在"圃"里习射，那可能就并非贾珍主持的那种假招子，而是实战前的一种严肃认真的演习，而在那段情节里，卫若兰他身上，就佩戴着那只大的文彩辉煌的赤金点翠的雄麒麟。

卫若兰是一位王孙公子，家庭背景、经济根基应该都很不错，从他名字的谐音来看，"气味如兰草一般"，相貌、气质也很好。可能是卫若兰到了适婚年龄，卫家通过官媒，与也正要给史湘云寻婆家的史家接上了头，双方把若兰、湘云的生辰八字一对照，不犯忌，恰可好，卫家再派妇女去史家相亲，见到湘云本人，印象颇佳，于是双方家长包办，就先定了亲，后来又正式成婚。卫若兰可能是个文武全才，飘飘然有仙气，形容为"才貌仙郎"未为不可。有的人坚持认为，只有贾宝玉才能称为"仙郎"，因为书里写明他是天界的神瑛侍者下凡，其实没有天界身份的凡人，如果实在好，也可以用"仙"来形容，妙玉是地上凡人，书里就称道她"才华阜比仙"，"阜比仙"就是超过了天上仙人。

第十四回，卫若兰的名字是跟冯紫英、陈也俊排列在一起的，陈也俊和卫若兰的名字，前八十回里都只出现了那么一次，但绝非废笔赘文，陈也俊可能和妙玉有关系，而卫若兰与史湘云有关系，脂砚斋在批语里明说出来。陈也俊、卫若兰既然与冯紫英并列，可见他们的生存状态相近。冯紫英在前八十回里多次暗出、明出，我之前分析出，他是以"义忠亲王老千岁"为旗帜的"月"派政治势力的中坚分子，是与以忠顺王为代表的"日"派政治势力互相明争暗斗的，因此，八十回后卫若兰所参与的射圃活动，应该就是"月"派在拼力一搏前的军事演习。所谓"双星"，宽泛的意思指恩爱夫妻，严格地说，则指牛郎、织女相爱、相望，却难以聚合，八十回后射圃的情节里，卫若兰应该是与史湘云处在生离死别的状态，分别前卫若兰把大的雄麒麟佩戴在身上，到进行军事演习时也不摘下。当然最后"月"派是失败了，卫若兰牺牲了，"云散高唐""水涸湘江""博得个地久天长"的美好愿望彻底落空。

说到这里,"才貌仙郎"的问题似乎解决了,"因麒麟伏白首双星"的问题似乎也解决得差不离了。

但是,细想一下,"因麒麟伏白首双星"的问题并没有解决,甚至问题的难度变得更大。上面我讲了那么多,只能说解释了"因麒麟伏双星","白首"就没解释到。史湘云和卫若兰结合的时候,双方都还非常年轻,故事往下流动,到"月""日"两派一决雌雄的时候,往多了说也无非只过了几年时间,他们怎么就会"白首"呢?如果"白首"不是指他们两个人,那又是说的谁呢?

张爱玲是优秀的小说家,也是红学家,她在《红楼梦魇》一书里,提出她的一种解释。她认为曹雪芹在写这部著作的过程里,不断调整,乃至改变他的思路,开头,他是想写"因麒麟伏白首双星"的一段故事,这段故事将在八十回后出现,他预先在第三十一回通过回目加以预言,但是,写着写着,他改变主意了,他放弃了这样一个构思。张爱玲立论的根据,是她发现有一种古本,就是杨继振藏本,又称"红楼梦稿本"里面,第三十一回后半回的回目已经改成了"拾麒麟侍儿论阴阳"。既然曹雪芹已经放弃"因麒麟伏白首双星"的构思了,我们再去探究"白首双星"指的是谁,就没有意义,属于胶柱鼓瑟了。但在传世的诸多古本里,只有这一种的第三十一回回目异样,因此,张爱玲的说法虽然自成一家,却难以成为共识,我就并不认同。

还有一种说法,乍听比较离奇,细想也不无道理。请问金麒麟是在哪儿出现的?是在清虚观里,跟张道士有关,而且金麒麟首先是被贾母看见的。那么在现场,有没有白头老人呢?当然有,一位就是贾母,另一位就是张道士 —— 道士跟和尚不一样,和尚要剃成光秃，道士是要留胎发的，张道士应该已经是满头白发了——因此，"白首双星"，实际上暗伏的就是贾母和张道士，他们在年轻的时候，有所接触，产生过爱情，但是后来有情人未成眷属。贾母——那时候是史家小姐，她被嫁给了贾代善，而与她相恋的张家公子呢，就愤而到道观当了道士。请注意，张道士有一个特别的身份，他是荣国公的替身，也就是贾母丈夫贾代善的替身，这个身份，我们现代人听来相当古怪，其实在过去也并不多见，意味深长啊！书里写到清虚观打醮那段情节的时候，贾代善早就去世了，贾母守寡多年了，她到了清虚观，见到张道士，张道士说贾宝玉"这个形容身段，言语举动，怎么就同当日国公爷一个稿子！"，说完先就泪流满面，贾母也由不得满面泪痕。这一对白发老人怎么回事啊？可见他们爱恋过，却如同牵牛星和织女星一样，永怀爱意而不能聚合一起，这种情形，用"因麒麟伏白首双星"来概括，不正严丝合缝吗？这种解读在清代就有评家提出过，历来的"红迷"也有这么去揣想的，我哥哥刘心化就多次跟我表述过这样的看法。请注意，我在这里只是介绍对"因麒麟伏白首双星"的一种独特理解，这并不是我的观点。

我为什么不认同上述观点呢？就是贾母和张道士见面流泪的情节，是在第二十九回，如果作者真要影射两位白发人的一段悲情前史，那"因麒麟伏白首双星"的回目就应该出现在第二十九回，可是这个回目却安在了第三十一回，第三十一回里已经完全没有了张道士的身影，贾母也退为一个背景人物，前半回描写的是晴雯撕扇，后半回写的是翠缕和湘云一问一答论阴阳，最后拾到金麒麟。《红楼梦》的回目总是起到概括本回故事情节的作用，第三十一回的回目不可能例外地去概括第二十九回的内容，因此，把"白首双星"理解成贾母和张道士，固然不无道理也很有趣，却无法解释回目何以和内容错位。

那么，我们无妨再回到贾宝玉身上，来思考这个问题。史湘云定亲、完婚的那位"才貌仙郎"，是卫若兰，而不是贾宝玉。但是卫若兰后来在射圃的时候，所佩戴的那只金麒麟，就是贾宝玉从清虚观得到的，贾宝玉收起来，本来想送给史湘云，却中途失落了，又恰好被史湘云拾到，史湘云把拾到的金麒麟拿给贾宝玉看，贾宝玉接了过去，没有再送给她。第三十二回开头写到的这个细节，我上面提醒大家注意，注意它干什么呢？就是可以明白，那只大的雄的金麒麟是怎么到了卫若兰那里的。最大的可能，是八十回后交代出来，在卫若兰和史湘云正式完婚的时候，贾宝玉把它当作一个贺礼，送给了卫若兰。那当然是一件非常得体，也非常巧合的礼品——史湘云本来有一只小的雌的，卫若兰这下有了一只大的雄的，雌雄金麒麟合璧，见证他们的婚姻真乃"天作之合"。当然，八十回后还会写到，这桩美满的婚姻终究还是被狰狞的现实政治摧毁了。

那么，在卫若兰牺牲后，史湘云又怎么样了呢？卫若兰牺牲了，他佩戴的那只大的雄麒麟又哪里去了呢？

大家应该注意到，第三十一回写到，翠缕捡起金麒麟，史湘云伸手擎在掌上，"只是默默无语，正自出神，忽见宝玉从那边来了"。史湘云是个话多的人，睡在床上还要叽叽呱呱，八十回书里对她抢话有多次描写，写她默然出神，只此一处。这是为什么？我认为，这就说明，史湘云被眼前的巧合震惊了，她可能模模糊糊地意识到，她自己佩戴的雌麒麟和这只雄麒麟的遇合，是对她今后命运的一种预示。那么，史湘云未来命运的发展轨迹，在卫若兰牺牲后，会不会由于雄麒麟的依然存在，又有戏剧性的变化呢？虽然说贾宝玉并不是她与之定亲、成婚的那个"才貌仙郎"，却很可能与她在苦难中遇合，那只雄麒麟竟又到了贾宝玉身上，他们两个人"因麒麟伏白首双星"。如果八十回后有这样的情节，则这个回目安在第三十一回后半，就非常合适。

于是，我们的讨论，就必须再深入一步，八十回后，史湘云的命运，会不会有与贾宝玉因麒麟遇合的情节？下一讲再见。

史湘云结局大揭秘

第五回的册页里，关于史湘云的那一页，画的是"几缕飞云，一湾逝水"，判词是"富贵又何为？襁褓之间父母违；展眼吊斜晖，湘江水逝楚云飞"。这和《乐中悲》曲是互相呼应的。但无论是画幅、判词和曲子，对她八十回后的命运发展，都表达得比较含混，只是暗示出来，尽管她定亲、成婚"厮配得才貌仙郎"，最后却未能"博得个地久天长"，云飞水逝，处境悲惨。

"才貌仙郎"卫若兰死掉了。怎么死的呢？应该是非正常死亡。

我在前面表述过我自己的一个观点，就是曹雪芹在整个故事里面，渗透了一个很大的政治背景，就是康熙、雍正、乾隆三朝的权力斗争。当然作为小说，他不能明写，只能曲折隐讳，反映到小说里面，就有"月"派和"日"派之间的明争暗斗。卫若兰属于"月"派阵营，和冯紫英等是一伙，八十回里写了冯紫英跟着他父亲冯唐到铁网山去打围，"大不幸之中又大幸"，实际上就是为了"举事""踩点"去了，险些被"日"派察觉，总算有惊无险。八十回后，"月"派进一步"聚义"，曹雪芹写下了射圃的情节，就是"月"派为正式的军事行动进行演习，后来估计会写到"月"派对"日"派的殊死冲击——如果不正面描写，也会通过概括叙述或人物对话做出交代。但是，"月"派失败了，卫若兰在战斗中阵亡。从"月"派的角度看，他是一位烈士，史湘云就成了烈士遗孀。

卫若兰射圃时，佩戴着贾宝玉在他迎娶史湘云时送给他的金麒麟，我们可以想见，他甚至在正式投入战斗的时候，也佩戴着它，在战斗中受到重创，咽气之前，则委托尚有希望生还的战友，比如冯紫英、陈也俊、柳湘莲或其他人——最大的可能是冯紫英——把那只金麒麟再转交给贾宝玉，意思是把史湘云托付给贾宝玉，让他照顾这个不幸的表妹。

卫若兰死了。那么，史湘云是否立即垮掉了呢？从判词里"展眼吊斜晖"一句来看，她当然很悲痛，不得不凭吊来得如此迅速的陨落，但是，她没有完全绝望，没有夫死妇殉，她还足够坚强，继续在人生的道路上跋涉。因此，八十回后，应该还有她更多的故事。

而这以后的故事里，金麒麟仍是一个重要的道具。如果贾宝玉又重新得到了那只大的雄麒麟，那么，他一定会去找寻史湘云，如果找到，大的雄麒麟就会和小的雌麒麟再次聚集。也就是说，八十回后，应该有贾宝玉和史湘云遇合的重要情节。

有的人会说，史湘云应该很好找啊，他们是亲戚嘛，史湘云嫁到卫家以后，应该一直和贾家保持联系，但是八十回以后，四大家族以及相关的许多家庭，都发生了巨变。在"双悬日月照乾坤"这样一种政治格局下面的权力斗争中，"月"派彻底地覆灭了。在前八十回里，第七十五回就写到甄家已经被皇帝调取进京治罪，甄家是贾家的影子，书里也明写了贾家违反王法，替甄家寄顿财物，所以，八十回后，应该很快就会写到皇帝追究贾家。史家的两个侯爵，保龄侯史萧、忠靖侯史鼎也在劫难逃——第四回写"护官符"的时候已经明确地告诉读者，贾、史、薛、王这四家是一损皆损的。冯紫英可能侥幸逃脱，把卫若兰托付给他的金麒麟，设法交到了贾宝玉手中，自己再隐姓埋名地去过流亡生活，而贾家很快被皇帝抄检治罪，贾宝玉也被逮捕入狱。在这样的大变故之中，因为卫若兰属于"逆党"，史湘云就是"逆属"，更何况她两家叔叔都倒了台，她就可能被官府作为罚没的"逆产"，给拍卖掉了——我在《刘心武揭秘〈红楼梦〉》第二部里引用过雍正朝苏州织造李煦被治罪后，家属被押到北京崇文门被拍卖的历史资料，这里不再详引，而书里的史家，原型就是李煦他们家——贾宝玉哪里还找得到史湘云呢？一场令人肠断心摧的离乱，使得他们可能连对方的准确信息都得不到了。

曹雪芹的八十回后的文稿虽然"迷失"了，但是通过脂砚斋在八十回里的一些批语，我们可以知道后面的若干具体情节，比如贾宝玉入狱后，在狱神庙里，当年被他醉酒后误撵的丫头茜雪，还有在贾府覆灭前就及时抽身离开，嫁给贾芸的小红，她们去安慰、救助贾宝玉。贾宝玉年龄毕竟还比较小，而且贾府有关的政治性活动当中，也找不到什么他参与犯罪的证据，又由于有人救助，所以羁押一段时间以后，可能就把他遣返原籍，这是一种较轻的发落，而他的原籍是金陵，故事往后发展，从空间上说，就应该一度由北京转换到金陵地区。

　　根据我的探佚，贾宝玉在回金陵原籍的过程当中，又遭到了很多的磨难，因为有人告发贾宝玉新的"罪状"，忠顺王就去追索他。在这样一个情况下，就出现了妙玉，妙玉在最急难的时候，违背她师傅圆寂时的遗言——师傅说她一生不宜还乡——她的原籍也是金陵地区，可是为了救助宝玉，妙玉风尘仆仆，毅然往金陵而去，寻找宝玉的踪迹。在瓜洲渡口，妙玉就和忠顺王达成了一个协议，牺牲自己，救出了宝玉。在这个过程当中，又一个复杂的情节，就是妙玉在见忠顺王之前，又邂逅了史湘云，那时候史湘云经过几次转卖，沦为了瓜洲歌船上的乐女。妙玉赎出了史湘云，并且把放走宝玉、湘云，作为跟忠顺王谈判的条件。因此妙玉不仅是为宝玉牺牲，她更使得宝、湘两个在离乱后遇合，遇合后宝、湘在颠沛流离中相濡以沫。

　　这样看来，第三十一回"因麒麟伏白首双星"的预言，到头来还是落到了宝、湘两个人身上。黛玉先沉湖，宝钗嫁宝玉后抑郁而死，宝玉万没想到，最后和湘云结成了伴侣，湘云更是始料未及，而他们的遇合，得力于妙玉的成全，也确实是因为一对金麒麟，埋伏下了一段姻缘。

　　我的探佚，除了对曹雪芹的前八十回进行文本细读，爬剔出伏笔线索，以及依据古本中的脂砚斋批语，还使用了曹雪芹在世时，以及跟他生活时段相近的一些其他人的文献资料，不便一一列举。在这一讲，我只把跟史湘云命运大结局有关的最关键那一点的证据，跟大家陈述一下，以期共同进行讨论。

最关键一点，就是八十回后，贾宝玉和史湘云是不是遇合了？

我个人有一个比较独特的观点，提出来以后，引起很大的争论。看到各种不同的意见，特别是批驳我的意见以后，我是很高兴的。我觉得《红楼梦》这一部奇书，它当中有一些需要去破解的文本现象，这不是少数专家就能够把它解决的，需要大家共同地来平等探讨，而且需要长时间探讨，各种不同的观点可以长时间地各自保留。通过不断地探讨，大家可以去加深对这部书的内涵，以及曹雪芹写作的艺术手法的认识。

我个人对《红楼梦》十二支曲当中的《枉凝眉》这一支曲，有一个独特解释。我认为这支曲是以贾宝玉的口气来咏叹两个人：一个是史湘云，一个是妙玉。我认为，前面那一曲《终身误》里面，是以贾宝玉的口气咏叹了薛宝钗和林黛玉。为什么这四个人要用两支曲来加以咏叹呢？我又有一个独特的看法，就是在第五回，太虚幻境有四个仙女报了名字，她们的名字，影射着贾宝玉一生中最重要的四个女子，就是林黛玉、薛宝钗、史湘云和妙玉。我提出这个看法，完全不意味着我以为自己真理在手，别人就都是错的，我只是经过反复考虑以后觉得，我这个思路有它一定的道理，无妨讲出来供大家参考。

实际上，对《红楼梦》十二支曲的讨论是很繁难的，因为它会碰到一个均衡性的问题，比如有的人认为《终身误》就是写宝钗一人的，是用宝玉的口气咏叹宝钗；《枉凝眉》呢，则是用宝玉的口气咏叹他和黛玉的关系，可是，如果是这样，它就不均衡了。实际上，在《终身误》这首曲里面不仅是说到宝钗，分明也说到黛玉，它就和前面那个薄命司册页一样，"金陵十二钗"正册的第一幅画、第一首诗，它就是黛、钗合一的，《终身误》明明白白也是黛、钗合一的。如果是这样的话，为什么又单给黛玉来一个《枉凝眉》呢？它就有一个均衡性方面的问题。

我关于《枉凝眉》的说法，也遇到一个均衡性的问题。我认为《终身误》是黛、钗合一的咏诵，《枉凝眉》是湘、妙合一的喟叹，这固然与太虚幻境四仙姑名字的隐喻可以相合，但后面的曲子里，为什么又单有关于湘云的《乐中悲》和关于妙玉的《世难容》两支曲呢？

这种不均衡，可能是曹雪芹故意的。你可以认为在《红楼梦》套曲里黛、钗不必均衡，那么我也可以认为湘、妙在套曲里也不必与其他各钗均衡，在有了关于她们两个合一的《枉凝眉》以后，因为她们的重要性——特别是在八十回后的重要性，可能曹雪芹就是刻意要为她们再各写一曲。

我的思路目前还没有改变，在我个人看来，《枉凝眉》曲里面有一些句子应该指的是史湘云，是从贾宝玉的角度，以他的口气咏叹到史湘云本身，以及史湘云和他的关系。

比如说"一个是阆苑仙葩"，我在前面一再跟大家说，林黛玉在天界是绛珠仙草，草与花有区别，这里的措辞却是"仙葩"，"葩"只有一个含义，就是花。在大观园的怡红院，种了一株海棠树，第十七回描写到它的时候（虽然那时候那处地方还没有命名为怡红院），曹雪芹特意用了"丝垂翠缕、葩吐丹砂"的字眼来形容。后来我们就发现，史湘云的丫头恰恰就叫翠缕。第六十三回"寿怡红群芳开夜宴"，参与者抽花签，史湘云抽到的，就是海棠花。曹雪芹以海棠花来喻史湘云，已经深入读者之心。"阆苑仙葩"指的应该就是史湘云。有人会说，"阆苑"是仙苑，"葩"又是"仙葩"，可是史湘云并没有仙界的身份呀。其实大观园的景象，堪比仙境，第十八回元妃省亲，众才女奉命作诗，迎春有句"谁信人间有此境"，李纨诗里用"蓬莱""瑶台"形容，林黛玉则明书"仙境别红尘"，可见"阆苑"就是指人间的园林；卫若兰可以称"才貌仙郎"，妙玉可赞其"才华阜比仙"，用"仙葩"形容史湘云这枝美丽的海棠花，有什么不可以呢？

在《枉凝眉》曲里，接着有这样的句子："若说没奇缘，今生偏又遇着他。"

我认为这句话应在了贾宝玉和史湘云身上。贾宝玉在大观园里面嬉游的时候，他和史湘云相处得非常好，兄妹之情，处处流溢，可是，他们两个之间那时候并没有产生爱情，两个人都没觉得，他们之间会有一种奇异的缘分，可是，随着世事的变迁，在有生之年，他们两个居然在离乱后奇妙地遇合了。

再下面，"一个枉自嗟呀""一个是水中月"，发出"嗟呀"的是贾宝玉，所"嗟呀"的对象"水中月"，影射的也是史湘云。第七十六回在凹晶馆，史湘云和林黛玉两个人联诗，联到后来，两个人就想不出妙句了，这个时候，史湘云就看见有一个黑影，她就用一个小石片向湖中打去，只听打得水响，于是，"一个大圆圈将月影荡散复聚者几次"，一只鹤就惊飞了，史湘云马上吟出"寒塘渡鹤影"的妙句。"一个大圆圈将月影荡散复聚者几次"这句描写，实际上也暗示着史湘云后来更加坎坷的命运，她和贾宝玉的关系，就仿佛月影被石片打破一样，荡散复聚者几次。我觉得这也是一种暗示。

当然会有人说，这支曲最后的词句是："想眼中能有多少泪珠儿，怎禁得秋流到冬尽，春流到夏！"说这更说明唱的是林黛玉了，林黛玉爱流泪嘛。这个思路我很尊重，有一定道理，但是，贾宝玉他也可以流泪。因为大家知道，在第二十八回，贾宝玉到冯紫英家里面去喝酒聚会，聚会中大家轮流唱曲，贾宝玉就以自我咏叹的口气唱了一支《红豆曲》，《红豆曲》当中有一句就是"滴不尽相思血泪抛红豆"，宝玉他也有一腔痛泪，所以《枉凝眉》这个地方虽然出现了流泪，不一定非得往林黛玉身上去想，它也可能就是宝玉想起与妙玉、史湘云的奇异邂逅、生离死别，就觉得有流不尽的泪水。

如果说，把《枉凝眉》曲拿来证明八十回后会有宝、湘遇合的情节，难以服人，那么好，我们再看看，从前八十回书里，能不能找到其他相关的伏笔。

在书里，湘云是一个大诗人，她的诗才不让黛玉、宝钗、宝琴，往往还显得更敏捷，更灵动。那么，我们看看在湘云的诗里面，有没有那样的句子，能够让我们产生出关于她后来命运的联想。当然是有的，先来看她第三十七回的《咏白海棠》。她后来居上，一口气写了两首。别人都说，我们各写一首，觉得把话说尽了，哪里还写得出来？你怎么一下子就写出两首啊？她创作力就那么旺盛。在她的《咏白海棠》诗里，有这样的句子："自是嫦娥偏耐冷，非关倩女亦离魂。"什么意思呢？"嫦娥"这个"嫦"，它用了一个"女"字边，什么叫"嫦"？寡妇嘛，曹雪芹通过她的诗，再次向读者传递这样的信息 —— 她婚后会守寡。当然第五回通过判词和有关她的曲子 —— 我现在说的还不是《枉凝眉》，是大家没有争议的《乐中悲》—— 就已经非常清楚地表明，她会成为寡妇，那么《咏白海棠》就跟第五回呼应，透露出她会成为"嫦娥"。但诗里增添了新的信息，就是她成为寡妇后，没有丧失在严寒般的环境里继续活下去的勇气，"自是嫦娥偏耐冷"，多么顽强啊！那么继续活下去，会出现一个什么情况呢？叫作"非关倩女亦离魂"。倩女离魂是个有名的故事，最早被唐代的陈玄佑写成传奇《离魂记》，元代又被郑德辉写成杂剧《迷青琐倩女离魂》，清代时舞台上经常演出，它是一个爱情故事，简单来说，就是一个叫倩娘的小姐，与她表兄相爱，她父亲却偏把她许给了别的人家，她就病了，卧床不起，她表兄娶不到她，愤而远行，没想到夜里倩女忽然出现，说是来追赶他的，他们就共同生活，后来他们一起回倩娘家，倩娘父母大吃一惊，说倩娘一直昏睡不醒，没有离开家呀。谁知那个昏睡的倩娘忽然起来了，迎向回家的倩娘，两个倩娘就合为一体了 —— 原来昏睡的倩娘的魂魄离开了肉体，去追赶了她的表哥。那么曹雪芹就通过史湘云的这句诗，告诉我们她虽然并非倩女，因为她跟表哥贾宝玉以前并没有爱情关系，但是她后来的命运遭遇，也等于是灵魂出了窍，直到与贾宝玉在离乱中遇合，才魂魄归体。这两句是对史湘云八十回后命运的最明显的暗示。当然，像"玉烛滴干风里泪，晶帘隔破月中痕。幽情欲向嫦娥诉，无奈虚廊夜色昏"这些句子也含有"月"派失败后，宝、湘命运发生逆转的不祥预告。

再比如说，第三十八回，是写菊花诗了。史湘云写的《对菊》里有这样一些句子："数去更无君傲世，看来唯有我知音。秋光荏苒休辜负，相对原宜惜寸阴。"使人感觉到好像是写一种经过苦难以后与亲友遇合，相对苦守的那种情形。《供菊》这首诗里面，她又写到，"霜清纸帐来新梦，圃冷斜阳忆旧游"。就是在非常贫困、寒素的一种生活境遇中，她和另外一个人共度怀旧的岁月。当然，这样为人物设计所吟出的诗句，向读者喻示人物今后的命运，是曹雪芹的一种艺术手法，搁到那段故事里的具体情境里，当时写诗的人，并不知道那都是些"谶语"，似乎是无意识地"为艺术而艺术"地写出了那些句子。

诗的意蕴总是比较朦胧的，《红楼梦》里的诗又是以角色的名义吟出，一般都包含着两层以上的喻义，就更加玄妙。一个诗句，人们可以从不同的角度来理解它，因此，我这样来分析，也可能你还是不能信服，希望我再提供一些论据。那么，还能不能找到另外的佐证呢？我觉得还是有的。

大家知道，曹雪芹在创作《红楼梦》的过程当中，他还有一些社交活动，跟他交往的一些朋友留下了一些诗。比如说，他有两个最好的朋友是两兄弟，一个叫敦敏，一个叫敦诚，这敦敏、敦诚在他们流传至今的诗集里面，就都有涉及曹雪芹的诗。敦敏有一本个人诗集《懋斋诗抄》，里面有一首《赠芹圃》——曹雪芹的正名叫曹霑，字芹圃，雪芹是他的号，当然他还有芹溪居士、梦阮等别号，只是我们现在习惯把他叫作曹雪芹。《赠芹圃》也就是赠给曹雪芹的一首诗,诗里面写到了曹雪芹的生活状态,发出了诗作者的感慨。诗里没有明显地涉及《红楼梦》,但后四句是:"燕市哭歌悲遇合,秦淮风月忆繁华;新愁旧恨知多少,一醉酕醄白眼斜。"燕市就是北京这座城市,秦淮是金陵的代称,当然金陵在过去是个比较宽泛的概念,把扬州、南京、苏州等一大片地方全包括在内,但秦淮河是在南京,而且至少从宋代起,直到清代,那里一直是所谓的"狎邪之地",也就是妓馆密集的地方。那么在燕市这个空间里,发生了什么事情呢?发生了一个人与另一个人的"遇合",其中一个人应该就是曹雪芹,因为这首诗是为他而写的,那么另一个人是谁呢?尽管诗句用了很含蓄的写法,还是不难判断出来,另一位是曾经沦落到秦淮青楼的女子。那个时代男子去妓院或在妓院外与妓女交往,都是常见的现象,《红楼梦》里就写到贾宝玉去冯紫英家赴宴,有锦香院的妓女云儿在座,而且云儿还知道袭人。但这句诗里写到的"秦淮风月",一点没有寻欢作乐的意思,而是散发出非常悲苦的味道,它所传达出的信息,分解开来就是,曹雪芹跟一位不幸沦落到青楼的故旧女子遇合,二人回想起原来各自家族在金陵的繁华生活,不禁长歌当哭。前面我多次讲过,曹家三代四人担任江宁织造,金陵地区、秦淮河边,是他们家族发迹之地,不说别的,康熙六次南巡,四次住在他们家,经历的繁华景象到了不堪的地步。那么,谁家的女子会在跟他遇合后,就此产生强烈共鸣呢?应该就是多年来担任苏州织造的李煦家。李煦跟曹寅一起在金陵接待南巡的康熙,《红楼梦》第十六回赵嬷嬷说:"只预备接驾一次,把银子都花的淌海水似的!""别讲银子成了土泥,凭你世上所有的,没有不是堆山塞海的,那'罪过可惜'四个字竟顾不得了。"那就是当年曹、李两家接驾情况的真实写照。大家更别忘记,李煦的妹妹嫁给曹寅为妻,就是曹雪芹的祖母,那么,曹雪芹在家败离乱后遇合的同辈女子,很可能就是李家的一位小姐,也就是他的一个表妹。

有类似内容的诗,敦敏写了不止一首,他另外一首诗题目很长,在讲薛宝钗的时候引过,现在必须再引——《芹圃曹君别来已一载余矣,偶过明君琳养石轩,隔院闻高谈声,疑是曹君,急就相访,惊喜意外,因呼酒话旧事,感成长句》。从诗题可以知道,曹雪芹在写作、修订《红楼梦》的过程里,曾经南下一年,这首诗里又有两句:"秦淮旧梦人犹在,燕市悲歌酒易醨。"这两句可以跟上面引的几句比照着理解,表达的是同样的意蕴,但是,强调了"人犹在"。我推敲的结果是,曹雪芹跟这个能一起重温"秦淮旧梦"的"人",并不是这次他下江南时才遇合的,他们早就遇合了,而且是在"燕市",也就是北京遇合的,那位女子可能是自己从秦淮沦落之地辗转回到北京,遇到曹雪芹,如同倩女魂归原身,与曹雪芹共同生活。曹雪芹离京到金陵一年,据周汝昌先生考证,是到两江总督尹继善那里暂作幕宾,实际上他是为完成与修订《红楼梦》,体验生活并补充素材去了。他回来后,敦敏与他闻声相聚,兴奋异常,写成此诗,句中的"人犹在"字样,说明那位与曹雪芹遇合的女子,在曹雪芹离京后,一直坚守,而曹雪芹既然回来,也必然会继续"悲歌"——"悲歌"可以理解成写作《红楼梦》,曹雪芹的另一位朋友张宜泉在他病逝后伤悼他的诗里,就有"白雪歌残梦正长"的句子,也是以"歌"代书,而且点出所写的书是个"长梦",可惜著书人逝去,"歌"

成了"残"的了。

前面所引的《红楼梦》里的曲词诗句，毕竟都是曹雪芹代小说角色所拟，而敦敏、张宜泉是生活中实有之人，他们写给曹雪芹的诗不是虚构"代拟"，而是实实在在地写曹雪芹的生活状况。因此，我们可以得出这样的结论：曹雪芹的《红楼梦》八十回后的内容里，关于贾宝玉和史湘云遇合的情节，是有真实的生活依据的。当然，他以真实的生活为素材，但在表现八十回后史湘云这个角色的命运时，比起八十回里那种基本排除虚构的写法，他有所变化，显然增加了"真事隐""假语存"的力度。有人可能要进一步追问了，说你现在说了这么多，我还是不大相信。你怎么就见得在八十回后，必有贾宝玉和史湘云又遇在一起，共同生活的情节呢？你能不能举出更多的、过硬一点儿的证据呢？我还是可以举出来的。

《红楼梦》成书、流传的时间已经很长了，即使从甲戌本出现的1754年算起，也已经超过了二百五十年。在最早时候，它以手抄本形式流传，现在我们所能看到的古本，只是当年流传的手抄本当中的沧海之一粟，大量的都在社会动荡中湮灭掉了。可是，从乾隆朝中期一直到清末，再到辛亥革命以后的中华民国初期，都有一些人在他们的著作里，记载了一些他们所看到的古抄本的情况，下面举些例子。

在咸丰年间，有一个叫赵之谦的人，他写了一部著作叫作《章安杂说》，里面就记载了他所知道的《石头记》的八十回后的情节。他说有什么情节呢？有"宝玉作看街兵，史湘云再醮与宝玉"。什么叫再醮？就是寡妇再嫁，这是很重要的线索。大家知道乾隆时期有个大文人叫纪昀，也就是纪晓岚，他写过一部《阅微草堂笔记》，后来有人用甫塘逸士的署名写了部《续阅微草堂笔记》，作者说他认识一个叫戴诚夫的人，看见过一个《石头记》的"旧时真本"，这个真本八十回后"皆不与今同"，就是和当时社会上已经广泛流传的程伟元、高鹗他们所推行的那种一百二十回本子的那些情节完全不同。怎么个不同呢？他说"旧时真本"里的情节是这样的："宁、荣籍没后"——"籍没"就是被皇帝抄家了——"皆极萧条，宝钗亦早卒，宝玉无以作家，至沦于击柝之流"——"击柝"就是打更，打更有各种方式，击柝是拿一个盒形的木头，再拿一个木槌子来敲击它，发出"梆梆"的响声——"史湘云则为乞丐，后乃与宝玉仍成夫妇"。而且，这条记载最后还有一个结论，说为什么这个书里面有一个回目叫作"因麒麟伏白首双星"呢？就是因为是这样的结局。"因麒麟伏白首双星"到头来应在了宝玉和史湘云的身上。这位记述者还说，当时吴润生中丞家还有这么一个抄本，他打算抽工夫去拜访，借来一睹为快。

这样的记述虽然宝贵，但是过于简略。我们读了仍然会有疑问，特别是这一点"白首"怎么理解？如果说是贾宝玉跟史湘云白头偕老，那不到头来还是个喜剧吗？而《红楼梦》它整个是一个彻底的大悲剧的构思，曹雪芹通过第五回，非常明确地告诉我们，最后的大结局是"好一似食尽鸟投林，落了片白茫茫大地真干净"。如果贾宝玉和史湘云后来遇合，虽然是身为乞丐，物质生活非常的匮乏，回想往事不堪回首，但是，毕竟他们两个从小一块儿长大，知心合意，这样的一对男女生活在一起，他们内心应该还是有幸福感的，何况他们白头偕老，也就没有了宝玉的悬崖撒手了 —— 而这也是前八十回里一再暗示，脂砚斋在批语里也一再提及的。可见，"白首"应该不是"白头偕老"的意思，而是说他们遇合时，因为经历了太多的惊恐磨难，白了少年头。

实际上关于"旧时真本"的记载还有很多。同治时期，又有一个叫濮青士的，他说在京师看到过《痴人说梦》一书，他转引《痴人说梦》里的记载，说有一个古本里面写的是："宝玉实娶湘云，晚年极贫。""拾煤球为活。"所谓拾煤球，其实就是拾煤核，北京过去冬天人们取暖都是用煤炉子，烧煤球，煤球烧完了以后，就变成了灰白色，但是有的没有烧透，煤核里面还有点黑，还可以把它捡拾出来作为燃料，或者自己用来取暖，或者加工以后卖给别人。据他说，宝玉和湘云最后就是靠拾煤核过日子。那个本子里还写到："宝、湘其后流落饥寒，至栖于街卒木棚中。"街卒，就是看街兵，北京现在前门外还有一条街，它的名称写出来是大栅栏，但是老北京人称呼它却是"大市烂儿"。乾隆时期它就是一条商业街道，街里的商家每家出点钱，购置了一批活动栅栏，白天挪开，入夜拿来封街，管理栅栏和夜里巡逻的，就是街卒，街卒往往也兼更夫。当然这样使用街卒的街道不止一条。据濮青士说《石头记》八十回后的情节里，就有宝玉、湘云遇合后贫无所居，宝玉就当了街卒，晚上两个人就在街卒歇脚的木棚里栖息。

到了清末民初，有一个叫陈庵的，这个人就口气更大一点，他说他直接看到过"旧时真本"，他说前面那些人只是听说，转述别人的见闻，他说我可是真看见了。当然他也可能是吹牛，不过我们现在不好去判断，估计他是真看过，因为在当时，议论《红楼梦》，研究《红楼梦》，说你看到过真正的古本，既得不到名也得不到利，朋友之间讨论可能很热闹，搁到社会的正式台面上，还是吃不开的，主流文化还是排斥《红楼梦》这种"旁门左道"的，所以想必他那么说，是真有那么回事。

陈庵说他得到一个本子，这个本子他读得很细，他说八十回后写的是：薛宝钗嫁给贾宝玉不久，就病死了。史湘云出嫁不久也守寡了。后来，史湘云跟贾宝玉遇合，就结缡了——结缡就是结婚的意思。宝玉曾落魄为看街人，住堆子中。堆子是什么地方？清代的北京，在城边上，或者在一些胡同边上，有一些破烂的半截墙围成的肮脏空间，连屋顶都没有，跟废墟差不多，叫作堆子，是最没有办法的穷人过夜的地方。这和前面有人说看到宝玉落难后住在街卒木棚里，大同小异。再往下，陈庵提供的"旧时真本"内容就更具体，也更独家了，他说书里是这样写的：有一天，北静王从街头经过——八十回里北静王正面出场、暗写、旁及也有好几次，八十回后北静王还存在，并且依然保持着原来的状态，这也合理，这个角色和"月派"比较近乎，跟"日"派忠顺王之间有过对蒋玉菡的争夺，但是他跟皇帝的关系一直比较和谐，是一个能够在权力博弈中取得平衡的人物，"四大家族"覆灭后，他并没有被皇帝整治——前面有仆从喝道，根据那时候的规矩，听见了喝道，在贵人来到之前，看街兵就都必须从木棚或堆子里出来垂手侍立，可是街边堆子里的看街兵却没有出来，于是仆役就大怒，就冲到里面把那个街卒薅出来了，并且立即就要痛加挞伐。在这种情况下，那个街卒就高声地喊冤枉，北静王一听，这个声音很熟悉呀，于是，就让仆役且不要打人，让他们把喊冤的人带过来，亲自讯问。结果带过来一看，并不认得，但是询问时听那声音，确实熟悉，再细看、细想，哎呀，是贾宝玉啊。大家一定还记得《红楼梦》第十四、十五回里面关于贾宝玉路谒北静王的那些描写，北静王对他是多么赞赏啊，那么没想到竟在这种情况下邂逅了，北静王就把贾宝玉带回王府，让他痛说前因后果。可惜陈庵没有说出更多的内容，但仅就他说出来的而言，已经足以调动起我们寻找、阅读"迷失"掉的古本的热情。

这些有关"旧时真本"的记载不尽可信，但是，这些不同时代的人，在不同的书里所记载的，虽然也有所不同，其中相同部分却很多，相同的部分就是贾宝玉和史湘云后来遇合了，结为夫妻了。如果说有的情节是生发出来，甚至是空想出来的，可是其中那个合理内核我们应该是可以承认下来的。

曹雪芹将怎么样保持他整部小说的大悲剧结局呢？他会写到史湘云悲惨地死去，他会写到贾宝玉悬崖撒手，彻底地对人间失望，回归天界。就这一点而言，它不符合生活当中曹雪芹和他那个李氏表妹的真实情况，虽然史湘云这个角色，我在上几讲说了，在八十回里面的情节，应该和生活原型距离最近，虚构成分最少，但是为了保持一个全书的大悲剧结局，他可能不得不在八十回后让史湘云这个角色也终于死掉。这样来处理，会在他的创作心理上形成一些障碍——原型就在身边，角色却还是要写死。我一开始讲史湘云的时候就提出一个问题，为什么史湘云出场前后始终没有一段叙述性的文字来概括她的来龙去脉？就是因为曹雪芹和史湘云原型他们两个斟酌再三，觉得非常为难，你前面都非常真实，可是最后呢，"秦淮旧梦人犹在"，你拿我作原型写成一个艺术形象，到头来却要把角色的生命结束。虽然这样处理，原型也能同意，可是怎么来写一段关于这个人物的概括性叙述文字呢？就比较费神思。所以我们现在看到八十回的文本里面，就始终没有一段这样的文字。当然新的问题就来了：既然史湘云的原型就在曹雪芹身边，那么，她会不会就是脂砚斋呢？下一讲，我就来说说自己的见解。

史湘云脂砚斋之谜

现在我们要探讨一下,脂砚斋究竟是谁?会不会就是书中史湘云的原型?

脂砚斋是曹雪芹写作《红楼梦》的一个合作者、一个助手,在有一种古本叫甲戌本里面,干脆就把脂砚斋的名字写进了正文:"后因曹雪芹于悼红轩中披阅十载,增删五次,纂成目录,分出章回,则题曰《金陵十二钗》……至脂砚斋甲戌抄阅再评,仍用《石头记》。"

脂砚斋这个人,就在曹雪芹身边生活,曹雪芹写《红楼梦》,脂砚斋整理文稿,进行编辑。甲戌本的那个甲戌,指的是乾隆十九年,也就是1754年,既然叫作"抄阅再评",可见这之前就有初评,不是第一次整理出来的本子了。初评的时候,还没有确定这部书究竟怎么定名，因为曹雪芹和他的一些亲友，想出了很多种书名《石头记》《情僧录》《红楼梦》《风月宝鉴》《金陵十二钗》，到了再评的时候，脂砚斋在这本书的各种不同名字里，选定了一个，"仍用《石头记》"。现在我们所能看到的古抄本，大约有十四五种，其来源基本上都是脂砚斋阅评本，因此绝大多数叫《石头记》。当然有的在一种之中又衍生出变异的文本，如戚蓼生作序的本子，把所有的这些本子全算上，那种数就更多了。

脂砚斋留下的抄阅评点本，除了甲戌本以外，现在比较有名的还有一个叫作己卯本，这个己卯指的是乾隆二十四年，即1759年，叫作四阅评本。初评本我们现在没找到，再评本我们现在有一个甲戌本，但是甲戌本不完整，只留下十六回，不是第一回到第十六回，是断断续续的，加起来一共十六回。己卯本回数多一些。较为完整的是庚辰本，就是乾隆二十五年，1760年的古本，这个本子有七十八回之多。庚辰本书上有"四评秋月定本"字样，可见脂砚斋第四次抄阅评点，是从己卯年冬天延续到了庚辰年秋天。初评本我们没找到，三评我们现在也没找到，五评我们也没找到，但是有这个再评和四评，我们已经很欣慰了，尽管它们都不是最原始的脂砚斋的自用本，都是经过至少一轮过录 —— 就是照着脂砚斋的自用本再誊抄出来 —— 但它们的文字应该是最接近曹雪芹原笔原意的，可以使我们大饱眼福。

脂砚斋主要的工作是整理文稿，进行编辑，有时候脂砚斋会提醒曹雪芹，你写成的这部分，还缺什么，该补什么。比如在古抄本第七十五回，就有一则校阅记："乾隆二十一年五月初七日对清。

缺中秋诗，俟雪芹。"什么叫对清？就是脂砚斋有一个曹雪芹的手稿本，自己有一个抄阅本，曹雪芹写书可能用行草，笔走龙蛇，一般人读起来困难，脂砚斋熟悉他的笔体，就用清晰的字迹来进行抄录，一边抄一边编辑评点。这一步工作告一段落以后，脂砚斋就会回过头来，再将曹雪芹的原稿和自己的抄录比照校对，完成了就叫对清了。对清以后，有时就会有简短的编校记录。乾隆二十一年五月初七日对清以后，脂砚斋就发现第七十五回"缺中秋诗"，需要提醒曹雪芹补上。第七十五回当中应该有三首吟中秋的诗，贾宝玉一首，贾环一首，贾兰一首。这也可见曹雪芹的写作习惯，他往往先把叙述性文字写出，里面需要嵌入的诗词歌赋先空着，等有了兴致的时候再去补入。第七十五回的三首中秋诗，虽然有脂砚斋郑重地以单页校对记录提醒，不知道为什么曹雪芹始终未及补入，我们现在看到的所有古本里都仍然空缺。这当然是件无比遗憾的事情，但就这一个例子已经充分说明，在《红楼梦》成书的过程中，脂砚斋是一个非同小可的人物。

　　有时候，脂砚斋会提出很重要的建议，比如说要求对已完成的书稿进行删改。最有名的例子就是第十三回，原来叫作"秦可卿淫丧天香楼"，脂砚斋就要求曹雪芹把它改掉，最后就改成了"秦可卿死封龙禁尉"。不仅是改了回目，曹雪芹还听从其建议，删去了很多文字，大约有四五叶之多 —— 线装书一叶相当于现在正反两面两个页码，量非常大。这说明脂砚斋在雪芹面前，很有权威性，不是一般的编辑。有时候，脂砚斋甚至直接来写，比如说第二十二回，有一条批语说："凤姐点戏，脂砚执笔事，今知者寥寥矣，不怨夫！"

在书里面写到贾母喜欢看戏，大伙儿就给贾母点戏，点她喜欢看的戏，凤姐点了一出什么戏呢？点的是《刘二当衣》。《刘二当衣》是一出插科打诨的滑稽戏，能让贾母一笑忘忧。那么这一笔是谁写的呢？"脂砚执笔"。可能是曹雪芹写到这个地方的时候，停笔琢磨，写凤姐给贾母点出什么戏合适呢？曹雪芹一时没想好，没写出来，脂砚斋就干脆替他来写，《刘二当衣》就是脂砚斋想出来，写进去的。当然对于这条批语，也有不同的理解。一种理解是，书里的凤姐文化水平比较低，点戏时要把戏名拿笔写出来，凤姐自己不会写，就由旁边一个人来代为执笔，那么可见脂砚斋就是书里的一个角色，在那段情节里就在现场，在贾母、凤姐身边，当然那个角色不叫脂砚斋，经过分析可以判断出，替凤姐执笔写《刘二当衣》戏名的，应该是史湘云，那么，这样一种解释，也就常用来证明，脂砚斋就是史湘云的原型。还有一种理解就是，这条批语感叹的是书外的一件事情，就好像第八回写到贾母送给秦钟的表礼有一个金魁星时，脂砚斋写下一条批语："作者今尚记金魁星之事乎？抚今思昔，肠断心摧！"脂砚斋从书里想到书外，想到作者和自己都知道的一件真实生活里的事情，感慨良多，于是写下批语。那么这条批语，也可以等同于关于金魁星一类的批语，批语里的"凤姐""脂砚"都指的是生活原型，当年有过那么一种情况，可是"今知者寥寥"，令脂砚斋很伤感，"不怨夫！"这样去理解也很好，说明曹雪芹写这部书，是有坚实的生活依据的，不仅人物有原型，事件有原型，细节乃至道具，都有原型。不过这三种解释里，我个人认同第一种。用今天的话语来说，就是脂砚斋在强调这一个细节写作的著作权，凤姐点戏这一笔的著作权不属于曹雪芹，属于脂砚斋。当然在那时候写《红楼梦》这样的书是寂寞的事，不但无名无利，还要担风险，曹雪芹和脂砚斋不存在著作权纠纷，他们亲密合作，互相激励。脂砚斋写下这条批语，应该是比较晚的时候了，多少也有一些调侃的味道。这条批语，也使我们知道《红楼梦》成书有着复杂的过程。写了十年啊！脂砚斋也是反复地抄阅评点，那些批语不是一次写下的，最早的和最晚的之间会差很多年，写这条批语时，脂砚斋觉得作者，以及其他能陆续接触到书稿的人，大多把自己执笔写这个细节的情况忘怀了，就特意发出感叹，在伤感中记载下成书的艰辛。脂砚斋在编辑过程当中，写出的批语数量很大，方式非常多，有总批、回前批、回后批、眉批、侧批，还有双行夹批，在大字写出的正文当中，夹进用双行小字写下的批语，有时候还用红颜色的墨来写批语，叫朱批，在回目前面，有时候还写出诗词。可惜现在的古本上的批语虽然保留得不少，可是丧失的可能更多，原因是在辗转抄录的过程当中，负责誊写的人觉得太麻烦 —— 把那么多形式复杂、分散各处的批语逐一按原样抄下来也确实很费工力，还有就是抄书的人对批语的价值缺乏认识，不懂得这是一部奇异的书，脂砚斋的那些批语与曹雪芹的正文有着血肉相连的关系，于是在抄批语时偷工减料，甚至把批语全部省略，只录正文，所以，现存的各个古本上，有的回里批语很少，有的回里几乎一句批语都没有了。当时抄书也往往不是一个人抄，全书篇幅很大，由若干人分抄，不嫌麻烦或者看重批语的抄手，就多留或全抄批语，偷懒的就抄成没有批语的"白文"；还有一个人念几个人听写的产物，那样的抄本往往更轻视批语，呈现的面貌就更差了。尽管在流传的过程里，脂砚斋批语有很多流失，但现在我们所能看到的还是不少，不算双行夹批，光是各种古本里可以找到的基本不重样的批语，就有一千八百多条，这些批语的内容非常丰富，是我们理解《红楼梦》文本内涵、写作依据，以及创作过程的宝贵财富。

脂砚斋对曹雪芹在书中表达的重要观点，提出了权威性的阐释。仅举一例：第五回里，警幻仙姑提出了一个概念，叫作意淫。意淫这个词，现在你打开平面传媒也好，特别是你打开电脑，看网络上的语言也好，往往都把它当作是一个贬义词。这是望文生义，认为意淫既然由"意"和"淫"两个字组合而成，一定是"意识里淫荡"的意思，说某某人意淫某某，就是指斥这个人心术不正，在心里头去猥亵别人，甚至想跟别人发生不正当关系，很卑劣，很下流。意淫这个词是曹雪芹发明的，他在《红楼梦》第五回里，通过警幻仙姑之口说出来。仔细读读《红楼梦》原文，体会一下，你就会发现，在曹雪芹笔下，它是一个褒义词。脂砚斋对曹雪芹杜撰的这样一个重要语汇，进行了最权威的解释，先说"二字新雅"，然后说："按宝玉一生心性，只不过体贴二字，故曰'意淫'。"脂砚斋认为意淫等同于体贴，与"皮肤滥淫"相对立。我在《刘心武揭秘〈红楼梦〉》第二部里讲到贾宝玉时，有比较详尽的分析，这里不再展开。从这一个例子就可以看出，脂砚斋的批语很厉害，对曹雪芹的思想进行直截了当的权威性阐释。他们生活在一起，共同完成《红楼梦》的创作，脂砚斋的阐释不能不信。

另外，脂砚斋还对人物进行褒贬。书里面写到各种角色，脂砚斋对某些角色提出看法。比如说第二十四回写到贾芸，贾芸想到荣国府去谋一个差事，老谋不上，苦闷，还曾经到他舅舅家里去想借点钱，好作为活动经费，来打通王熙凤的关节获得职位，结果他舅舅对他非常不好，回到家里面，面对母亲，他就隐瞒舅舅对他不好的表现。这个地方，脂砚斋就对贾芸做出评价："有志气，有果断""孝子可敬，此人后来荣府事败，必有一番作为。"这当然就不仅是评价人物，连贾芸在八十回以后的情节里会起到什么作用，都有所提示了。

有时候，脂砚斋还会对人物原型直截了当地进行指认。我现在进行原型研究，有人说你是不是太牵强啊？有人认为小说就是纯虚构，讨论小说不必讨论什么原型，这种看法，起码是片面的。世界上有各种各样的小说，没有原型，彻底虚构的小说当然是其中一种，但是有原型的、写实性质的小说，更是重要的品类。《红楼梦》是一部具有自传性、自叙性、家族史性质的小说，它是有原型的，首先人物大多有原型。脂砚斋作为曹雪芹身边的一个合作者，他们共享原型资源，在批语里就常常指出原型。比如说第二十五回里出现了一个马道婆，按说这个马道婆是一个很次要的角色，只出场那么一回，应该是个纯虚构的人物。有人就说，肯定是作家灵机一动，想出这么一个人物，就把她写进来了，为的是推动情节的发展嘛。马道婆在贾母面前为了骗灯油钱，说了一大篇话，后来又去见赵姨娘，帮赵姨娘去魇王熙凤和贾宝玉。马道婆这个人物有没有原型呢？脂砚斋就告诉我们，不但马道婆这个人是真的，而且马道婆当时骗灯油钱那些话，全是真的："一段无伦无理信口开河的浑语，却句句都是耳闻目睹者……作者与余，实实经过！"你看，书里写的那些马道婆的浑话，根本就是当年脂砚斋和曹雪芹共同在场亲见亲闻的！

　　上面已经提到，脂砚斋还不时由书里想到书外，比如第八回写秦钟要到贾氏家塾附读，贾母就赠了他一个荷包并一个金魁星。一般读者读到这个地方，往往会忽略不计，好像很无所谓的泛泛一笔。什么是魁星？过去读书是为了能够在科举当中名列前茅，认为有一个魁星神能够保佑参加科举的人夺魁，因此当时社会上有魁星崇拜的风气，除了在魁星阁一类的地方供奉魁星，也会用一些材料 —— 包括镀金，乃至使用纯金，制作出魁星的形象作为赠予读书人的礼品。魁星的形象接近于我们平常看到的佛寺里的罗汉、金刚之类，但是戴着官帽，意味着今后能够官运亨通。魁星这种东西现在已经不流行了，很少见到，如果偶然觅到，你千万好好收藏，是一种很有研究价值的文物。书里写了一笔金魁星，连一句形容都没有，有什么可特别注意的？但是脂砚斋一看到这句，就情不自禁写下声泪俱下的评语。脂砚斋并不是说自己相当于秦钟，而是提醒作者，在真实的生活中，自己也从长辈那里得到过金魁星，而"余"在现场，时过境迁，不堪回思。类似这种见到书里不过是一笔带过的叙述，就大受触动写出批语的例子还有很多，比如第三回写到宝玉"色如春晓之花"，脂砚斋立刻回忆起："'少年色嫩不坚牢'以及'非夭即贫'之语，余犹在心，今阅至此，放声一哭！"第三十八回写到宝玉让丫头把用合欢花酿的酒烫一壶来，脂砚斋就发出感叹："伤哉！作者犹记矮舫前以合欢花酿酒乎？屈指二十年矣！"这都进一步说明，脂砚斋评点《红楼梦》，跟清初金圣叹评点《水浒传》、毛宗岗评点《三国演义》、陈士斌评点《西游记》不是一回事，金、毛、陈虽然是大批评家，可是他们和所评点的著作的作者不是同一时代的人，更不是合作者，他们不可能提供关于成书过程及作者的背景资料。程伟元、高鹗印行一百二十回的通行本以后，历代出现的评点本的那些评家，如护花主人、大某山民，等等，他们连通行本的后四十回根本不是曹雪芹写的都闹不清，就更不可与脂砚斋同日而语了。

有时候，脂砚斋会发出对世道人心的喟叹，一些批语类似现在的杂文。比如第四回写到薛蟠视人命官司为儿戏，"自为花上几个臭钱，没有不了的"，有的古本"臭钱"又写作"臭铜"，都是一个意思。这个时候，脂砚斋就有这样的批语："是极！人谓薛蟠为呆，余则谓是大彻悟。"这是很沉痛的语气，正话反说，实际上也是对腐败、黑暗的社会现实的一种批判。

脂砚斋还有大量的批语是对曹雪芹的艺术手法进行分析，使用了很多独特的词汇，有的被我不断重复，如"草蛇灰线，伏延千里"；再比如"一树千枝，一源万派，无意随手，伏脉千里"；还说曹雪芹使用了"倒食甘蔗法"，渐入佳境。会吃甘蔗的人是从梢吃起，越到底下越甜。在第一回的批语里，脂砚斋有一个对曹雪芹艺术手法的总概括："事则实事，然亦叙得有间架，有曲折，有顺逆，有映照，有隐有见，有正有闰，以至草蛇灰线、空谷传声、一击两鸣、明修栈道、暗度陈仓、云龙雾雨、两山对峙、烘云托月、背面傅粉、千皴万染诸奇……"第二十七回又说："《石头记》用截法、岔法、突然法、伏线法、由近渐远法、将繁改简法、重作轻抹法、虚稿实应法，种种诸法，总在人意料之外，总不见一丝牵强，所谓'信手拈来无不是'是也。"请注意，里面有许多其实是中国画技法的专业语汇，可见曹雪芹和脂砚斋本身一定都擅绘画。脂砚斋还善于巧引诗词来借喻曹雪芹写作技法的高妙，前面我引过"柳藏鹦鹉语方知"，类似的还有很多，如"五尺墙头遮不得，留将一半与人看""日暮倚庐仍怅望""隔花人远天涯近""一鸟不鸣山更幽"……有时又借用俗谚"一日卖了三千假，三日卖不出一个真""人若改常，非病即亡""不如意事常八九，可与人言无二三""人在气中忘气，鱼在水中忘水"，等等。脂砚斋有时会把现成的词语和自己独创的形容词混合运用，比如第四十六回写到鸳鸯抗婚，鸳鸯在急难中提到一起度过许多岁月的姊妹们，在那个地方，脂砚斋就批道："余按此一算，亦是十二钗，真镜中花，水中月，云中豹，林中之鸟，穴中之鼠，无数可考，无人可指，有迹可寻，有形可据，九曲八折，远响近影，迷离烟灼，纵横隐现，千奇百怪，炫目移神，现千手千眼大游戏法也！"

当然，对于想知道曹雪芹在八十回后"迷失"的文稿里究竟写了些什么的人们来说，脂砚斋批语里对八十回情节内容的不少引用、透露和逗漏，至为宝贵。前面我已经讲到不少，这里再强调一处：第十九回写宝玉在宁国府里"见繁华热闹到如此不堪的田地"，就想摆脱，想出去玩儿，他的小厮焙茗就偷偷带着他去了袭人家。袭人当时回家过年，见他来了以后大出意料，也大为欢喜，就热情招待他。在这个过程当中，袭人就想找点东西给宝玉吃，可是，"袭人见总无可吃之物"，可见宝玉平常多么娇贵，当时袭人家已经不穷了，小康了，过年炕桌上摆满了吃的，可是袭人觉得哪样也不能给他吃。这个地方，脂砚斋就有一个批语："以此一句，留与下部后数十回'寒冬噎酸齑，雪夜围破毡'等处对看。"这就透露出来，八十回后宝玉会沦落到那样穷困潦倒的地步。

当然，脂砚斋在批语里面也有一些很异常的文笔，比如记载这部书"被借阅者迷失"，还有一次是记下"索书甚急"。这些记载从语气上看，有难言之隐。我们由此可以推测出，这部书稿的命运是非常坎坷的。有人借去一些文稿读了以后就不还了，如果是粗心大意倒也罢了，后来又有人索书甚急，这是干什么呀？这就使我们想到了文字狱，想到了文字狱的阴影。曹雪芹和脂砚斋就是在这种情况下进行写作和编辑的。

在批语里面，脂砚斋记载了曹雪芹的去世。在第一回的批语里面有这样的句子："能解者方有辛酸之泪，哭成此书。壬午除夕，书未成，芹为泪尽而逝。余尝哭芹，泪亦待尽……"这就更说明他们俩的关系非常亲密，不是一般的编辑者，不是一般的批书者，他们根本就生活在一起。这里写下的壬午年，是乾隆二十七年，因为阴历和阳历总要错位，壬午年前面数月按阳历算，是1762年，但壬午除夕，则已是1763年。有的专家经过严密考证认为，这条批语因为是很多年后写下的，脂砚斋误记了，曹雪芹应该是癸未年除夕去世的。曹雪芹究竟是乾隆朝代的那个壬午年除夕去世的，还是癸未年除夕去世的，换句话说，究竟是1763年去世的呢，还是1764年去世的呢？学术界对此有争议。我们不去讨论这个问题，反正相差只在一年之间。我们要记住的是，曹雪芹去世以后，脂砚斋还继续活着，并且还在翻阅曹雪芹的遗稿——也是自己先前的抄阅评点的定本，在上面不断增添一些新的批语。

读者们一定注意到了，我用了这么多篇幅介绍脂砚斋，可是一直避免使用"他"或"她"的代称，因为，要确定脂砚斋是谁，特别是要说明其人就是史湘云的原型，首先必须弄清性别。那么，脂砚斋究竟是男是女呢？在《红楼梦》第二十回和第二十一回之间有一首诗，它前面有一句话："有客题《红楼梦》一律，失其姓氏，惟见其诗意骇警，故录于斯。"脂砚斋不说是自己写的，说是别人写的，自己只是把它记录在那里。其实这首诗很可能就是脂砚斋自己写的，因为诗里提到了"脂砚"，不便于"自我供认"。这首诗是这样的："自执金戈又执矛，自相戕戮自张罗。茜纱公子情无限，脂砚先生恨几多？是幻是真空历遍，闲风闲月枉吟哦。情机转得情天破，情不情兮奈我何！"这首诗的内容，它模糊了小说文本和小说之外的界限，把"茜纱公子"和"脂砚先生"并举。

　　我曾经指出来，脂砚斋应该是一个女性，有人跟我争论，说这里面分明写的是"脂砚先生"呀，"先生"就只能是男性。其实在古代，对自己所尊敬的女性称先生是可以的。唐朝大诗人王维迷恋道教，对有道行的道士特别崇敬，他写有《赠东岳焦炼师》诗，头两句是："先生千岁（一作载）余，五岳遍曾居。"那么焦炼师是男道士，还是女道士呢？她是盛唐时期著名的女道士，当时许多大诗人都崇敬她，为她写诗，大诗人李白也写有赠她的诗，李白的《赠嵩山焦炼师》一诗前面有序，头几句就是："嵩丘有神人焦炼师者，不知何许妇人也。又云生于齐、梁时，其年貌可称五六十。"可见古人有称女性为"先生"的先例。虽然在过去有称女士为先生的例子，特别是称有学问的女士，可是毕竟"先生"有两解，你还是可以认为"脂砚先生"

就是男的。好在有古本《红楼梦》可查，如果你读的是甲戌本，你就会发现，它有凡例——凡例是全书开始时的一段文字，应视为正文，凡例里有一首诗："浮生着甚苦奔忙，盛席华筵终散场。悲喜千般同幻渺，古今一梦尽荒唐。谩言红袖啼痕重，更有情痴抱恨长。字字看来皆是血，十年辛苦不寻常！"第二十回和第二十一回之间那首"客题诗"和这首"凡例诗"，二者的亲缘关系非常清楚，那首诗里面出现了两个人物，一个是茜纱公子，一个是脂砚先生；这首诗里面也有两个人物，一个是红袖，一个是情痴。情痴与茜纱公子对应，红袖与脂砚先生对应，而红袖是女性的符码，当无异议。所以说，脂砚斋是一个女性，我们可以初步把她肯定下来。

通读脂砚斋批语，许多批语都明显是女性口吻；有的是中性口吻，男女都可以那么说；少数批语分明是男性口吻。

我们现在看一看，有哪些批语可以证明脂砚斋是女性，而且不是一个一般的女性。比如说第二十六回有这样一条批语："玉兄若见此批，必曰：'老货！他处处不放松，可恨可恨！'回思将余比作钗、颦乃一知己，余何幸也！一笑。"当时他们两个年纪虽然不是很大，但是白了少年头，而且，那个时代，人寿命也比较短，人过了三十就过了半生了，所以互相之间开玩笑，作者可能就称这个批书者为老货，这个老货是男是女呢？这个老货自己就说清楚了，曹雪芹"将余比作钗、颦乃一知己"，能够和宝钗、颦儿——就是黛玉——相提并论的"知己"，从书里看，只能是史湘云啊！脂砚斋在另一条批语里说："一部大书起是梦……故'红楼梦'也，余今批评，亦在梦中，特为梦中之人，特作此一大梦也。"她坦白自己是"梦中人"，也就是作为一个人物原型，构成了书里的一个角色。第三十八回贾母在藕香榭回想起史家当年有一个枕霞阁，在前面讲座里我已经发表了看法，就是小说里贾母和湘云那个史家的生活原型就是康熙朝苏州织造李煦家，贾母原型是李煦的妹妹，湘云原型是李煦侄女，那么在书里这个地方脂砚斋就写下这样的批语："看他忽用贾母数语，闲闲又补出此书之前，似已有一部《十二钗》一般，令人遥忆不能一见！余则将欲补出《枕霞阁中十二钗》来，岂不又添一部新书？"试想，如果脂砚斋原型跟贾母原型不属于同一家族，她怎么会有补出《枕霞阁十二钗》的念头？怎么会具备那样的素材，拥有那样的能力？

甲戌本上还有这样的"泪笔"，就是在曹雪芹去世以后，脂砚斋继续加批语，含泪执笔说："今而后惟愿造化主再出一芹一脂，是书何幸，余二人亦大快遂心于九泉矣！""一芹一脂"，这就是夫妻关系了，"余二人"这种称谓，就说明不但是女性，推进一步就是相当于妻子那样的一种女性。

我在前面几讲说了，史湘云的出场安排得很古怪，前面没有一段介绍史湘云是谁的话，之后也没有一段叙述性的文字来概括史湘云是谁，可是，综合全书八十回的描写，我们仍然可以对史湘云得出一个完整的印象。可是，你要仔细读批语的话就会发现，脂砚斋对史湘云可是很早就注意了。在第十三回，写秦可卿的丧事，忽听喝道之声，忠靖侯史鼎的夫人来了，在曹雪芹的正文里面并没有史湘云出现，有一种通行本上写史湘云领头出迎，那是乱加的，他为什么乱加？因为他可能看到过一条脂砚斋批语，这条批语写在忠靖侯史鼎夫人出现的地方："史小姐湘云消息也。"就可见批书的人她就知道史湘云和忠靖侯史鼎的夫人之间的关系，那就是她婶婶嘛！由此也可以判断出，批书的脂砚斋就是史湘云的原型，她对书里关于自己的间接信息也很敏感，所以她才加这样的批语。

第二十五回，写王夫人抚爱宝玉，本来这样的描写按说也犯不上你批书人大批特批，结果，这个地方就出现了这样的批语："普天下幼年丧母者齐来一哭！"后面写宝玉被魔后经解救苏醒过来，"王夫人如得了珍宝一般"，又批道："哭煞幼而丧父母者。"书里黛玉幼年丧母、宝钗幼年丧父，只有湘云襁褓中父母双亡，能写出这样批语的，就是史湘云的原型。

有"红迷"朋友可能会说，行了，不必再罗列更多例子了，你说到这儿，我承认，确实有不少批语能证明脂砚斋是女性，而且不是一般的女性，是跟宝钗、黛玉齐肩的一种女性，而且和生活当中的曹雪芹的关系密切，简直就是夫妻的女性，可能就是史湘云的原型，可是你刚才不是说了吗，书里面还有一些分明男子口吻的批语，这怎么解释？这可不能回避开呀！书里面搞不清是男是女的批语数量不少，且不论，分明是男子口吻的批语也有，比如第十八回写到元妃省亲，龄官她们十二官演出非常成功，元春看了觉得很好，点名让龄官加演，管理她们的贾蔷就让龄官演《游园》《惊梦》，龄官就说这不是本角之戏，执意不演，非要演《相约》《相骂》。这儿就有一条批语，说"余历梨园弟子广矣"，就是说我见到的梨园弟子太多了，"各各皆然"，都这德行，而且，"亦曾与惯养梨园诸世家兄弟谈议及此"，写这条批语的人当然是男的，那个时代闺中小姐怎么可能养梨园弟子，又怎么可能与"诸世家兄弟"见面聚谈各自养戏子的情况呢？而且，这个人对小说里面写的这个情节，觉得生活当中是存在过的："余三十年前目睹身亲之人，现形于纸上……"

这是怎么回事呢？我有我自己的一个解释，就是在脂砚斋整理文稿，写大量批语的同时，也有一些其他的和曹雪芹关系密切的人，或亲或友，拿到稿本以后，也在上面添加一些批语，这些批语也随着古抄本流传了下来。这类批语的作者有的还署了名，自觉地跟脂砚斋区别开来，比如第十三回，有一个人读到秦可卿托梦那段话，批道："语语见道，字字伤心，读此一段，几不知身为何物矣！松斋。"松斋就是写批者的署名。还有一个人，落下自己的名字叫梅溪。其实在第二回，脂砚斋有一个批语，把这个事儿挑明了。她说："余批重出。余阅此书，偶有所得，即笔录之，非从首至尾阅过复从首加批者。故偶有复处。"她把她批书的情况说得清清楚楚，又说："且诸公之批，自是诸公眼界；脂斋之批，亦有脂砚取乐处……"她就告诉我们，除了她，还有一些人，她统称为"诸公"，说他们的批语体现他们的眼界；我写我的心得，是我的乐趣，但她是一个主批人，其余的都只不过偶尔批上一点。因此，在古本的批语里出现一些男人口气的批语，是一点也不奇怪的，像谈到三十年前养戏子情况的那条批语，就是一位当时年纪应该在五十岁左右的男子写下的。

当然，在讨论脂砚斋身份的时候，往往又会碰到另外一个困难，就是如果你熟悉古本，你会发现，什么松斋啊，梅溪啊，还有什么叫作立松轩的，叫玉蓝坡的，这些人的名字出现都是非常偶然，非常少的，但是，另外一个署名后来频频出现，就是畸笏叟。畸笏叟和脂砚斋究竟是一个人，还是两个人呢？而且，畸笏叟这个署名最后一个字是"叟","叟"就是老头的意思,那不就是一个男性吗?所以,这个问题也不能回避,不得不加以讨论。

如果你仔细翻阅古本的话,你就会发现,这个问题看起来很难解释,实际上也不是不能够加以辨别的。在早期的抄本里,在庚辰本以前,也就是乾隆二十五年以前的古抄本上,署名最多的就是脂砚斋,畸笏叟为零。到了乾隆二十七年,壬午年之后,批语开始出现畸笏叟的署名,而一旦有了畸笏叟的署名以后,就没有脂砚斋的署名了。这个文本现象,对我们讨论这个问题是有利的,于是可以这样理解,史湘云的原型,她开头一直署名脂砚斋,后来,她改署畸笏叟。

在有些古本当中,比如说第二十七回,先有一条批语,它是脂砚斋的:"奸邪婢岂是怡红应答者。"是评小红的。小红这个人物出现的时候,表现得非常诡异,在那样一个时代,她胆敢"遗帕惹相思",她是真遗帕吗?她就是在和贾芸调情,她很大胆地通过交换手帕来与贾芸定情,打定主意今后去嫁给这个人。看到这样的描写,脂砚斋就有这样一个批语,判定她是一个"奸邪婢","岂是怡红应答者",就是这样一个危险的人物,怎么能留在怡红院里面来供宝玉使唤呢?脂砚斋写下这条批语时,她还没有读到曹雪芹后面的文稿,当时曹雪芹跟她合作可能也很有趣,曹雪芹在有的地方还不先告诉她以后怎么写,您先看着,先编着再说,于是她有这样的批语。这条批语有时间上的落款:"己卯冬夜"。这个己卯年应该是乾隆二十四年。就在这个批语旁边,突然又有一条批语,是后补上去的:"此系未见抄后狱神庙诸事。丁亥夏,畸笏。"畸笏无疑就是畸笏叟的简称。这个丁亥年应该是乾隆三十二年，写在前一条批语的八年之后。这不就是她自己在纠正吗？当然那时候她已经看过曹雪芹八十回后的文稿，知道了曹雪芹笔下的小红原来是一个被肯定的人物，后面有她到狱神庙救助宝玉的情节，无论如何不能说小红是"奸邪婢"。脂砚斋和畸笏叟是同一人在不同年代的不同署名，显而易见。

周汝昌先生他对史湘云有专门的研究，他的一些观点我不尽认同，但是他有很精彩的论述，比如说他提出来在书里面，有三种禽类是史湘云的象征。

给一般读者印象最深的，当然是鹤。因为她和林黛玉在第七十六回联诗时有"寒塘渡鹤影"的名句。其他两种一般读者就都很可能忽略。第六十二回，大家一起喝酒，湘云赢了宝玉，逼着宝玉说一串话，要求很高："酒面要一句古文，一句古诗，一句骨牌名，一句曲牌名，还要一句时宪书上有的话，总共凑成一句话。"这很难的，宝玉才思没有敏捷到那个程度，最后黛玉说我帮你说，黛玉帮着宝玉说了，是这样："落霞与孤鹜齐飞，风急江天过雁哀，却是一只《折足雁》，叫的人《九回肠》，这是鸿雁来宾。"这一串话都象征着史湘云后来的命运。那一串话里，"孤鹜"和"折足雁"也是史湘云的象征，"鹜"是鸭子的意思。鹜、雁、鹤分别是史湘云一生当中不同阶段的不同生命状态的象征，周汝昌先生指出，"孤鹜"跟"畸笏"的意思相通，"孤"和"畸"都是孤独失依的意思，史湘云襁褓中父母双亡，以"孤鹜"自比当然贴切。当然，"孤"和"畸"也有特立独行的意思。史湘云婚后痛失夫君，成了"折足雁"，后来与贾宝玉遇合，穷困中相濡以沫，如鹤渡寒塘。周先生指出，"鹜"和"笏"

的古音是一样的，所以"畸笏叟"其实就是"孤鹜嫂"的谐音——来自金陵的人"嫂"字发"叟"的音，"叟"是"嫂"的调侃性写法。这样，就把性别的问题也解答了。周汝昌先生的这个解释，可供大家参考。

　　归根结底，我的结论是什么呢？就是史湘云的原型就是曹雪芹祖母家族的一个李姓表妹，她的家族败落以后，她历经磨难，和曹雪芹遇合，共同生活，并且帮助曹雪芹撰写了《红楼梦》，当然，她个人更主张把这部书叫作《石头记》。她前期化名脂砚斋，后期化名畸笏叟，对这部书不断地进行编辑整理，加批语。古本里标明年代最晚一条批语是"甲午八月"，我们由此可以推算出，那是乾隆三十九年的八月。曹雪芹去世是在乾隆二十七年或二十八年的除夕，则她在曹雪芹去世以后，起码还继续存活了十一二年。